Lars Lenth

DER LÄRM DER FISCHE BEIM FLIEGEN

W0357339

Der Autor

Lars Lenth, Jahrgang 1966, ist ein Angel-Profi und hat sich damit sowohl auf dem skandinavischen Buchmarkt als auch im Fernsehen einen Namen gemacht. Er spielte in TV-Serien mit und brachte einige DVDs zum Thema Fliegenfischen heraus. Wenn er nicht gerade angelt oder schreibt, steht er gerne mit einer seiner Rockbands auf der Bühne.

Besuchen Sie uns auch auf www.facebook.com/blanvalet
und www.twitter.com/BlanvaletVerlag

LARS LENTH

DER LÄRM DER FISCHE BEIM FLIEGEN

Roman

Aus dem Norwegischen
von Frank Zuber

blanvalet

Die Originalausgabe erschien unter dem Titel »Brødrene Vega«
bei Kagge, Oslo.

Sollte diese Publikation Links auf Webseiten Dritter enthalten,
so übernehmen wir für deren Inhalte keine Haftung,
da wir uns diese nicht zu eigen machen, sondern lediglich auf
deren Stand zum Zeitpunkt der Erstveröffentlichung verweisen.

MIX
Papier aus verantwortungsvollen Quellen
FSC® C014889

Verlagsgruppe Random House FSC® N001967

1. Auflage
Taschenbuchausgabe 2019 bei Blanvalet,
einem Unternehmen der Verlagsgruppe Random House GmbH,
Neumarkter Straße 28, 81673 München
Copyright der Originalausgabe © Lars Lenth 2015
Copyright der deutschsprachigen Ausgabe © 2018 by Limes,
in der Verlagsgruppe Random House GmbH,
Neumarkter Straße 28, 81673 München
Umschlaggestaltung und -motiv: www.buerosued.de
JB Herstellung: wag
Satz: KompetenzCenter, Mönchengladbach
Druck und Bindung: GGP Media GmbH, Pößneck
Printed in Germany
ISBN 978-3-7341-0423-7

www.blanvalet.de

1

An einem frühen Montagmorgen Ende August vertäute ein Mann namens Torvald Vega das schnellste Schlauchboot Norwegens am Steg der Lachsfarm vor Brønnøysund und sprang auf die Planken. Es war ein grauer Tag, gerade sieben Grad warm. Die Wolken hingen tief über dem Fjord, kein Lüftchen ging.

Die grandiose Fjordlandschaft Nordlands umgab die Anlage, aber Torvald war blind für die Schönheit der Landschaft. Er sah weder Kunst noch Mysterien in der Natur, sondern nur Hindernisse. Phänomene und Wesen, die es darauf abgesehen hatten, sein Geschäft zu verderben. Ein Seehund, ein Unwetter, ein Schwertwal oder ein tauchender Kormoran waren genug, um ihm gründlich die Laune zu verderben.

Der rot-schwarze, viel zu enge Overall verlieh ihm die Gangart einer schwangeren Frau. Auf dem Kopf trug er einen verblichenen Cowboyhut aus Leder mit weicher Krempe und Kinnriemen. Seine Füße steckten in pelzgefütterten Gummistiefeln mit Lederschaft, auf der Nase saß eine rechteckige Designerbrille mit Stahlrahmen und neutralen Gläsern.

Torvald Vega schätzte seine silbern glänzenden Lachse

mehr als sich selbst. Er vergötterte die rund zwei Millionen Exemplare, die in den Netzgehegen der Firma Fjordlax im Kreis schwammen. Die Farm lag an der Mündung des Storbørja, einem verlassenen Seitenarm des Velfjords an der Küste von Helgeland. Torvald liebte es, zwischen den Lachskäfigen hin und her zu spazieren, die Hände hinter dem Rücken verschränkt wie ein Winzer, der durch seinen Weinberg schlendert. Er betrachtete die Geschöpfe, die seine Boote, Uhren und all die ungesunden Gewohnheiten finanzierten, denen er in seinem 900 Quadratmeter großen Haus auf dem Festland frönte.

Jedes Mal, wenn er draußen auf der Farm war, nahm er den großen Kescher von der Wand, fischte einen Glückspilz aus einem der Netze und warf ihn ins Meer, schenkte ihm die Freiheit, die er nie gekannt hatte. Das gab ihm ein berauschendes Gefühl der Macht über Leben und Tod. Wenn ihn jetzt diese Umweltfaschisten sehen könnten, die alles taten, um die Lachszucht zu verunglimpfen! Sie würden sich an ihrem Tofu verschlucken.

Noch bevor Torvald das größte Gehege erreichte, in dem die schlachtfertigen Lachse über fünf Kilo schwammen, merkte er, dass etwas nicht stimmte.

Es war viel zu still.

Kein Platschen, keine Luftsprünge, das Wasser war nicht einmal gekräuselt. Da erblickte er die weißen Punkte an der Oberfläche. Er ließ den Kescher fallen und wankte zu dem Netz, so schnell der Overall es zuließ.

Massen von toten und halbtoten Lachsen dümpelten mit dem Bauch nach oben wie kleine Eisberge im kohlschwarzen Wasser des Fjords.

Torvald stützte sich auf das Aluminiumgeländer des

Geheges und starrte ungläubig ins Meer. In zwei Metern Tiefe war ein großer Riss im Netz. Ein paar Fische schwammen noch im Kreis, aber der Großteil war verschwunden. 200 000 fette Prachtexemplare *Salmo salar* über alle Wellenberge.

Torvald ging in die Knie und ließ die Arme hängen. Speichel lief ihm über das frisch rasierte Kinn und tropfte auf den Overall, seine Augen waren weit aufgerissen. Er hob den Kopf und stierte an den grauen unbewegten Himmel, als könne er dort eine Antwort finden. Ein Schwarm Möwen hatte das Festmahl entdeckt und stürzte sich kreischend in das Gehege. Die Vögel hackten auf die toten und sterbenden Fische ein. Torvald betrachtete das grausame Schauspiel, das die Natur ihm bot. Ein paar Minuten saß er wie gelähmt da, dann verzog sich das grobe Gesicht unter dem Cowboyhut zu einer Grimasse, und der große Multimillionär schluchzte und heulte wie ein kleines Kind.

2

Ungefähr gleichzeitig und achthundert Kilometer weiter südlich, auf der Insel Gåsøya in der Gemeinde Bærum, saß der Rechtsreferendar Leo Vangen barfuß im Liegestuhl auf seiner Terrasse. Er schüttelte ein Bein und starrte auf einen Punkt auf der anderen Seite des Oslofjords.

Das Krankenhaus Sunnaas auf der Halbinsel Nesodden.

Leo genoss es, zu dem großen Gebäude hinüberzuschauen, in das vornehmlich »Patienten mit komplexen Funktionsverlusten nach Krankheit oder Unfall« eingewiesen wurden. Allein die Tatsache, dass er sich nicht dort befand, sondern hier, sicher in einem gestreiften Liegestuhl in Norwegens reichster Kommune, erfüllte ihn mit innerer Ruhe und Dankbarkeit. Normalerweise. Heute jedoch half selbst intensives Hinüberstarren zu dem schicksalsträchtigen Gebäude wenig. Leo kribbelte es am ganzen Körper.

Zum ersten Mal seit über zwanzig Jahren hatte er seinen alten Freundeskreis zum Abendessen eingeladen.

Leo stand auf, schlurfte über die Terrasse ins Haus, zog die Daunenjacke aus und ging ins Bad. Er nahm die Pillendose aus dem Spiegelschrank, warf zwei Valiumtabletten ein und spülte sie mit Leitungswasser herunter. *Kein Grund, sich zu schämen*, dachte er und starrte in den Abfluss.

Man lebt sich auseinander, das ist völlig normal, hatte er sich all die Jahre eingeredet und wie ein Mantra wiederholt, doch allmählich sah er ein, dass es an ihm lag. Manche der alten Freunde hatte er seit zwanzig Jahren nicht gesehen, und der wahre Grund dafür war, dass er sich schämte. Sein Leben war nicht ganz so spektakulär verlaufen, wie er es sich gedacht hatte.

Noch immer kein Volljurist, ein Hungerlohn und ein lausiges Büro im hässlichsten Gebäude von Lilleaker.

Noch immer einsamer Hausmeister in einem baufälligen Haus auf Gåsøya, umgeben von Palästen.

Leo hatte es gemeinsam mit seinen Geschwistern geerbt. Er durfte im Sommer dort wohnen, wenn er dafür die Bruchbude vor dem Einsturz bewahrte. Kurz vor Ostern war er wieder eingezogen, hatte ein paar Planken und Scheiben erneuert und sich ein Büro für die Heimarbeit eingerichtet. Theoretisch freute er sich über den Platz, doch er nutzte nur ein Drittel des Hauses.

Als junger Mann hatte er sich geschworen, auf keinen Fall in Bærum zu versauern. Nun lag sein fünfzigster Geburtstag näher als sein vierzigster, und er hatte sich nicht vom Fleck gerührt.

Das Älterwerden hatte einen Vorteil: Niemand kümmerte sich darum, was er tat. Die Leute fragten ihn längst nicht mehr nach seinen Zielen, keiner erwartete etwas von ihm. Umgekehrt konnte er auf alles pfeifen, und darin war er sehr gut geworden.

Leo ging in die Küche, schälte zwei Bananen und eine Kiwi, nahm ein Päckchen gefrorene Erdbeeren aus dem Kühlfach und gab Obst und Beeren mit etwas Vanillezucker und Apfelsaft in den Mixer. Ein gesunder Start in den Tag, der alles Ungesunde kompensieren sollte, das heute bevorstand.

Er hatte mehrere Lebenspartnerinnen gehabt, war sogar verheiratet gewesen. Nun war er Single. Er hatte eingesehen, dass es wohl das Beste für alle war.

Leo schlurfte zum Bücher- und Musikregal, das eine ganze Wand einnahm, legte das Massive-Attack-Album *Mezzanine* auf und schleppte sich wieder hinaus. Unter den nackten Füßen fühlte er die glatten, frisch lackierten Eichendielen. Der modrige Geruch war verschwunden, und der Duft des frischen Lackes erinnerte ihn unwillkürlich an ein Ereignis aus der Schulzeit. Weihnachten 1977 hatte sein Klassenkamerad Axel Platou einen Eimer Holzlack in der Garage gefunden. Der Duft der zähen Flüssigkeit hatte dem neugierigen Zwölfjährigen so gefallen, dass er wissen wollte, was geschehen würde, wenn er eine Socke hineintunkte und unter die Nase hielt. Leo sah die zwei ernst dreinblickenden Väter noch lebhaft vor sich, wie sie den bewusstlosen Jungen aus der Toilette trugen. Wer hätte damals gedacht, dass Axel Platou einer der reichsten Männer Norwegens werden sollte? Lächerlich.

Während Leo im Liegestuhl saß, über den Fjord starrte und wartete, dass die Pillen wirkten, trottete sein Mieter Kjartan Smeby mit nacktem Oberkörper durch den Garten und ließ sich in den gelben Liegestuhl bei der Rosenhecke fallen. Der hagere Bildhauer aus Rjukan mit dem sanften Blick und den langen dunklen Locken war gerade aus Indien zurückgekehrt, wo er an irgendeinem Strand drei Monate experimentelles Yoga inklusive Darmspülungen und anschließendem Bandscheibenvorfall betrieben hatte. Er hatte nicht ein Gramm Fett am Körper.

»Wie geht's deinem Rücken?«, fragte Leo, ohne eine Antwort zu erwarten.

»Magisch«, antwortete Kjartan und starrte in den Himmel.

»Weißt du, was ich gehört habe?«, fragte Leo.

»Was denn?«

»Dass siebzig Prozent aller Prolapse im Kopf stattfinden.«

»Interessant.«

»Ja, nicht wahr?«

Eine Lachmöwe landete auf der Terrasse, hackte probeweise in den frischen Lack und sah die Männer in ihren Liegestühlen fragend an. Die Männer guckten skeptisch zurück.

»Massive Attack?«, fragte Kjartan.

»Jep«, sagte Leo.

»Auf Vinyl?«

»Richtig.«

»Angeber!«

Leo grinste und trank einen Schluck von seinem Smoothie.

»Warum bist du nicht im Büro?«, fragte Kjartan.

»Homeoffice.«

»Du sitzt doch bloß hier rum.«

»Nicht mehr lange. Man muss die schönen Tage ausnutzen.«

Die Möwe hob ab und schwebte davon. Eine frische Brise blähte die Segel der Boote auf dem Oslofjord. Es waren viel weniger als im Juli.

»Mann, geht's uns gut!« Kjartan pflückte eine Hagebutte und hielt sie unter die Nase.

»Wieso?«, fragte Leo.

»Dass wir hier, im reichsten Land der Welt, auf unserer eigenen Insel sitzen, noch dazu mit so einer Aussicht.«

Leo sah den Künstler an, runzelte die Stirn und starrte dann wieder über den Fjord. Seine graublauen Augen erweckten den Eindruck, als betrachte er alles und jeden mit Misstrauen. »Ich habe ein paar Leute zum Abendessen eingeladen.«

»Schön«, sagte Kjartan, als sei es das Natürlichste der Welt.

»Ich habe noch nie jemanden hierher eingeladen. Zwanzig Jahre ohne Gäste. Ist das nicht krank?«

»Ist doch gut«, sagte Kjartan.

»Gut, dass jemand kommt, oder gut, dass ich nie Gäste hatte?«

»Gut, dass jemand kommt.«

»Backst du einen Apfelkuchen?« Leo schüttelte ein Bein.

»Na klar«, sagte Kjartan und lächelte breit.

Alle hatten Karriere gemacht, wie die meisten, die in Bærum Ost aufgewachsen waren. Ein promovierter Soziologe, der seine Doktorarbeit über Gewalt in der Familie geschrieben hatte, ein Werbefachmann und Dokumentarfilmer, ein Sozialarbeiter mit eigener Firma, ein Kulturanthropologe und ein Investor. Keine spektakulären Pleiten, Hinterziehungen, Drogen, Totschläge oder Selbstmordversuche. Freilich waren ihre Gesichter vom Leben gezeichnet. Die zahllosen Kompromisse, zu viel Wein und schlaflose Nächte sowie verspielte Chancen hatten ihre Spuren hinterlassen, aber im Großen und Ganzen sahen sie zufrieden aus, zumindest nach ein paar Gläsern chilenischen Rotweins.

Leo hatte seine Gäste mit dem alten Dingi am Anleger des Segelclubs von Snarøya abgeholt, vollgepumpt mit Valium. Die Überfahrt dauerte nur zehn Minuten, aber ihm kam es vor, als würde er die ganze Strecke tauchen.

Die erste Stunde in der Abendsonne auf der Terrasse war komplett surrealistisch. In einem Augenblick war es, als wäre die Zeit stehen geblieben und als säßen dort die vertrauten jungen Männer von vor zwanzig Jahren, verkleidet als angegraute Herren. Im nächsten Augenblick kamen die alten Freunde ihm wie eine Horde Fremder vor, die die Insel okkupiert hatten. Doch während die Sonne langsam unterging und König Alkohol einen versöhnlichen Schleier über das Grüppchen warf, fiel ihm vor allem eins auf:

Wie gewöhnlich sie waren.

Eine völlig normale Clique.

Der Einzige, der hervorstach, war der »Sniffer« Axel Platou. Und er stach gehörig hervor.

Axel war in den Neunzigerjahren steinreich geworden, zuerst durch den An- und Verkauf billiger Zweizimmerwohnungen im Osten von Oslo, dann durch den An- und Verkauf ganzer Firmen und schließlich durch eine Tankschiffsreederei und Lachszucht. Seit der Jahrtausendwende tauchte er regelmäßig in den Medien auf, vor allem in Verbindung mit Kunst im öffentlichen Raum, dem Skimarathon Marcialonga und Streitigkeiten mit anderen Reichen. Die Journalisten liebten ihn. Er trat dynamisch und furchtlos, aber zugleich besonnen auf, im Gegensatz zu den meisten Reichen im Land, die immer etwas zu meckern hatten.

Axel und Leo waren ein Dreamteam gewesen. Sie spielten zusammen bei Stabæk im Mittelfeld, gingen gemeinsam zur Uni, wohnten in einer WG und verliebten sich in dieselbe Frau. Am Ende entschied sich Lene für Axels Ehrgeiz und Durchsetzungsvermögen anstelle von Leos Skepsis und Selbstzweifeln.

»Wisst ihr noch, wie Vibeke Reppe hinter dem Schuppen

Børre Bakken für einen Zehner einen geblasen hat?«, fragte Axel Platou und trank einen Schluck Mineralwasser.

Die Jungs sahen einander an und runzelten die Stirn.

»Nein«, sagte Leo, und das stimmte. An so etwas hätte er sich erinnert. Axel Platou erfand Geschichten. Das hatte er immer getan.

Dass Platou nach all den Jahren so dicht neben ihm saß, riss alte Wunden auf. Axel und Lene hatten früh Kinder bekommen. Nur wenige Monate, nachdem Lene mit Leo Schluss gemacht hatte, brachte sie einen Jungen zur Welt.

Sogar seine dichte Mähne war noch intakt. Axel feierte diese Gabe der Natur mit einer Frisur wie von einem Werbeplakat eines rumänischen Friseurs anno 1987. Leo vermutete hinter dem hochgekämmten kohlschwarzen Haar, den weißen Baumwollhosen mit Schlag, dem senfgelben Hemd und der kitschigen roten Brille ironische Selbstdarstellung, ähnlich wie bei diesen urbanen Spinnern, die sich Vollbärte wachsen ließen.

Als Leo den geschwätzigen Wiedergänger aus der Vergangenheit betrachtete, wurde ihm mit einem Mal klar, dass Axel der Hauptgrund dafür war, dass er sich auf seiner Insel verschanzt hatte. Der reiche und berühmte Exfreund hatte all die Jahre in seinem Unterbewusstsein herumgespukt. Axel Platou war das lebendige Symbol für alles, was Leo nicht geworden war – alles, was er hätte werden können, wenn er anders gespielt hätte.

Leo wusste, dass Axel einen Großteil seines Geldes mit Zuchtlachs verdiente. Deshalb servierte er den einzigen Lachs, den er je beim Fliegenfischen erwischt hatte. Ein kränkliches Weibchen von 2,8 Kilo, das er nachts im Sandvikselva gewildert hatte. Selbst geangelter Wildlachs aus

Bærum würde dem Lachsbaron imponieren, ganz egal, ob er neben einem verrosteten Einkaufswagen unter einer Straßenbrücke gefangen war oder nicht.

Axel Platou ließ kein peinliches Schweigen zu, er plapperte ununterbrochen. Dabei hob er den Kopf und entblößte die gebleichte untere Zahnreihe wie ein tropischer Fisch. Er stellte keine Fragen und zeigte nicht das geringste Interesse am Schicksal seiner einst besten Freunde. Der ganze Abend wirkte wie ein Projekt, eine höfliche Geste, von der er am Montag im Büro erzählen konnte. Stian versuchte mehrfach, das Thema zu wechseln. Zuerst mit Politik – die Enthauptung westlicher Journalisten in Syrien und Barack Obamas Nachruf. Aber Axel Platou fegte alles beiseite. Er wollte nichts von der Gegenwart hören, sondern nur über längst Vergangenes reden. Als Leo *OK Computer* auflegen wollte, eilte er zum Plattenspieler und wählte stattdessen *London Calling*.

»Aber Radiohead ist fast zwanzig Jahre alt«, versuchte Leo.

»Nicht alt genug«, konstatierte Axel Platou.

Gegen Mitternacht waren sie fertig mit Kjartans Apfelkuchen. Axel Platou fuhr sich mit der Hand durch die Mähne und schaute auf seine Armbanduhr. Dann grinste er Leo an und sagte: »Ist schon ziemlich spät. Soll ich dir beim Abwasch helfen?«

Alle starrten den siebtreichsten Mann Norwegens verblüfft an.

»Auf den Spaß folgt meistens ein böses Erwachen«, sagte Platou und sprang auf.

Leo, Thomas und Stian sahen einander an und rollten mit den Augen, aber keiner sagte etwas.

3

Auf einem Felsvorsprung vierhundert Meter über dem Fjord saß eine Gestalt in zerschlissener Tarnjacke, gelbem Südwester und Watstiefeln Größe 50 und spähte durch ein Fernglas. Graue, borstige Haarsträhnen rahmten das bronzefarbene Gesicht mit der bunten Nase ein, die mehrfach gebrochen aussah.

Das Tattoo einer doppelköpfigen Schlange zierte den breiten Stiernacken des Mannes. Auf der linken Wange prangte ein vierblättriges Kleeblatt, ähnlich dem Logo der bürgerlichen Zentrumspartei, aber von einem wildwüchsigen Vollbart überwuchert. Als Schutz gegen den Sprühregen hatte er einen schwarzen Müllsack über die Schultern drapiert.

Ein fernes Donnern hatte ihn bei Sonnenaufgang geweckt. Zuerst dachte er, der Riesenfelsen namens Storhella sei in den Fjord gestürzt, wie es alle befürchteten. Früher oder später musste das ja geschehen, und nun war es eine Frage von Sekunden, bis eine vierzig Meter hohe Flutwelle Kleinholz aus den morschen Ruinen am Ende des Fjords und aus ihm machen würde.

Aber es kam kein Tsunami. Nur bedrückende Stille.

Der Felsen hing an Ort und Stelle wie seit Tausenden von Jahren.

War der Donner vielleicht von der verdammten Lachsfarm gekommen? Der riesige Mann peilte die Anlage bei der Fjordmündung an.

Ein Jahr lang war alles mehr oder weniger nach Plan gelaufen. Niemand hatte ihn hier gestört, bis eines Tages ein rostiger Kahn mit einer ganzen Zuchtanlage im Schlepptau in den Fjord tuckerte. Acht massive Netzgehege, ein Schwimmsteg und ein quadratisches Floß mit einem kleinen roten Haus darauf.

Am Anfang war es der reinste Segen gewesen. Die Farm war weit genug entfernt, dass sie seinen Alltag nicht störte, und er fand schnell heraus, dass Wildfische wie Köhler, Pollack oder Dorsch die Nähe der Käfige suchten, um Lachsexkremente und Futter, das den hungrigen Lachsmäulern entgangen war, aufzuschnappen. Wenn er abends bei den Fischgefängnissen angelte, machte er immer fette Beute.

Doch nach einigen Monaten verwandelte sich die Begeisterung in blanke Wut. Dorsch und Pollack waren verschwunden, es gab nur noch langweilige Köhler. Und beim Ausnehmen quoll eine stinkende Masse halb verdauter Pellets aus ihren Mägen. Ihr Fleisch wurde wässrig und gallertartig. Bald schmeckten alle Fische, die er aus dem Fjord zog, nach Scheiße.

Der Fluss, der in den Storbørja mündete, war in regelmäßigen Abständen voller ausgebrochener Zuchtlachse mit zerfetzten Flossen, offenen Wunden, kaputten Augen und deformierten Wirbelsäulen.

Der Mann mit den Tätowierungen kochte vor Wut. Nie zuvor hatte er solchen Zorn verspürt. Ein tief sitzender Groll, der nie verschwand. Früher war das Gefühl flüchtig gewesen und hatte materielle oder praktische Ursachen gehabt. Zum

Beispiel, wenn jemand ihn nicht bezahlte, ihn niederstechen oder eins in die Fresse hauen wollte. Dieser Zorn jedoch saß tiefer. Manchmal ließ er sich mit ein paar Einmachgläsern seines selbstgemachten Rhabarberweins betäuben, aber er kam immer wieder hoch. Zum ersten Mal im Leben war er stinksauer auf andere Menschen, weil sie etwas moralisch Verwerfliches getan hatten. Diese Lachszüchter waren Vergewaltiger, die mit der wehrlosen Natur Schindluder trieben, um sich schnellere Boote und größere Häuser zu kaufen.

Das war unverzeihlich.

Von hoch oben erblickte der furchteinflößende Mann einen Punkt, der sich langsam auf die Bucht im Inneren des Fjords zubewegte. Er stellte das Fernglas ein und erkannte ein Schlauchboot. Am Außenborder saß ein junger Grünschnabel mit Schiebermütze, Hornbrille, flatterndem Schal und Steppjacke.

Scheiße, dachte Rino Gulliksen. *Ein verdammter Yuppie. Das hat mir gerade noch gefehlt.*

Der junge Mann im Zodiac-Schlauchboot tuckerte tief in die Bucht hinein und sang enthusiastisch den alten Bee-Gees-Hit »How Deep Is Your Love«. Wie üblich hatte er Probleme mit dem hohen Falsett im Refrain, aber wen kümmerte das am Ende der Welt, in einem verlassenen Fjordarm in Nordland.

Hier war alles erlaubt, hier musste er sich nicht dafür rechtfertigen, dass er Barry Gibbs Fistelstimme mochte. Hier musste er sich für gar nichts rechtfertigen.

Der dürre, etwa eins fünfundsechzig große Jüngling zitterte noch immer am ganzen Körper. Nicht das übliche destruktive Zittern, das ihn daheim oft überfiel und ihm das

Leben schwermachte, sondern eine positive Aufregung. Er hatte das Gefühl, etwas Großes ausgerichtet zu haben.

Das war eine fantastische Explosion gewesen. Die Wassersäule war mindestens fünf Meter hoch gespritzt. Nie hätte er gedacht, dass eine einzige Stange Dynamit einen solchen Effekt haben könnte. Nach dem Knall hatte er auf dem Steg gekniet und beobachtet, wie Kaskaden verwirrter, aber glücklicher Lachse durch das Loch im Netz in die Freiheit strömten. Dann war er ins Schlauchboot gesprungen.

Im Leerlauf ließ er es dicht an der schwarzen Felswand entlangtreiben, die mehrere hundert Meter senkrecht aus dem Fjord aufstieg. Zum ersten Mal im Leben steuerte er ein Boot. Was sein Therapeut, seine Mutter und seine früheren Lehrer jetzt wohl sagen würden? Zweifelsohne reife und vernünftige Menschen, aber ihre Ratschläge waren völlig unbrauchbar. Nie würden sie verstehen, wie er die Welt sah.

Er musste einen Ort finden, an dem er sein Lager aufschlagen konnte. Wenn alles nach Plan lief, würde er eine Weile hierbleiben. Die Lachsbarone würden bestimmt alle Hebel in Bewegung setzen und nach ihm suchen. Aber sie gingen mit Sicherheit davon aus, dass er die Gegend verlassen hatte oder sich in Brønnøysund versteckte. Hier würden sie ihn nie finden.

Sein Endziel war es, die Umwelt wieder in den Urzustand zu versetzen. Die Natur sollte werden wie früher, bevor Industrialismus, Kommunismus, Kapitalismus und die aus ihnen resultierende Gier alles zerstört hatten.

Zunächst aber wollte er der NorFish AG so viel Schaden wie nur möglich zufügen.

Es war an der Zeit zu handeln. Empörte Leitartikel, zornige Facebook-Gruppen und YouTube-Filme vom Meeresboden unter den Zuchtanlagen waren nicht genug. Die Menschheit musste wachgerüttelt werden. Jemand musste den egoistischen, rücksichtslosen Banditen der Zuchtbranche den Krieg erklären. Er hatte damit begonnen. Er hatte Nor-Fish den Krieg erklärt.

Der einzige Laut, den er in der düsteren Fjordlandschaft hörte, war das Brummen des kleinen Außenborders. Das Boot hatte er von Erna Solbakken ausgeliehen.

Am Anfang war sie skeptisch gewesen, aber als er ihr seine Sabotagepläne verriet, gab sie nach. Sie hörte interessiert zu und wirkte auf einen Schlag zehn Jahre jünger. Wenige Tage später rief sie zurück und gab ihm konkrete Tipps für potentielle Sabotageziele. Sie beschrieb die Örtlichkeiten, riet ihm, welche Anlage er angreifen und wo er sich verstecken sollte. Außerdem kannte sie jemanden, der in der Zuchtanlage arbeitete, und hatte somit eine wichtige Informationsquelle.

Er freute sich darauf, sie kennenzulernen, stellte sich den gesunden Bergsteigertyp vor. Hübsch, ohne viel Aufhebens davon zu machen, das brünette Haar zu einem dicken Pferdeschwanz gebunden, ein kräftiger Rücken mit einer kleinen Tätowierung auf dem Schulterblatt – vielleicht ein Skorpion oder ein Schmetterling. Schmale Hüften, kleine Brüste, null Schminke, strotzend vor Selbstvertrauen. Ebenso selbstsicher in der Stadt wie in der Natur, etwas reserviert, bis man sie besser kannte, dann umso herzlicher.

Plötzlich bemerkte er, dass es regnete. Winzige, kalte Tropfen peitschten sein Gesicht, prickelten auf den Wangen und brannten trotz Brille in den Augen. Er musste blinzeln und konzentrierte sich auf den Abstand zur Felswand. Ausgerechnet in diesem Wetter musste er im Freien schlafen! Das hatte er nicht mehr getan, seit er und sein Freund Børre mit zehn Jahren in einem gelben Plastiktipi im Garten übernachtet hatten. Er bereute, dass er kein Zelt mitgenommen hatte. Daheim in Frogner, vor dem Kamin, war es verlockend gewesen, unter freiem Himmel zu kampieren.

Andererseits war er nicht zum Urlauben hier.

Er hatte einen Job zu erledigen.

Die anderen acht Mitglieder der Norwegischen Umweltfront – eine Splittergruppe des Norwegischen Umweltschutzbundes, der sich wiederum nach einem Streit über Reisekosten vom Norwegischen Naturschutzbund abgespalten hatte – hatten seinen Plan abgelehnt. Sie fanden ihn zu extrem und meinten, er würde der Sache nur schaden. Es gäbe andere Methoden als Gewalt, um die Lachszuchtbranche zu schädigen. Doch Lachszüchter waren geldgeile Ganoven, die Genmanipulation betrieben und die armen Fische mit Umweltgiften, Wachstumshormonen, Palmöl und Antibiotika vollpumpten.

Extreme Menschen verlangten nach extremen Maßnahmen.

Am schlimmsten waren die Hintermänner, die Investoren und Besitzer, die in ihren Osloer Büros saßen und sich nichts anmerken ließen, während sie sich an den Verbrechen die täglich in fernen Fjorden begangen wurden, eine goldene Nase verdienten.

Der junge Mann fühlte die Glut auf seinen Wangen. Es kribbelte ihn überall, wenn er daran dachte. Er versuchte, sich auf die wilde Natur zu konzentrieren, auf das Abenteuer, das vor ihm lag, aber es half nichts. Der alte Held Frederic Hauge von Bellona hatte den Strickpulli hingeworfen und seinen Arsch an die Lachsindustrie verkauft. Heute trug er Anzug und Schlips und faselte von Elektroautos, während die norwegischen Fjorde von einer Horde skrupelloser Vandalen für immer zerstört wurden.

Jemand musste die Sache in die Hand nehmen.

Jemand musste die Lachse befreien.

Dem jungen Mann wurde warm ums Herz, als er an die vielen Fische dachte, die dank seiner Tat ausgebrochen waren. Er hatte sie aus einem unwürdigen Leben in Gefangenschaft erlöst und gleichzeitig NorFish beträchtlichen ökonomischen Schaden zugefügt.

Durch den Nebel sah er das Ende des Fjords. Ein Stück flacher Talboden, von Felswänden umgeben. Sicher waren dort einmal Felder gewesen. Er erkannte ein paar verfallene Holzhäuser, einsam und verlassen, und die morschen Überreste eines Stegs. Auf der rechten Talseite stürzte ein Fluss die Felsen hinab und mündete blaugrün ins Meer. Die Landschaft war genau, wie Erna Solbakken sie beschrieben hatte. Man sah, dass die Sonne hier nicht oft zu Besuch war. Kurze, windschiefe Föhren, kleine Birkenhaine, feucht und pilzbewachsen. Am Ufer schwarze Steine, drapiert mit braunem Blasentang. Oberhalb der Wasserlinie bedeckte Moos die Steine. Ein Hauch von Tod und Verwesung hing über dem Land, vermischt mit dem Geruch von Brackwasser und Algen.

Nach einer Weile fand er die kleine grasige Landzunge, die er auf Google Earth als Lagerplatz ausgewählt hatte, und manövrierte das Boot an Land. Nachdem er den Motor ausgeschaltet hatte, war es vollkommen still, nur der Fluss rauschte in der Ferne. Nicht ein Windhauch. Millionen lautloser, winziger Regentropfen verzerrten das Spiegelbild der bedrohlichen Landschaft auf der grünschwarzen Wasserfläche. Er sprang aus dem Boot und spürte, wie eiskaltes Wasser in seine Bergstiefel drang. Dann klappte er den Außenborder hoch und zog das Boot auf den steinigen Strand.

Als Erstes musste er ein Feuer machen, die Plane spannen und seine Kleider trocknen. Er wollte sich genau an die Ratschläge in *How to Live in the Woods* halten, das in einer Plastiktüte im Boot lag. Hätte er nur in einen ordentlichen Schlafsack investiert! Der karierte Deckenschlafsack war definitiv ein Sommermodell, aber so ein bisschen Nieselregen würde er schon aushalten. Wenn alles nach Plan lief, würde dies in den nächsten Wochen sein Basislager sein. Er war noch lange nicht fertig mit NorFish, doch zunächst musste er für ein paar Tage untertauchen, während er den nächsten Coup plante.

4

»Was glaubst du, Einar, wer hat unser Netz gesprengt?« Torvald Vega saß auf dem weißen Lederstuhl hinter dem schwarzen Schreibtisch, den indonesische Kinderhände aus Tropenholz gefertigt hatten.

Die Gebrüder Vega – Torvald, Einar und Gunnar – hatten sich zum Krisenstab im Fernsehzimmer des ältesten Bruders versammelt. Torvald war geschäftsführender Direktor von Fjordlax, einer Tochtergesellschaft der NorFish AG.

»Keine Ahnung«, sagte Einar Vega, der Zweitälteste. »Was glaubst du?«

»Du bist hier der Detektiv!« Torvald entblößte grinsend seine gelben Zähne. Sein breites Gesicht mit der großen roten Nase und den kleinen blassen Augen war von einem dichten Backenbart eingerahmt. Er trug ein schwarz-rot kariertes Flanellhemd mit Lederkragen und verstärkten Ellbogen, helle Jeans, schwarze Clogs und eine schwarze Baskenmütze.

»Wahrscheinlich einer, der nicht besonders begeistert von euren … ähm … Geschäftsmethoden ist«, sagte Einar Vega.

Einar war Polizeichef von Brønnøy und Vevelstad. Wenn die Brüder zusammenkamen, beteiligte er sich so wenig wie möglich am Gespräch, um Abstand zu markieren und zu zeigen, dass er eigentlich nicht wie sie war, obwohl er dies seit einiger Zeit selbst nicht mehr glaubte.

»Bestimmt diese Tierschutzfotze, die gedroht hat, mich wegen illegaler Jagd anzuzeigen«, grunzte der jüngste Bruder Gunnar. Der Mechaniker und Laufbursche von Fjordlax saß auf dem Sofa und polierte eine Armbrust.

Torvald stand auf und ging zum Panoramafenster. »Wen meinst du?«

»Erna Solbakken«, sagte Gunnar, grinste und spannte die Armbrust. »Aus Oslo. Sie hat diesen Hippieladen in der Storgata. Keramik, Räucherstäbchen und wallende Gewänder. Sogar Geistheilung bietet sie an.«

»Und die hat gedroht, dich anzuzeigen?« Torvald setzte sich wieder an den Tisch. »Warum erfahre ich das erst jetzt?«

»Ich dachte, du hättest nichts übrig für die Jagd.« Gunnar betätigte den Abzug, und die Bogensehne knallte dumpf. Er legte die antiquarische Waffe neben sich aufs Sofa, zog ein Päckchen Tabak aus der Brusttasche und drehte sich eine Zigarette. »Die Frau hat mich angerufen und gesagt, sie sei im Tierschutz aktiv und wisse alles. So dürfe man keine Tiere behandeln, das sei Faunakriminalität, und sie würde mir die Hölle heißmachen.«

»Hältst du sie für fähig, ein Netz zu sprengen?«, fragte Torvald.

»Jeder Idiot kann Dynamit in einen Lachskäfig werfen«, sagte Gunnar.

»Das musste ja früher oder später geschehen«, sagte Einar, der eine schwarze Lederjacke mit dem Schriftzug POLITI und eine Schildmütze mit Reichswappen trug. Unter seiner Adlernase prangte ein kohlschwarzer Bart. »Die Zuchtanlagen liegen abseits von allem, ohne jede Bewachung. Das sind ideale Terrorziele.«

»Warum zum Teufel sprengt jemand eine Zuchtanlage in die Luft?«, fragte Gunnar, lehnte sich zurück und zündete die Zigarette an.

Torvald und Einar warfen ihrem kleinen Bruder einen strengen Blick zu.

»Könntest du das mit der Jagd vielleicht für eine Weile sein lassen?«, fragte Einar.

»Warum denn?« Gunnar knallte die Füße in den Cowboystiefeln auf den Tisch. »Läuft doch alles wie geschmiert. Letztes Jahr hab ich zwei Millionen daran verdient.«

»Weil es zu riskant ist. Und weil die Fische auf lange Sicht wichtiger sind. Was, wenn deine idiotische Jagd alles kaputtmacht? Bis jetzt hast du Glück gehabt – hör lieber auf, bevor das Blatt sich wendet.«

»Glück?« Gunnar nahm einen tiefen Zug, hielt den Rauch lange in der Lunge und atmete eine dicke Wolke aus. »Erstens hat die Jagd nichts mit Glück zu tun. Ich habe eine Nische gefunden, und das Geld fließt. Wir müssen nur Neugierige von Lillebørja fernhalten, sonst nichts.«

»Und zweitens?« Einar sah Gunnar noch immer streng an.

»Was zweitens?«

»Du hast erstens gesagt, dann gibt es auch ein zweitens. Raus mit der Sprache, kleiner Bruder.«

Gunnar zuckte mit den Schultern. Er hasste es, wenn Einar ihn »kleiner Bruder« nannte. »Zweitens …« Er drückte die Zigarette übertrieben fest im Aschenbecher aus. »Zweitens wird es ja wohl noch erlaubt sein, ein bisschen Spaß zu haben.«

Einar Vega schüttelte den Kopf. »Erna Solbakken ist zu mir auf die Wache gekommen. Sie wollte Anzeige wegen der Jagd erstatten, hat aber gleich gesagt, dass sie nichts erwartet, weil ich euer Bruder bin.«

»Sie *hat* dich also schon angezeigt?«, sagte Torvald. »Wie hat sie davon Wind bekommen?«

»Rein zufällig, glaube ich. Sie war auf Paddeltour, und …«

»Was, ist sie auf dem Surfbrett bis nach Lillebørja gepaddelt?«, rief Gunnar. »Ich hab sie schon öfter draußen in den Wellen mit so einem Riesenbrett gesehen, auf dem man im Stehen paddelt. Die Dinger kommen doch kaum vom Fleck.«

»Nein, in einem normalen Seekajak.«

»Ich hab gehört, dass sie vom andern Ufer ist«, warf Gunnar ein und verschränkte die Hände hinter dem Nacken.

»Vom anderen Ufer?« Torvald stutzte. »Was heißt das?«

»Gunnar unterstellt, dass Erna lesbisch ist«, klärte Einar auf.

»Was, eine Lesbe hat unser Netzgehege kaputtgemacht?« Torvald legte eine Hand vor den Mund.

»Das passt nicht zusammen«, sagte Einar. »Die Umweltfanatiker haben eine Heidenangst vor ausgebrochenen Zuchtlachsen. Sie befürchten, dass Zuchtfische die Flüsse raufschwimmen und die Gene der Wildlachse verderben. Sie würden nie 200 000 unserer Fische in ein kleines Fjordsystem entlassen, so blöde sind nicht mal die.«

»Natürlich sind die blöde, und natürlich war sie es«, sagte Gunnar. »Ich hab sie übrigens zusammen mit unserer Meeresbiologin gesehen.«

»Mit Liv?« Torvald reckte den Hals. »Du hast sie zusammen mit Liv Kongevold gesehen?«

»Sie paddeln zusammen«, sagte Gunnar. »Vielleicht hat Liv auch bei der Sabotage mitgemacht?«

»Quatsch«, sagte Torvald. »Liv ist Profi. Und Platou liebt sie. Er hat gewaltigen Respekt vor ihr.«

»Ich habe Liv und Erna jedenfalls zusammen gesehen«, sagte Gunnar. »Mehrmals.«

Die Brüder schwiegen und grübelten, aber keinem fiel eine Lösung ein.

»Typisch Frauen«, sagte Gunnar schließlich. »Nach außen so unschuldig und harmlos, in Wirklichkeit verlogene Säue.«

Die Älteren musterten den jüngsten Bruder. Er trug eine grüne Feldhose mit großen Taschen und ein Jeanshemd mit abgeschnittenen Ärmeln. Militärisch kurzes platinblondes Haar, solariumgebräunt, Goldstecker an beiden Ohren, kräftiger Oberkörper, Streichholzbeine. Er hatte viel mit Hanteln trainiert.

»Du meinst also, alle Frauen sind verlogene Säue?«, sagte Einar.

Gunnar nickte.

»Und worauf beruht diese Einschätzung? Wie viele Frauen kennst du überhaupt?«

Gunnar funkelte Einar finster an.

Torvald stand auf, setzte sich zu Gunnar aufs Sofa und klopfte ihm versöhnlich auf den Oberschenkel. »Das mit der Jagd ist deine Sache, das entscheidest du selbst. Aber du wirst Erna Solbakken nicht ein Haar krümmen, ohne vorher mit mir zu reden. Ist das klar?«

Gunnar Vega schob die Unterlippe vor, schloss die Augen und nickte.

Torvald setzte sich in den Massagestuhl am Kamin, schaltete ihn ein und lehnte sich zurück. Er schloss die Augen und rief laut, um das Brummen des Stuhls zu übertönen: »Wie sieht es mit der Versicherung aus?«

»Dazu müsst ihr Anzeige erstatten. Dann gibt es ungeladene Gäste, unbequeme Fragen und externe Ermittlungen. Zu viel Aufruhr, wenn ihr mich fragt«, sagte der Polizist.

»Und wenn wir es als Verlust durch Ausbruch deklarieren?«, rief Torvald.

»Dann kommen ebenfalls Inspektoren und Auflagen für Verbesserungen. Und ihr müsst die Fische wieder einfangen. Wenn ihr Pech habt, zahlt ihr noch eine fette Strafe, die höher als die Versicherungssumme ist. Außerdem: Wenn bekannt wird, dass hier 20 000 fette Fünf-Kilo-Lachse im Fjord herumschwimmen, kommen Horden von Sportfischern, und wir müssen ihnen noch Prämien für jeden verdammten Lachs zahlen.«

»Und wenn wir es nicht melden, kriegen wir keinen müden Heller«, grunzte Gunnar.

»Wir könnten es als ISA-Epidemie oder Pancreas Disease deklarieren und sagen, dass wir alle schlachten mussten«, rief Torvald. »Das hat letztes Mal auch funktioniert.«

»Dann gibt's Quarantäne, Untersuchungen und noch mehr Ärger«, sagte Einar. »Ich glaube, es ist am klügsten, die Sache zu verschweigen, es als normalen Verlust zu verbuchen und Krisenhilfe von der Muttergesellschaft zu beantragen.«

»Gut!«, rief Torvald. »Ich rede mit Liv. Und dann rufe ich den König an.«

Er schaltete den Massagestuhl aus und begab sich wieder in den weißen Chefsessel.

»Wir sollten Platou nichts von der Tierschützerin sagen«, sagte Einar. »Wenn er mit ihr spricht, riskieren wir, dass sie ihm von der Jagd erzählt. Sagt einfach, dass wir alles im Griff haben und uns darum kümmern.«

»Jesses, bist du einer von uns geworden?«, bemerkte Torvald.

»Nein«, sagte Einar. »Ich denke nur laut.«

»Aber was tun wir mit der Tierfickerin?«, fragte Gunnar. »Wir müssen doch was unternehmen.«

»Steck es ihr, dass wir wissen, wer es war«, schlug Torvald vor. »Schreib einen Zettel und wirf ihn in ihren Briefkasten.«

»Ein Zettel im Briefkasten?« Einar runzelte die Stirn. »Ist das nicht ein bisschen altmodisch?«

»Soll sie etwa ungeschoren davonkommen?« Gunnar gestikulierte wild.

»Nein, sie kommt nicht davon«, sagte Torvald. »Stell ihr ein Ultimatum, wann sie die Gegend verlassen haben soll. Wir verbannen sie, wie damals im alten Rom.«

5

»Ich wollte mich für gestern Abend bedanken«, sagte Axel Platou am anderen Ende der Leitung.

Der einzige Grund, warum Leo an einem Samstagmorgen um halb zehn ans Telefon ging, war die Sorge, dass den einzigen zwei Menschen, die ihm etwas bedeuteten, etwas zugestoßen sein könnte. Sein Sohn Willi war einundzwanzig und befand sich gerade auf Weltreise, seine Tochter Siri war achtzehn, wohnte bei ihrer Mutter und ging auf die Hochschule in Stabæk. Sie meldeten sich nicht oft, aber Leo bildete sich ein, dass er ein gutes Verhältnis zu ihnen hatte und sie ihn anrufen würden, wenn sie in der Klemme säßen.

»Danke, ebenso«, sagte Leo. »Schön, dass alle kommen konnten.«

»Hat sich nicht viel verändert hier.«

»Ja, als wäre es gestern gewesen«, sagte Leo.

»Diese Taugenichtse.« Axel lachte. »Genau wie vor zwanzig Jahren. Sitzen auf ihren Ärschen und lästern über alle, die etwas ausrichten.«

Leo schmunzelte, obwohl er im Stillen *Idiot* dachte. »Ich fand es trotzdem nett.«

»Das ist vielleicht genau das Problem«, sagte Platou. »Sie

wollen es immer nur *nett* haben, als wäre es das höchste Ziel der Welt.«

»Willst du es etwa nicht nett haben?«

»Ja, doch. Aber es gibt Wichtigeres im Leben.«

»Zum Beispiel?«

»Etwas selbst aufzubauen und Dinge auszurichten.«

»Ja, das ist auch wichtig.«

»Aber das Essen war vorzüglich«, lobte Axel.

»Danke. Selbst gefischter Wildlachs aus dem Sandvikselva. 3,4 Kilo.«

»Mein Gott, du angelst immer noch?«

»Ich habe wieder angefangen. Fünfzehn Jahre habe ich keine Rute angefasst. Du warst doch auch mal leidenschaftlicher Fliegenfischer?« Leo stieg aus dem Bett, ging nackt ans Fenster und blickte auf die schlanken Föhren, deren Äste im Südwind schaukelten. Auf dem Fjord kräuselten sich gischtweiße Wellen.

»Ich habe die Angel vor etlichen Jahren eingemottet. Hab sowieso nie was gefangen, und irgendwann hatte ich die Nase voll, im eiskalten Wasser zu stehen und zu spüren, wie das Leben im Sand verläuft. Ich bin mit den Jahren mehr ergebnisorientiert geworden. Außerdem gibt es ja kaum noch Wildlachs.«

»Verstehe«, sagte Leo.

Kurze Pause. Die Äste des Pflaumenbaums schlugen vor dem Schlafzimmer gegen die Wand.

»Warum hast du nicht gesagt, dass es ein Wildlachs war? Dann hätte ich davon gegessen.«

»Wieso, isst du keinen Zuchtlachs?«, fragte Leo, während er ins Bad schlurfte und versuchte, die aufkommende Übelkeit zu ignorieren.

»Bist du verrückt, der ist voller Umweltgifte.«

Leo hatte sehr wohl bemerkt, dass Platou den Lachs nicht angerührt und stattdessen groteske Mengen Brokkoli in sich hineingestopft hatte. Auch hatte er in den sechs Stunden nur zwei Gläser Wein getrunken. Er war so nüchtern gewesen, dass er die anderen noch in seinem Range Rover nach Hause fahren konnte, nachdem Leo sie wieder nach Snarøya übergesetzt hatte.

»Dann sollte ich also keinen Zuchtlachs mehr essen?«, fragte Leo überrascht.

»Auf keinen Fall«, meinte Platou, hustete und wechselte den Tonfall. »Übrigens … Ich wollte dich fragen, ob du mir einen kleinen Gefallen tun könntest.«

»Einen Gefallen?«

»Habe ich erzählt, dass ich ein paar Lachsfarmen im Norden besitze? In einer davon gibt es ein bisschen Ärger.«

»Was für Ärger?«

»Irgendjemand hat dort ein Netz in die Luft gesprengt. Purer Vandalismus.«

»Ein Netz?«

»Ein Lachsgehege.«

»Aha«, sagte Leo. »Was ist mit der Polizei? Ermittelt die nicht?«

Er wühlte in dem Kulturbeutel, der auf dem Waschbecken stand.

»Ich halte den Ball lieber flach. Diese Fanatiker verdienen keine Aufmerksamkeit.«

»Und was habe ich damit zu tun?«

»Vielleicht könntest du mal rauffahren und ein bisschen herumschnüffeln. Um herausfinden, was geschehen ist.«

»*Herumschnüffeln*?«

»Ja, herumschnüffeln.« Platou benutzte das Wort, als sei es das Natürlichste der Welt.

»Wo in Nordnorwegen?«

»An der Küste von Helgeland. Kennst du dich dort aus?«

»War noch nie dort.«

»Ein einsamer Fjordarm namens Storbørja in der Nähe von Brønnøysund. Nicht weit von der Insel Vega, die übrigens zum UNESCO-Weltkulturerbe gehört.«

»Jesses«, rief Leo aus, als hätte dies etwas zu bedeuten. »Aber warte mal … Storbørja? Irgendwie kommt mir der Name bekannt vor.«

»Die Gegend ist für ihre fantastische Natur bekannt«, warb Platou. »Wenn du Glück hast, siehst du vom Hotelzimmer aus den berühmten Berg mit dem Loch in der Mitte.«

»Torghatten?« Leo wühlte panisch mit einer Hand in dem Kulturbeutel.

»Ja, genau. Außerdem kann man da Walsafaris machen!«

»Welche Walart?«

»Ist doch egal. Verstehst du was von Walen?«

»Nein, war nur eine Frage.«

»Was weiß ich – Zwergwal, Blauwal, Walross. Riesenbiester eben.«

»Was genau soll ich für dich tun?«, unterbrach ihn Leo. Endlich fand er einen Streifen Diazepam, drückte drei Pillen heraus und schluckte sie mit einem Mal.

»Nur ein bisschen rumschnüffeln«, wiederholte Axel. »Die Vega-Brüder, die Betreiber der dortigen Lachsfarm, sind ziemliche Hitzköpfe. Du sollst den Täter aufspüren, bevor sie es tun, sonst kommen sie noch auf dumme Ideen. Da oben im Norden herrschen raue Sitten.«

»Traust du ihnen nicht?« Leo setzte sich auf den Klodeckel.

»Wenn die Mist bauen, fällt das direkt auf mich zurück.«

»Warum glaubst du, dass der Täter noch dort ist?«

»Ich fühle es. Der Anschlag war ein voller Erfolg, bestimmt hat er Blut geleckt.«

Leo räusperte sich. »Warum sabotiert jemand eine Lachsfarm?«

»Wahrscheinlich ein verwirrter Umweltschützer, der die Welt retten will. Du weißt doch, wie fanatisch diese Spinner sind.« Platou verstellte die Stimme: »*Halt! Nicht auf die Ameise treten, sie ist genauso viel wert wie wir!*«

Leo schmunzelte pflichtschuldig. »Und warum gerade ich?«

»Ich kenne sonst keinen, der geeignet wäre. Mein Gorilla-Netzwerk ist leider unzureichend. Ich dachte, das wäre vielleicht eine Herausforderung für dich.«

Was redet der für einen Quatsch?, dachte Leo. *Wie ein alter Snob. So war er gestern aber nicht. Warum spielt er sich so auf?*

»Okay, ich muss meinen Terminkalender checken«, sagte Leo, obwohl er nie einen Terminkalender gehabt hatte.

»Gut«, sagte Platou. »Ich werde dafür sorgen, dass es lukrativer für dich wird als polnische Handwerker oder psychotische, mit Messern bewaffnete Asylbewerber.«

»Habe ich das gestern erwähnt?« Leo schlurfte ins Schlafzimmer zurück.

»Ich habe mich ein bisschen umgehört«, antwortete Platou.

»Asylbewerbern helf ich besonders gern – eben um zu verhindern, dass sie Psychosen bekommen und Messer kaufen.« Leo setzte sich auf die Bettkante und bemerkte erleichtert, dass der Schwindel nachließ.

»Dann ist es sowieso meistens zu spät«, sagte Platou. »Aber kommst du damit über die Runden?«

»Geld ist mir nicht so wichtig.«

»Unsinn. Mit Geld kannst du der Mann werden, der du sein willst.«

Leo fragte sich, ob dieser Satz speziell auf ihn gemünzt war. Das wäre ihm peinlich. Der erfolgreiche Geschäftsmann erbarmte sich seines gescheiterten Freundes und heuerte ihn für einen niederen Auftrag an. Wollte er seine Position markieren oder ihm einen Gefallen tun? Axel Platou war schon früher schwer durchschaubar gewesen. Meistens führte er etwas im Schilde. Am liebsten hätte Leo ihn mit einer Ausrede abgespeist und nicht wieder in sein Leben gelassen, aber stattdessen sagte er: »Meinetwegen. Wenn du meinst, ich könnte etwas ausrichten, fahre ich dort hoch.«

»Super«, sagte Axel Platou. »Meine Assistentin Marina wird sich um die praktischen Dinge kümmern. Denk daran: Um ins Warme zu kommen, musst du zuerst durch die Kälte.«

»Wer hat das gesagt?«

»Ich sage das.«

»Wir hören voneinander«, sagte Leo und drückte den roten Knopf seines Handys aus dem Jahr 2002. *Storbørja*, überlegte er beim Anziehen. *Wo habe ich diesen Namen bloß schon gehört?*

6

Torvald Augustus Vegas Residenz auf der Halbinsel Nevernes vor Brønnøysund lag wie ein Krebsgeschwulst in der nordnorwegischen Natur. Aus allen Fenstern, die zum Wasser zeigten, konnte er quer über den Velfjord bis zur Zuchtanlage blicken, die an der Mündung des Storbørja auf den Wellen schaukelte.

Das Gebäude war von einem norwegischen Stararchitekten entworfen, der für seinen schlechten Geschmack und die Missachtung der Tradition berüchtigt war. Aber die Presse und ein paar Intellektuelle liebten seine exzentrischen Projekte. Torvald hatte klargemacht, dass er einen kaiserlichen Palast mit Marmor, glasierten Ziegeln, Säulen, Bögen und Schornsteinen wollte, und den hatte er bekommen.

Als eine Lokalpolitikerin in der Zeitung über die Verschandelung herzog und dabei besonders die zahlreichen Schornsteine kritisierte, antwortete der Architekt: »Für mich sind es Phallussymbole. Sie erfüllen vor allem anderen den Zweck, weibliche Kritiker zu provozieren. Es ist typisch norwegisch, kein Geld für einen Schornstein auszugeben. Doch ein Schornstein ist eine Skulptur, ein Kunstwerk. Meine Schornsteine sind Erektionen des Hauses, mein Beitrag zum Bevölkerungswachstum in Norwegen!«

Besonders stolz war Torvald auf die Bäderetage, von der man direkten Zugang auf die 150 Quadratmeter große Terrasse aus Carrara-Marmor hatte. Dort gab es einen Whirlpool, eine Massagewanne, einen Hot Pot, ein Kaltwasserbecken, eine Dampfsauna, eine normale Sauna, vier verschiedene Duschen, eine eingebaute Musikanlage und pseudorömische Fresken von einem Künstler, dessen Name ihm immer wieder entfiel.

Im Untergeschoss hingen an allen Wänden Tierköpfe, komplette Vögel und Nagetiere. In allen Etagen standen ausgestopfte Tiere, die der große weiße Jäger rund um den Globus erlegt hatte – meist in Gehegen. In Vietnam hatte er eigenhändig ein Faultier zur Strecke gebracht, in Indonesien einen Tapir, in China einen Panda und einen Nasenaffen, in Australien ein Schnabeltier und einen Helmkasuar, in Südamerika einen Ameisenbären. Ferner zierten ein Puma, ein Löwe und ein Sibirischer Tiger die Sammlung.

Torvalds persönliches Lieblingsstück war ein Okapi von einer Jagdfarm im Kongo. Der Guide hatte ihm versichert, dass es eines der letzten zwanzig lebenden Exemplare seiner Art war, ehe Torvald es mit Pfeil und Bogen erledigte. Allein die Fracht nach Norwegen im geheimen Raum eines Öltankers hatte ihn über 100 000 Kronen gekostet. Nun stand es steif in der Ecke des Fernsehzimmers und starrte mit Glasaugen in die norwegische Natur.

Torvald fand, dass die ausgestopften Tiere Leben ins Haus brachten. Der Architekt und Torvalds Frau hingegen fanden sie morbide. Vielleicht war dies auch der Grund, warum Torvalds Frau schließlich die Koffer packte und mit ihren drei- und fünfjährigen Töchtern zu dem Architekten nach Nesøya am Oslofjord zog.

Torvald vermisste weder Frau noch Kinder, nicht einmal nachts, wenn er in dem neun Quadratmeter großen Wasserbett lag und zu schlafen versuchte. Aber er vermisste den Architekten, der ihn an langen Winterabenden vor dem Kamin mit Anekdoten über norwegische Promis, Schornsteine und das alte Rom unterhalten hatte. Außerdem vermisste er die Möbel, denn seine Frau hatte alles außer den toten Tieren mitgenommen. Nur ein paar Stühle und Tische waren übrig, das Haus sah aus wie ein Naturkundemuseum nach Feierabend. Die einzigen Räume, die er nutzte, waren das Fernsehzimmer – die »Höhle«, wie er es nannte –, die Bäderabteilung, die riesige Küche und eines der vierzehn Schlafzimmer mit dem 60-Zoll-Bildschirm an der Decke über dem Wasserbett. Einmal pro Woche kam eine lettische Haushaltshilfe, putzte, wechselte die Bettwäsche und füllte die Kühltruhe mit Fertiggerichten, die Torvald in der Mikrowelle aufwärmte.

Der Millionär saß mit offenem Hosenlatz in dem weißen Lederstuhl, den Cowboyhut auf dem Kopf, die Gardinen zugezogen, das verschrumpelte Glied in der linken Hand und die Lesebrille auf der Nase.

Es war unglaublich, was eine Brille für fünfhundert Kronen für das Selbstbewusstsein tat.

Draußen schien die Sonne, aber drinnen hätte es ebenso Mitternacht sein können.

Er versuchte, sich auf das Paar auf dem Bildschirm zu konzentrieren, ein muskulöser Schwarzer mit imposantem Gemächt und eine dürre Lolita mit Silikonbrüsten und gedoptem Blick, die alles tat, wovon Torvald nur träumte. Aber er musste ständig an den Sabotageakt denken. Wenn es wirklich Erna Solbakken gewesen war, war nur zu hoffen, dass sie schlau genug war, sich möglichst schnell aus Brønnøysund zu verpissen.

Sein Handy klingelte und rotierte auf dem Schreibtisch. Zuerst wollte er es klingeln lassen, aber nach einem kurzen inneren Kampf stopfte er das halbsteife Glied in die Hose und nahm das Telefon.

»Was machst du?« König Platou aus Bærum kam sofort zur Sache.

»Ich surfe.«

»Pornographie?« Platou ließ Torvald nicht zu Wort kommen. »Habt ihr etwas herausgefunden?«

»Gunnar behauptet, er wüsste, wer es war.« Torvald war knallrot vor Scham. »Wir haben alles im Griff.«

»Macht bloß keine Dummheiten.«

»Selbstverständlich gehen wir professionell vor.«

»Versprichst du mir, Gunnar zu zügeln?«

»Gunnar? Dem habe ich ein Halsband angelegt.«

»Und Wachtmeister Bastian? Ist er noch einer von uns?«

»Einar ist ein vernünftiger Mensch.«

»Du sorgst dafür, dass er nicht die Seite wechselt, ist das klar?«

Torvald konnte nie stillsitzen, wenn er telefonierte. Er stand auf und ging zu dem Garderobenständer neben der Tür, an dem alle Hüte und Mützen hingen, die er in seinem fünfzig Jahre langen Leben gesammelt hatte. Wenn er gute Laune hatte, trug er den Strohhut aus Guatemala, wenn es Ärger gab, den Borsalino, und wenn er nachdenklich war, die Baskenmütze. Seit er als Kind vom Rottweiler des Nachbarn gebissen worden war, hatte er diesen Bewegungsdrang. So fühlte er sich vorbereitet, fluchtbereit. Er wollte auf keinen Fall tatenlos herumsitzen und warten, bis es ihn erwischte.

»Keine Sorge«, sagte Torvald und stieg auf den Segway, der neben dem Garderobenständer stand. Er klemmte das Handy zwischen Schulter und Ohr und rollte hinaus auf den Flur. Seit er den Segway besaß, hatte er alle Türschwellen im Haus ebnen lassen.

»Und noch etwas«, sagte Platou. »Ich habe gehört, dass REMA 1000 unzufrieden mit der Qualität eurer Fische war.«

»Auch das haben wir im Griff.«

»Wir können es uns nicht leisten, die größte Supermarktkette zu verlieren.«

»Wir verlieren sie nicht«, sagte Torvald und fegte mit zwanzig Stundenkilometern durch die Küche, vorbei an dem Sibirischen Tiger im nächsten Korridor und in den leeren Ballsaal.

»Hast du übrigens gestern das Handelsblatt gelesen? Ein langer Artikel über Lachsläuse, Genveränderungen durch ausgebrochene Zuchtlachse und Wasserverschmutzung. Der Journalist behauptet, dass Norwegens Zuchtlachse so viel Fäkalien produzieren wie dreißig Millionen Menschen. Als würden sämtliche Norweger fünfmal am Tag direkt ins Meer kacken.«

»So ein Bockmist«, sagte Torvald, raste mit einer Hand am Steuer durchs Esszimmer und zurück in seine Höhle. »Keiner muss fünfmal am Tag scheißen!«

»Was ist das für ein Lärm?«

»Das ist nur mein Segway. Ich fahre gern beim Telefonieren herum.«

»Wusstest du, dass der Chef von Segway mit so einem Ding tödlich verunglückt ist?«

»Nein.«

»Er ist mit einem Turbo-Prototyp über eine Klippe gefahren.«

»Moment mal«, sagte Torvald, parkte das Fahrzeug in der Ecke und stieg ab. »So. Wo waren wir? Ach so. Fischkacke ist doch völlig natürlich, ökologischer Dünger, sozusagen. Jeder Fisch muss scheißen, auch die wilden.«

Er tauschte den Strohhut gegen die Baskenmütze, zog sie wie ein Barett seitlich herab und sah in den Spiegel.

»Du weißt, dass man das nicht vergleichen kann«, sagte Platou.

»Ich habe zwar nicht Biologie studiert, aber selbst ich weiß, dass Lachskacke nicht dasselbe ist wie Menschenkacke.«

Wie viele Neureiche in seiner Branche hatte Torvald nur einen Hauptschulabschluss, worauf er im Übrigen stolz war. Er versäumte keine Gelegenheit, sein Bildungsdefizit zu betonen.

»Doch, sie ist verblüffend ähnlich. Lachse und Menschen essen ungefähr dasselbe: Fisch, Gemüse, Vitamine, Medizin und Umweltgifte. Exkremente sind nun mal Exkremente.«

»Was willst du damit sagen?«, fragte Torvald.

»Nimm es als Denkanstoß. Vielleicht sollten wir mit geschlossenen Systemen experimentieren? Den Mist auffangen und für etwas Nützliches einsetzen? Dünger, zum Beispiel. Vielleicht ist das die Zukunft.«

»Bist du verrückt? Da kann man ja gleich die ganze Produktion aufs Land verlegen!«

»Vielleicht müssen wir auf lange Sicht genau das tun.«

»Dann übernehmen die Russen und Chinesen den Markt.«

»Vielleicht ist das unvermeidlich«, sagte Platou. »Man

muss nach vorne schauen. Weißt du, was es kostet, einen Lachs nach China zu verfrachten?«

Stille an Torvalds Ende. Er stand noch immer vor dem Spiegel, zog den Bauch ein und schob die Brust vor. Der buschige Backenbart machte sein ohnehin breites Gesicht noch breiter.

»Fünfzig Kronen«, sagte Platou. »Das ist verdammt teuer. Es ist nur eine Frage der Zeit, bis der asiatische Markt verschwindet.«

»Ich dachte, es wäre unsere Taktik, Geld zu verdienen, solange es geht?«, sagte Torvald.

»Vielleicht können wir auch in Zukunft überleben, wenn wir clever handeln. Eine dänische Firma produziert inzwischen Lachs für 28 Kronen das Kilo an Land. Prima Qualität. Keine Läuse, keine Ausbrecher, keine Krankheiten, keine Emission. Das ist wirklich beeindruckend.«

»Ich kann aber nur offene Netze«, sagte Torvald und ließ sich in den Lederstuhl fallen.

»Wir können die Augen nicht vor der Zukunft verschließen. Deshalb ist unser Genprogramm so wichtig. Es könnte entscheidend für unsere Konkurrenzfähigkeit sein.«

»Ich mache nicht gern an der Natur herum«, sagte Torvald.

»Du machst wohl lieber an dir selbst rum?« Platou wartete kurz, aber es kam keine Antwort. »Das ist die Zukunft, Torvald. Du musst dich ihr stellen. Die Leute kapieren allmählich, dass die Lachszucht in ihrer heutigen Form nicht nachhaltig ist.«

»Nicht nachhaltig«, äffte Torvald nach. »Das sind doch alles Jammerlappen. Ein bisschen Scheiße, ein paar Läuse, ein paar Chemikalien, und schon wittern sie den Weltunter-

gang. Die Menschheit pisst schon seit Ewigkeiten ins Meer. Als ich klein war, bin ich mit Vater aufs Meer hinausgerudert und habe Mülltüten mit Steinen versenkt. Kühlschränke, Fernseher, Öfen, sogar Autos. Damals hat keiner gejammert. Ohne uns wäre der ganze verdammte Fjord längst verlassen. Wir sorgen dafür, dass die Lichter hier nicht ausgehen. Undankbares Volk!«

Platou schmunzelte. »Ich schicke jemanden, der herausfinden soll, wer das Gehege gesprengt hat.«

»Danke, aber das richten wir schon selbst.«

»Ihr habt schon genug Dreck am Stecken. Er soll euch nur helfen.«

»Wobei, zum Teufel?«

»Warum fluchst du so viel? In jedem zweiten Satz sagst du ›Scheiße‹.«

»So sind wir Nordnorweger nun mal, immer frei von der Leber weg.«

»Aber du sprichst nicht einmal Dialekt. Warum eigentlich nicht?«

Torvald schwieg.

Noch bevor die Vega-Brüder sprechen lernten, hatte ihr Vater Alan Vega ihnen strengstens verboten, den Dialekt der Insel Vega zu benutzen. Sie sollten gefälligst reden wie die Leute in der Hauptstadt und nicht anders. Ein »Papa« oder »Mama« im falschen Tonfall, und schon hagelte es Ohrfeigen. Alan war der festen Überzeugung, dass dies für die zukünftigen Karrieren seiner Jungs von Vorteil war.

»Etwas Hilfe schadet nie«, sagte Platou. »Habt ihr euch überhaupt überlegt, was ihr mit dem Terroristen macht, wenn ihr ihn findet?«

»Da wird uns schon was einfallen.«

»Genau das befürchte ich. Du weißt genau, wozu Gunnar fähig ist. Ein kleiner Denkzettel reicht. Sorg dafür, dass Gunnar das kapiert.«

»Wir wollen sie nur aus Brønnøysund vertreiben. Sie soll sich zurück nach Oslo scheren.«

»*Sie*? Glaubt ihr, es war eine Frau?«

»Gunnar glaubt es. Eine fanatische Tierschützerin. Aber mach dir keine Sorgen um sie.«

»Das wüsste ich sehr zu schätzen«, sagte Platou. »Dass ich mir keine Sorgen machen muss, meine ich.«

7

Rino Gulliksen entwickelte ein seltsames Mitgefühl für den zart besaiteten Stadtjungen in der Steppjacke, der offenbar sein Bestes tat. Vielleicht, weil er ihn an die Hauptfigur von Jon Krakauers *In die Wildnis* erinnerte: Christopher McCandless, der emotional geschädigte Oberklassejunge, der all sein Geld für wohltätige Zwecke spendet, mit seiner Familie bricht und allein in die Wildnis Alaskas zieht, um ein authentisches Leben im Einklang mit der Natur zu führen. Fünf Monate später finden ein paar Elchjäger seine traurigen Überreste in einem verrosteten Buswrack – zwei Kilometer von der nächsten Straße entfernt.

In Ermangelung eines Fernsehers sowie Radio- und Handyempfangs hatte Rino Gulliksen begonnen, Bücher zu lesen. Bis zu seinem vierundvierzigsten Geburtstag hatte er nur ein einziges Buch freiwillig aufgeschlagen, nämlich die Autobiographie des britischen Fußballers Vinnie Jones, genannt »die Axt«. Jetzt saß er im Schein der Paraffinlampe im alten Schaukelstuhl seines Vaters und verschlang alles, was er in die Hände bekam. Selbst die Bibel hatte er inzwischen zweimal gelesen, sogar auf Nynorsk.

Einmal im Monat fuhr er mit dem kleinen Kunststoffboot nach Brønnøysund, um in die Bibliothek zu gehen, ein wenig zu surfen, sich über den FC Vålerenga auf dem Laufenden zu halten und Bücher auszuleihen. Die süße, junge Bibliothekarin hatte einen Narren an dem großen, halb wilden Mann mit dem gelben Südwester gefressen, der so spät im Leben die Welt der Literatur entdeckte. Sie gab ihm Tipps, diskutierte mit ihm über Bücher, servierte Kaffee und Kekse. Obwohl er nicht einmal ihren Namen kannte, war sie der einzige Mensch in Brønnøysund, den Rino Gulliksen einen Freund nennen würde.

Rinos Lieblingsthema war »Mensch und Natur«.

Mit Henry Thoreaus *Walden oder Leben in den Wäldern* tat er sich allerdings schwer. Es war ihm zu altmodisch und pseudopoetisch, und als er las, dass Walden Pond keine zwei Kilometer von der Zivilisation entfernt lag, Thoreau mehrmals pro Woche in die Stadt fuhr, um einzukaufen und sich zu betrinken, und dass seine Mutter ihm die Kleider wusch, legte er das Buch weg.

In die Wildnis gefiel ihm besser, wo der junge Protagonist offenbar wegen seines gewalttätigen Vaters verrückt geworden und nicht in der Lage gewesen war, in der Wildnis zu überleben. Trotzdem hatten der Autor und viele Hippies ihn zum Helden ihrer Gegenkultur erhoben.

Am meisten jedoch gefiel Rino die Belletristik. Diesen Schriftstellern war alles egal, sie dichteten einfach drauflos. Seine Favoriten waren Hemingways *Der alte Mann und das Meer* und Knut Hamsuns *Pan*. *Pan* hatte ihn tief beeindruckt, vielleicht, weil es norwegisch war und er sich darin wiedererkannte. Die Bibliothekarin hatte ihm erklärt, dass es seinerzeit als Huldigung an die Natur und das einfache Leben in Nordland gelesen wurde, was jedoch eine grobe Fehlinterpretation gewesen sei. Das Buch beschreibe kein authentisches Leben im Schoß der Natur, im Gegenteil, es handele von der Unmöglichkeit dieses Traums. Es sei die Geschichte eines gescheiterten Mannes, der keine Antworten im unbesudelten Waldleben findet und daran zugrunde geht. »Warum, glauben Sie, ist Leutnant Glahn nach Nordland gezogen?«, hatte sie Rino gefragt. Er hatte mit den Schultern gezuckt, wie sollte er das wissen, ohne das Buch gelesen zu haben? Die Großstadt habe Glahns Leben zerstört, hatte sie empört gerufen. »Der Aufenthalt in Nordland war eine Rekonvaleszenz. Glahn flüchtete vor einer sozialen Position, die er nicht mehr aushielt.«

Rino liebte das Buch. Leutnant Glahn war nach Nordland geflüchtet, genau wie er. Doch während Glahn sich vor etwas sehr Vagem versteckte, versteckte Rino sich vor etwas sehr Konkretem.

Er las nicht nur Bücher. Seit die Lachsfarm störend in seine Idylle eingedrungen war, informierte er sich gründlich über die Fischzucht. In der Bibliothek las er alle Artikel, die er darüber finden konnte. Je mehr er sich in das Thema vertiefte, desto mehr fragte er sich, warum niemand Widerstand leistete. Die Sozialdemokraten ließen den Wildwuchs der Fischindustrie geschehen, und die Lachsbarone machten, was sie wollten. Ihr Ziel lag bei weiteren fünfzig Prozent Wachstum in den nächsten fünf Jahren. Das Fischereiministerium erwartete bis 2050 das fünffache Volumen, was kaum verwunderte, wenn die Exfischereiministerin einschlägige Aktien im Wert von etlichen Millionen besaß und die Schwester der Ministerpräsidentin Direktorin der Fishfarm AG, Norwegens zweitgrößter Lachszuchtfirma, war. Korrupt bis ins Mark. Und alle kauften das Märchen, dass der Zuchtlachs Norwegen retten würde, wenn das Öl einmal zur

Neige ging. Und die Cowboybranche geriet außer Kontrolle, ohne dass irgendjemand ihr Einhalt gebot.

Rino Gulliksen, der sich bis dahin um nichts anderes als Rino Gulliksen gekümmert hatte, hatte seine Berufung gefunden. Von nun an wollte er all seine Energie sowie die restlichen viereinhalb Millionen, die in einem braunen Koffer unter den Dielen versteckt waren, für den Kampf gegen diese Menschen verwenden, die die Natur kaputtmachten und dabei Geld scheffelten.

In den USA gab es einen eigenen Namen für Leute wie ihn: *eco terrorist*. Ökoterrorist. Das Wort gefiel ihm.

Seit drei Tagen beobachtete Rino nun das Weichei mit der Steppjacke durch sein Fernglas.

Am ersten Abend versuchte der Junge, Feuer zu machen. Nach mehreren vergeblichen Versuchen riss er ein paar Seiten aus einem Buch, das er bei sich trug, und brachte tatsächlich ein paar trockene Zweige zum Brennen. Dann holte er den Kanister aus dem Boot und goss den letzten Rest Benzin direkt in die Flammen.

Das Feuer erlosch. Nur sehr viel Glück und Wasser im Benzin verhinderten, dass der Kanister in seinen Händen explodierte. Als es dämmerte, spannte er eine orange Plane zwischen vier Birken und legte Plastiktüten, zwei Rettungswesten aus dem Boot und eine dünne Regenjacke als Unterlage auf den schlammigen Boden. Der schneidende Wind, der von außen in den Fjord wehte, blies den Regen von der Seite unter die Plane, egal wo er sich hinlegte.

Am zweiten Tag bekam der Trottel den Arsch nicht hoch. Kapierte er nicht, dass er in Bewegung bleiben musste, um sich warm zu halten? Er lag apathisch in seinem Schlafsack und unternahm nicht den geringsten Versuch, seine Lage zu verbessern.

Erst am Nachmittag pellte er sich aus dem Schlafsack und trottete zum Boot, wo er eine Konservendose fand. Er brauchte eine Stunde, um sie mit Hilfe eines Buttermessers und eines Steins zu öffnen. Dann schaufelte er den kalten Inhalt mit dem Messer in den Mund und schnitt sich dabei die Lippe auf.

Noch bevor der Abend kam, riss er die Plane von den Bäumen und wickelte sie wie eine Wurstpelle um sich selbst und den Schlafsack.

Der Junge war völlig hilflos.

Rino hatte auch etwas Zeit gebraucht, um in der Einöde zurechtzukommen. Es hatte ein paar Monate gedauert, bis er das Leben in der Wildnis im Griff hatte, aber das hier war einfach erbärmlich. Er konnte nicht länger zusehen, wie das verweichlichte Geschöpf da draußen langsam, aber sicher zugrunde ging.

»Du kannst da nicht liegen bleiben«, sagte Rino Gulliksen und pikte den Jungen mit einem Stock.

Der Junge in der Wurstpelle fuhr erschrocken auf. Sein feminines, bartloses Gesicht war rot verquollen, die Hornbrille angelaufen. Eine große fliegende Ameise kroch unter seine nasse Schiebermütze, ohne dass er es bemerkte.

»Warum nicht?«, fragte er.

»Du wirst erfrieren. Das Patent da sieht nicht besonders nachhaltig aus.«

»Nachhaltig?«

»Es sieht nicht gut aus.«

»Geht schon«, sagte der Junge mit klappernden Zähnen.

»Du kannst dich in dem Schuppen auf der anderen Seite der Flussmündung aufwärmen. Da ist es trocken und warm.«

»Ich komm schon zurecht.«

»Bullshit. Ich beobachte dich seit drei Tagen. Pell deinen Arsch aus dem Schlafsack und komm mit zum Schuppen.«

»Das ist sehr nett von Ihnen«, sagte der Junge und nestelte mit klammen Fingern am Reißverschluss des klatschnassen Schlafsacks.

»Deckenschlafsack?«, fragte Rino und schüttelte den Kopf.

»Ich weiß …«, sagte der Junge, steif vor Kälte und Scham.

Rino bückte sich zu der apathischen Gestalt, hob das gesamte Bündel aus Plane, Deckenschlafsack und zu Tode erschrockenem Jungen hoch, warf es sich über die Schulter und verfrachtete es in das alte Ruderboot. Dann ruderte er über die Flussmündung zu dem klapprigen Holzgestell, das einmal ein Steg gewesen war. Er hob das Bündel wieder auf und trug es zu einem kleinen Haus mit Grasdach, das neben einem größeren Haus mit Wellblechdach stand. Vorsichtig legte er den Jungen auf ein altes Metallbett, wickelte ihn aus und schloss die Tür. Die einzigen Lichtquellen in der Hütte waren eine Paraffinlampe über einem alten Tisch und das Feuer im Kamin.

»Zieh die nassen Klamotten aus«, befahl Rino.

»Wer sind Sie?«, fragte der junge Mann, während er mühsam seine nassen Kleider auszog.

Rino antwortete nicht; er wühlte in einer Kiste neben der Tür.

»Ich heiße Joakim, aber Sie dürfen mich Jokke nennen«, sagte der Junge.

»Mit so einer miesen Ausrüstung geht man nicht in

Nordnorwegen campen«, sagte Rino und warf dem Jungen, der in der Unterhose auf der Bettkante saß, eine Wolldecke zu. Dann legte er ein paar Scheite im Kamin nach und goss heißes Wasser aus einem riesigen Kupferkessel in eine Tasse. »Man darf die Natur hier oben nicht unterschätzen.«

»Nein, verdammt«, sagte Jokke und legte sich die Decke um die Schultern. Rino fischte einen Brühwürfel aus einem Einmachglas, warf ihn in das heiße Wasser und füllte die Tasse mit einer klaren Flüssigkeit auf. Jokke nahm sie nickend entgegen, wärmte sich die Hände und roch neugierig an der Mischung.

»Schnaps?«

»Und Brühe.«

»Schnaps und Brühe?«

»Selbst gebrannt.«

Jokke nahm einen großen Schluck und nickte anerkennend. »Wohnen Sie hier?«, fragte er.

»Jep.«

»Was machen Sie hier draußen?«

»Nichts Besonderes.«

»Irgendwas müssen Sie doch tun?«

»Ich überlebe. Ich überlebe von dem, was die Natur mir gibt.«

»Und wie klappt das?«

»Wunderbar – bis du aufgetaucht bist.« Rino setzte sich an den kleinen Tisch.

»Wohnen Sie ganz allein hier?«

»Ich wohne im Haupthaus. Das hier ist das Gästehaus. Du bist mein erster Gast.«

Jokke sah sich in dem spartanisch möblierten Raum um. »Warum sind die Fenster vernagelt?«

»Ich lege Wert auf mein Privatleben.«

»Wie lange wohnen Sie schon hier?«

»Trink jetzt deine Brühe, damit dir warm wird. Danach kannst du in dein Boot steigen und zurück in die Zivilisation fahren.«

Jokke sagte nichts, er saß im Schneidersitz auf dem Bett, schlürfte seine Brühe und starrte ins Kaminfeuer. »Ich kann nirgendwo hin«, sagte er schließlich, lächelte verlegen und sah den großen Mann an, der auch in der Hütte den Südwester aufbehielt.

Rino stand auf, ging zum Feuer und hob den Deckel von einem Topf, der halb im Kamin stand. Dann fischte er ein Stück Fleisch aus dem Topf und reichte es Jokke auf einem Zinnteller.

»Was ist das?«

»Nerz.«

»Nerz?« Jokke verzog das Gesicht.

»Halt den Mund und iss«, sagte Rino. »Nerz wird total unterschätzt.« Er nahm sich selbst eine Portion und setzte sich an den Tisch.

»Ich muss mich ein paar Tage verstecken«, sagte Jokke.

»Verstecken? Vor wem?«

Der junge Mann hatte Probleme, gleichzeitig die Decke festzuhalten und im Schneidersitz zu essen. Er zögerte.

»Ich … ich habe einen Lachskäfig der NorFish in die Luft gejagt.«

Rinos Gabel blieb in der Luft hängen. Er lehnte sich zurück und musterte den jungen Mann. »Die Fjordlax-Farm da draußen? Warst du das?«

»Die gehören zu NorFish. NorFish ist der große böse Wolf.« Er betonte den Namen mit Verachtung.

Rino verspürte mit einem Mal mehr Sympathie für den Jungen, als ihm lieb war. Er musterte das hilflose Geschöpf, dem der Nerz zu schmecken schien. Jokke sah aus wie ein junger Vogel, der aus dem Nest gefallen war. Dann verzog sich das bronzefarbene Gesicht mit dem Rauschebart zu einem breiten Grinsen. »Du kannst so lange hier wohnen, wie du willst!« Rino stand auf, ging zu Jokke und klopfte ihm so fest auf die Schulter, dass ein großer Klecks Nerzfett von Jokkes Teller auf das Bett schwappte. »Solange du willst!«

Rino riss ihm den Teller aus der Hand und blies die Paraffinlampe aus. Es wurde fast dunkel im Raum, nur das Kaminfeuer flackerte. Als Rino die Tür öffnete, drang ein Streifen Tageslicht in die Hütte. Rino drehte sich um. Mit seinem breiten Grinsen sah er aus wie ein freundlicher Weihnachtsmann. »Schlaf dich erst mal anständig aus. Wir reden morgen.«

»Aber es ist doch noch mitten am Tag«, sagte Jokke.

»Du siehst aus, aus könntest du eine Mütze voll Schlaf gebrauchen«, sagte Rino.

»Wo kommen Sie her?«, fragte Jokke, als Rino sich umdrehte. »Ich meine ursprünglich.«

»Akershus«, antwortete Rino. Er drehte sich noch einmal um und fügte hinzu: »Bærum.«

»Bærum? Ich auch!«

»Schlaf gut«, sagte Rino.

»Übrigens«, rief Jokke ihm nach. »Wo kann ich denn hier mein Handy aufladen?«

»Nirgendwo«, sagte Rino und knallte die Tür zu.

8

Die Meeresbiologin Liv Kongevold stand auf dem Pontonsteg. Sie trug einen orangen Overall und eine Gasmaske und hielt einen Schlauch ins Wasser, aus dem sich eine milchige Substanz über die Lachse ergoss, die um ihr Leben schwammen.

Wasserstoffperoxid war ein inoffizielles Mittel gegen die Lachslaus, doch es half immer weniger. Wenn nicht bald ein effektiveres Mittel gefunden wurde, drohten Massenschlachtungen und Stilllegung.

Die *lepeophtheirus salmonis* schickte sich an, den Boom der Zuchtindustrie jäh zu beenden. Das kleine, Blut saugende Krebstier florierte unter den dicht zusammengepferchten Fischen.

Liv wusste, dass es viel zu viele Lachsfarmen in den Fjorden gab und die Situation an der gesamten Küste außer Kontrolle geraten war.

Lachsfischer und Umweltschützer waren besorgt, weil der Schädling für junge Wildlachse, die auf dem Weg von den Flüssen ins offene Meer unweigerlich an den Farmen vorbeischwammen, tödlich war.

Fjordlax und NorFish waren besorgt, weil die Laus den Fisch stresste und ihn somit anfälliger für Virusinfektionen machte. Ein Amöbenbefall der Kiemen konnte ihnen den Rest geben. Die Krankheit war in mehreren Zuchtanlagen weiter südlich ausgebrochen und verbreitete sich rasch.

Das Hauptproblem war, das die Lachslaus resistent gegen alle traditionellen Mittel geworden war.

Als die frisch ausgebildete Biologin vor wenigen Jahren in Storbørja ankam, mischte sie zunächst Diflurbenzuron ins Lachsfutter. Das Insektizid verhindert die Neubildung des Chitinpanzers nach der Häutung. Leider rottete es auch alle anderen Schalentiere in der Umgebung aus.

Und inzwischen wirkte es nicht einmal mehr.

Fjordlax verordnete höhere Dosen in Kombination mit Wasserstoffperoxid, aber die Läuseplage wurde immer schlimmer. Torvald Vega drängte sie, mehr Chemikalien einzusetzen. *Wofür bezahlen wir dir eine Million Kronen im Jahr?*, war sein Lieblingssatz.

Sie hatte versucht, mit dem Polizisten zu reden, dem einzig halbwegs normalen der Vega-Brüder, aber er hatte klargestellt, dass er sich nicht in innerbetriebliche Angelegenheiten einmischen wollte.

Liv wusste genau, dass die Chemie das Problem bestenfalls verschob. Im Grunde gab es nur eine Lösung, nämlich geschlossene Systeme im Meer oder an Land. Der Zuchtlachs musste von der Natur abgeschirmt werden, genauer gesagt umgekehrt: Die Natur musste von dem künstlichen Zuchtlachs abgeschirmt werden.

Liv war alles andere als stolz auf ihre Arbeit. Sie hatte nicht Meeresbiologie studiert, um den Fischen ätzende Bleichmittel aus Polen und kontaminiertes Pflanzenöl aus Peru zu verabreichen.

Doch genau darin bestand ihre Aufgabe bei Fjordlax. Systematische Tierquälerei und kriminelle Umweltverschmutzung.

Axel Platou, Hauptaktionär der weltgrößten Fischzuchtgesellschaft, hatte sie aufgesucht, als sie an ihrer Magisterarbeit über Resistenz bei Lachsläusen schrieb. Der bekannte Investor hatte sie ins Theatercafé in Oslo eingeladen. Als er ihr Champagner, ein Einstiegsgehalt von 999 000 Kronen sowie eine kostenlose Wohnung in Brønnøysund mit Kabelanschluss und Großbildschirm anbot, fiel es dem einfachen Mädchen aus Drammen schwer, Nein zu sagen.

Einen Tag später sagte Platou, dass sie das Zeug zum Model hätte, wenn ihre Hüften ein klein wenig schmaler wären.

Liv zog die Gasmaske ab, pellte sich aus dem Overall, richtete ihr kurzes blondes Haar und ging in die Hütte, um sich eine Tasse Pulverkaffee zu machen. Das Telefon klingelte.

»Der Einkaufschef von REMA 1000 war unzufrieden mit der Qualität der letzten Lieferung«, sagte Torvald Vega. »Zu viele Narben und Kratzer. Außerdem soll er fad geschmeckt haben. Er hat gefragt, ob wir den Fischen nicht genug Fischöl gefüttert hätten.«

»Sie haben doch gesagt, Fischöl wäre zu teuer«, sagte Liv. »Natürlich könnte die Qualität besser sein. Lachse sind Raubfische, es ist unnatürlich für sie, Gemüse zu fressen.«

»Was soll das heißen?«

»Das Pflanzenöl aus Peru. Warum war das so billig?«

»Großeinkauf.«

»Wir haben es im Labor analysiert. Es ist kontaminiert. Voller verbotener Insektizide. Schon mal was von Endosulfan gehört?« Selbst Torvald Vega musste einräumen, dass die viele Medizin, die Läusemittel, die enorme Anzahl Lachse pro Gehege und das gepanschte Öl aus Peru offenbar die Qualität des Lachses verminderten. Aber dafür sei er ja auch billiger. Nach mündlicher Absprache zehn Prozent unter dem aktuellen Marktpreis für die höchste Qualität und zwanzig Prozent für Normalqualität. Sie hatten genau das bekommen, wofür sie bezahlt hatten.

Für den Umsatz war es besser, große Mengen billig zu verkaufen, als schweineteuren Qualitätsfisch für die Elite. Anders als die Allgemeinheit glaubte, war mit Luxuslachs, Sushi oder Haute Cuisine nicht das große Geld zu machen. Die hatten viel zu hohe Ansprüche an die Qualität, und es war viel zu teuer, den Fisch über den halben Globus zu verfrachten. Am Massenkonsum der Europäer verdiente man mehr, an billigem Lachs für die Tiefkühltruhen großer Supermarktketten.

Norwegischer Lachs, früher ein Luxusgut für die Oberklasse, war zu einem Lieblingsprodukt der Mittelklasse geworden. Die Qualität spielte keine Rolle, was zählte, waren Preis und Aussehen. Die wenigsten Endverbraucher schmeckten den Unterschied zwischen Lachs, Heilbutt, Schellfisch oder Kabeljau, das war wissenschaftlich bewiesen, und kein Mensch, *absolut keiner*, schmeckte einen Unterschied zwischen gefrorenem Zuchtlachs in erstklassiger oder Normalqualität.

»Wie macht sich der Amerikaner?«, fragte Torvald.

»Gut, glaube ich.«

»Und die Forschung? Habt ihr schon Ergebnisse?«

»Es geht voran. Bob ist ein tüchtiger Mann.«

»Platou hat gedroht, einen Schnüffler zu schicken, um den Terroristen zu finden. Du sollst ihm die Anlage zeigen, wenn er kommt.«

»Warum gerade ich?«

»Vielleicht, weil du die Attraktivste von uns bist.«

»Wann kommt er?«

»Keine Ahnung.«

»Was ist das für ein Typ? Ein Gorilla?«

»Wie soll ich das wissen? Bis jetzt hat der König sich nie in unsere Angelegenheiten eingemischt.«

»Das ist bestimmt wegen des Labors. Ich glaube, das Genprogramm ist ihm sehr wichtig.«

Torvald schwieg. Liv hörte, wie ihr Chef mit Papier raschelte.

»Sensorische Analysen zeigen, dass Lachse, die mit Pflanzenöl gefüttert wurden, fast genauso schmecken wie Lachse, die mit Fischöl gefüttert werden. Sie haben ›lediglich einen etwas weniger charakteristischen Duft und Geschmack‹.«

»Wo steht das?«, fragte Liv.

»In der letzten Ausgabe der Branchenzeitschrift.«

»Und was heißt das?«

»Das heißt, dass die Leute keinen Unterschied schmecken.«

»Die Sache läuft aus dem Ruder. Zu viele Läuse, zu viel Chemie, zu viel Medizin, zu viel Scheiße. Früher oder später werden die Verbraucher reagieren.«

»Willst du lieber Krankheiten und Läuseplage?«

»Das Einzige, was hilft, sind halb so viele Fische pro Gehege.« Liv wusste, dass sie mit diesem Vorschlag auf taube Ohren stieß.

»Vergiss es.«

»Was, wenn wir die Anlage vorübergehend stilllegen?«, stichelte Liv.

»Nur über meine Leiche.«

»Wir brauchen neues Netz für das gesprengte Gehege. Sollen wir Kevlar nehmen? Das ist sehr ausbruchssicher.«

»Bist du verrückt?«, sagte Torvald. »Weißt du, was Kevlar kostet?«

9

Leo und Kjartan saßen mit einem Bier in der Hand im Liegestuhl auf der Terrasse. Sonntagvormittag. Kühl im Schatten, aber angenehm in der Sonne, wenn man die Kleider anließ. Noch wollte der Sommer nicht kapitulieren. Durch die Schiebetür tönte Bruce Springsteens *Darkness on the Edge of Town* und vermischte sich mit dem Rascheln der Blätter, Vogelgezwitscher und dem Brummen von Rasenmähern.

»Wie lief das Abendessen?«, fragte Kjartan.

»Ganz gut. Dein Apfelkuchen war auf jeden Fall ein Höhepunkt.«

»Gute Stimmung?«

»Geht so. Stian hat schon im Boot genervt. *Was ist aus dir geworden, Leo? Du müsstest doch längst Ministerpräsident sein.*«

»Was hast du geantwortet?«

»Du kennst mich doch. Ich bin eben von Grund auf faul.«

Kjartan kratzte sich am Kinn. Es sah aus, als wolle er etwas sagen, aber er hielt es zurück. »Das hat nichts mit Faulheit zu tun«, sagte er schließlich.

»Mit was sonst?«

»Du scheust nur den vollen Einsatz, weil du Angst hast festzustellen, dass du vielleicht doch nicht so einzigartig bist.«

Leo sah ihn fragend an.

»Du hast Schiss, dass deine Mittelmäßigkeit an den Tag kommt. Lieber sitzt du hier im Liegestuhl und fantasierst, was aus dir geworden wäre, wenn du es nur gewollt hättest.«

»Du liest mich wie ein offenes Buch.«

»Das ist nicht besonders schwer. Du bist nicht gerade *Finnegans Wake*.« Peinliches Schweigen. Kjartan bereute seine Direktheit und wechselte das Thema: »Wie oft hast du die Platte schon gehört?«

»Keine Ahnung, unzählige Male.«

»Kommt sie dir nicht zu den Ohren raus?«

»Warum stellst du immer nur rhetorische Fragen? Wie wär's mit ein bisschen mehr Respekt vor deinen Mitmenschen?«

»War ja nur eine Frage.«

Leo trank einen Schluck Bier. »Bruce ist speziell. Seine Charaktere beißen die Zähne zusammen und halten bis zum bitteren Ende durch. Sie verlangen nicht viel vom Leben, und nur wir wissen, dass sie eigentlich am Ende sind.«

»Und das findest du gut?«

»Es rührt mich an. Ich glaube, Bruce wäre gerne selbst so. Er hat ein schlechtes Gewissen, weil er reich und berühmt ist.«

»Und diese ewige Faszination für Outlaws, was soll das?«

»Er findet wohl, dass sie Opfer ihres sozialen Umfelds sind. Es hätte genauso gut dich oder mich treffen können.«

»*Nebraska* ist voller Mord und Totschlag«, sagte Kjartan.

»Er verteidigt und romantisiert Menschen, die Schreckliches tun. Das kommt mir so gewollt finster vor, als wollte Springsteen um jeden Preis vermeiden, als Leichtgewicht dazustehen.«

»Sein Vater war ein jähzorniger, unberechenbarer Alkoholiker.«

Kjartan schnaubte. »Das hat er bestimmt erfunden, um glaubwürdig zu klingen. Sein Vater war wahrscheinlich nicht schlimmer als andere Väter, die ihr Leben nicht im Griff haben und deswegen versauern.«

Leo sprang auf und verschränkte die Arme. »Warum musst du immer alles banalisieren? Du findest doch für alles eine Erklärung.«

»Weiter!«, sagte Kjartan. »Lass es raus!«

»So simpel ist die Welt nicht. Sie ist so komplex, was solche wie du einfach nicht akzeptieren können. Warum müssen manche Leute immer alles banalisieren?«

»Manche Leute? Also auch Springsteen?« Kjartan grinste.

Leo bückte sich und hob das Fernglas auf, das neben dem Liegestuhl auf dem Boden lag. Auf einem Boot badeten drei Mädchen nackt. Sie sprangen ins Wasser, schrien und planschten. Leo stellte den Fokus ein. Sie waren vielleicht achtzehn, so alt wie seine Tochter.

»Einer der Jungs, die gestern hier waren, hat mir einen Job angeboten«, sagte er und setzte sich wieder.

»Welcher?«

»Axel Platou. Der Milliardär.«

»Der mit der Predigerfrisur?«

Leo lachte. »Ja, guter Vergleich.«

»Was für einen Job?«

»Er hat ein paar Lachsfarmen oben in Nordland.«

»Wo in Nordland?«

»An der Küste von Helgeland. Irgendein Fjord namens Storbørja.«

»Storbørja?« Kjartan kratzte sich am Kopf, runzelte die Stirn und setzte sich auf. »Kommt da nicht Rino Gulliksen her?«

Leo fiel es wie Schuppen von den Augen.

Natürlich. Rino Gulliksen, der übergewichtige, einfühlsame Schuldeneintreiber mit dem rasierten Schädel. Er kam aus Storbørja und hatte gesagt, dass er an den Ort seiner Kindheit zurückwollte, um ein einfaches Leben als Bauer, Jäger und Fischer zu führen. Leo hatte diese Information damals der Polizei verschwiegen, weil Rino ihm das Leben gerettet hatte.

»Ja!«, sagte er. »Ich hatte ihn fast vergessen.«

»Du vergisst den Mann, der dir das Leben gerettet hat?«

»Na ja, wohl eher verdrängt.«

»Was wollte Platou von dir?«

»Jemand hat eine seiner Lachsfarmen sabotiert. Ich soll dort hinfahren und ein bisschen *herumschnüffeln.*«

»*Herumschnüffeln*? Das klingt wie eine Donald-Duck-Geschichte aus den Sechzigerjahren.«

»Genau so hat er sich ausgedrückt.«

»Warum ausgerechnet du?«

»Keine Ahnung. Vielleicht habe ich ihm leidgetan?«

»Es geht also um *Ecotage*?«

»Hä?«

»Sabotage, um die Umwelt zu retten. Öko-Sabotage.«

»Ach so. Und warum sollte jemand eine Lachszucht *ökotieren*?«

Kjartan schlug die Beine übereinander. »Weil sie die

Fjorde mit Kloake, Antibiotika und Schwermetallen vollpumpen, Fische misshandeln, den Wildlachs ausrotten und sich um nichts als schnellen Profit scheren?«

»Gut möglich«, sagte Leo. »Ist es wirklich so schlimm?«

»Die Lachsindustrie ist völlig außer Kontrolle geraten. Norwegen produziert sechzig Prozent des atlantischen Lachses auf dem Weltmarkt. Der Export bringt vierzig Milliarden im Jahr.«

Leo nickte nachdenklich. »Vielleicht haben ein paar Umweltschützer das Recht in die eigene Hand genommen?«

»Es wäre an der Zeit, dass so etwas auch in Norwegen geschieht. In den USA ist *Ecotage* ein großes Ding. Hast du *Die Bucht* gesehen?«

»Was ist das?«

»Ein Dokumentarfilm. Amerikanische Ökokrieger filmen japanische Fischer heimlich beim brutalen Abschlachten von Delfinen.«

»Ist das nicht typisch amerikanisch?«

»Was meinst du mit *typisch amerikanisch*?«

»Die meisten Aktivisten haben doch überhaupt keine Ahnung, was Natur wirklich ist. Sie haben nie in der Natur gelebt, betreiben Anthropomorphismus, romantisieren die Natur und verurteilen alle, die von ihr leben.«

»Anthropowas?«

»Das bedeutet, dass man Tieren menschliche Eigenschaften zuspricht.«

»Und das soll typisch amerikanisch sein?« Kjartan kratzte sich am Ohr. »Sogar das FBI listet militante Gruppen wie *Animal Liberation Front* als ernsthafte Terrorgefahr.«

»Ist Ökoterrorismus wirklich eine so große Sache?« Leo leerte die Bierflasche.

»Absolut. Es ist nur eine Frage der Zeit, bis er auch nach Norwegen kommt.«

»Axel will die Sache offenbar ohne Polizeihilfe lösen.«

»Ist das nicht verdächtig?«

»Bestimmt will er negative Schlagzeilen vermeiden, die die Branche schädigen könnten.«

Kjartan trommelte mit den Fingern aufs Knie. »Was hast du geantwortet? Du weißt doch, dass es selten eine gute Idee ist, Freundschaft und Arbeit zu vermischen.«

Leo sah Kjartan an und dachte an Rino, den ehemaligen Kleinkriminellen, der ihm das Leben gerettet hatte. »Ich kann doch einem alten Freund keinen Gefallen verweigern.«

10

Am Sonntagnachmittag setzte sich Torvald Vega auf seinen Jetski und donnerte über den Velfjord nach Brønnøysund. Es dauerte etwas länger als mit dem Auto, aber er liebte es, auf dem Wasser zu schweben, über die Wellen zu hüpfen und das gemeine Volk zu verschrecken, das in Kunststoffbooten saß und Dorsch angelte.

Torvald vertäute das Wassermotorrad an seinem Privatsteg am Kai und stolzierte wie Großkaufmann Mack aus Knut Hamsuns *Pan* in Richtung Kneipe. Er zog den Bauch ein, schob den Hut nach hinten und lächelte alle Passanten freundlich an, stellte sich vor, wie sie sich hinter seinem Rücken umdrehten und einander zuraunten: »Schaut, da geht der Lachskaiser«. Er behielt seinen Lieblingshut auf, holte sich ein Bier an der Bar und setzte sich an einen Tisch in der hinteren Ecke. Es war das erste Mal seit vielen Monaten, dass er sich im »Heuler«, seiner alten Stammkneipe, blicken ließ. Er war aufgestiegen, von seinem Status konnten diese Penner hier nur träumen.

Er gehörte nicht mehr zu ihnen.

Die Brüder Torvald, Einar und Gunnar Vega waren mit je zwei Jahren Abstand in einem kleinen Fischerdorf an der Nordküste der Insel Vega geboren worden. Ihr Vater, Alan

Vega, hieß ursprünglich Fuglesang und stammte aus Bærum, aber nach seinem Studium heiratete er die Krankenpflegerin Victoria Vega und beschloss, in deren exotische Heimat zu ziehen, um dem Konkurrenzdruck in der Großstadt zu entkommen und im Einklang mit der Natur zu leben.

Alan bekam eine halbe Stelle als Sportlehrer an der Schule im Ort. Mit seinem Magistergrad in Geschichte war er nach eigenen Worten der einzige Akademiker auf Vega. Jeden Sonntag nach dem Frühstück las er laut aus seiner Magisterarbeit »Gewalt als Machtmittel im Weströmischen Reich« vor. Er fühlte sich einsam, »umgeben von einfachen Bauern und Fischern«, wie er in sein Tagebuch geschrieben hatte, das die Polizei unter der Matratze fand, auf welcher er im Herbst 1985 seinen Schöpfer traf.

Nach außen galt Alan Vega als strenger, aber gerechter Mann. Innerhalb der Familie war er nur streng. Er war ein überzeugter Anhänger der Körperstrafe und ließ keine Gelegenheit aus, seine Söhne im gut isolierten Erdkeller des Hauses zu züchtigen.

Man mochte viel über Alan Vega sagen – was durchaus der Fall war –, aber nicht, dass er keine Fantasie hatte. Im Gegenteil, er war äußerst kreativ, wenn es um Misshandlungsmethoden ging. Er benutzte Gürtel, Stöcke, Apfelsinen in Socken, Tiefkühlhähnchen in Kissenbezügen, Kartoffeln in Küchenhandtüchern, Lauch in Plastiktüten, Bügeleisen, Strom, Wasser, sogar den Schraubstock an der Werkbank. Wie er den Söhnen immer wieder sagte: »Jeder Idiot kann seine Kinder bestrafen. Die Herausforderung ist, es so zu tun, dass es wirkt, aber keine bleibenden Schäden hinterlässt.«

1982 zog Torvald von zuhause aus, um sein Glück in

Brønnøysund zu versuchen. Er begann als Zeitungsbote und stieg bald zum Krabbenfischer auf. Drei Jahre später eröffnete er einen Friseursalon in der Hauptstraße, 1986 einen Imbiss und im Jahr darauf eine eigene Tankstelle. Als er 1989 die Konzession für die Zucht von Regenbogenforellen im Velfjord beantragte, holte er Gunnar mit ins Boot, weil er einen ergebenen Handlanger brauchte, und Einar, weil dieser auf die Polizeischule ging, was sich sicher einmal als nützlich erweisen würde.

Die Fjordlax AG expandierte rasch mit Hilfe kreativer Drohungen und Bestechungen, lukrativer Ausnahmegenehmigungen und des Verzichts auf kostenfressende Sicherheitsmaßnahmen. Am Anfang gab es immer wieder Ärger mit der Steuerbehörde und anderen Kontrollorganen. Die Konzession hing am seidenen Faden, aber Einars Ernennung zum Polizeichef von Brønnøysund im Jahr 1992 machte die Dinge wesentlich leichter.

Die Vega-Brüder wurden steinreich – zumindest für nordnorwegische Verhältnisse. Sie gingen von Forelle zu Lachs über, und 2002 verkauften sie achtzig Prozent der Firma an den offensiven Investor Axel Platou. So wurden sie Teil des NorFish-Imperiums, der größten Lachszuchtfirma der Welt.

Eigentlich trank Torvald tagsüber keinen Alkohol, zumindest nicht sonntags, außer wenn er sich im Ausland aufhielt, um irgendwelche exotischen Tiere zu jagen. Heute jedoch hatte er unbändige Lust auf ein Bier. Gunnar würde erst gegen sechs Uhr kommen, so lange wollte er nicht auf dem Trockenen sitzen.

Nichts hatte sich verändert seit seinem letzten Besuch.

Derselbe alte Linoleumboden, die vergilbte Tapete, zehn kleine Holztische mit roten Läufern und Brandflecken, die dunkle Holzdecke.

Turid lächelte die alten Säufer und Brummbären noch immer freundlich an, und sie meinte es ehrlich. Torvald bekam ein schlechtes Gewissen. Warum war sie so glücklich, obwohl sie hier schuftete und zusehen musste, wie dieselben Loser sich jeden Abend die Kante gaben? Er betrachtete sie. Sie trug kurze Jeans und ein weißes Top. Bei dem Anblick regte sich was da unten, ein subtiles Kribbeln im Skrotum. Ihr Körper war keineswegs perfekt, aber sie erfüllte alle Kriterien, die er verlangte. Die Offenbarung war ihm mit zehn Jahren gekommen, als er daheim ins Bad geplatzt war, wo gerade eine Freundin seiner Mutter stand. Er sah ihre weiße Haut und den dichten schwarzen Busch zwischen ihren Beinen, und von da an mussten alle nackten Frauen so aussehen.

Torvald setzte die Sonnenbrille ab und legte sie auf den Tisch. Schon möglich, dass er eine einfache Seele war, aber warum auch nicht?

Als Gunnar sich zu ihm setzte, hob er das vierte Bier zu einem halbherzigen Prost.

»Hier bin ich«, sagte sein kleiner Bruder. »Was gibt es so verdammt Wichtiges?«

»Platou will einen Mann schicken, der uns bei der Suche nach dem Saboteur hilft«, sagte Torvald und leckte sich Schaum von den Lippen.

»Glaubt er, wir könnten nicht vor unserer eigenen Haustür fegen?« Gunnar zog eine Grimasse.

»Sieht nicht so aus.«

Gunnar stand auf, ging zur Bar und sagte etwas zu Turid, die noch breiter als vorher lächelte. Dann kam er mit einem Bier in der Hand zurück. »Warum mischt er sich in unsere Angelegenheiten? Der hat doch überhaupt keine Ahnung von der Fischzucht.«

»Ich schätze, das hat mit dem Labor zu tun. Die Genforschung bedeutet ihm viel.«

»Ein Spion. Das zeigt, dass er nicht viel von uns hält.«

»Oder, dass er sich Sorgen macht, wie wir mit der Sabotage umgehen.« Torvald sah seinen Bruder streng an.

Gunnar schnaubte. »Das ist einfach nur respektlos.«

»Ich habe ihm gesagt, dass wir keine Hilfe brauchen, aber es ist an ihm abgeperlt.«

Gunnar trank und wischte sich den Mund mit dem Hemdsärmel ab. Er wurde rot vor Wut. »Ihr habt mich mein Leben lang belogen!«

Torvald runzelte die Stirn und sah ihn fragend an.

»Gestern stand es Schwarz auf Weiß in der Zeitung, dass man vom Schneeessen gar keine Würmer im Magen bekommt. Das ist alles Quatsch!«

»Wir haben es nur gut gemeint«, sagte Torvald. Er überlegte, was Gunnar ihm damit sagen wollte, kam aber zu keinem Ergebnis, weil Gunnars Telefon seltsame Laute von sich gab. Es klang wie Wolfsgeheul, gefolgt von Gewehrschüssen. Gunnar antwortete einsilbig, legte schnell auf und trank weiter.

»Ich habe Platou versprochen, dass du keine Dummheiten machst«, sagte Torvald. »Kann ich mich darauf verlassen?«

»Dummheiten? Die Hippiefotze macht sich bestimmt in die Hose und packt schon die Koffer.«

»Was hast du ihr geschrieben?«

»Dass wir wissen, dass sie es war, und was mit ihr geschieht, wenn sie sich nicht innerhalb einer Woche verpisst.«

»Was denn?«

»Das lass mal meine Sorge sein.«

»Eine Woche? Ist das nicht ein bisschen kurz?«

Gunnar steckte eine Zigarette in den Mundwinkel, zündete sie an und stieß eine Rauchwolke aus. Dann pulte er mit dem Zeigefinger einen Tabakkrümel von der Zunge und begutachtete ihn.

»Schon mal was vom Rauchverbot gehört?«, sagte Torvald und grinste.

Gunnar verzog das Gesicht. »Wie lange hättest du ihr gegeben? Einen Monat? Ein Jahr? Sie muss weg hier.«

»Frauen sprengen normalerweise nichts in die Luft«, sagte Torvald.

»Und was ist mit all den Selbstmordattentätern? Da sind auch Frauen dabei.«

»Die Drahtzieher sind immer Männer.«

»Seit wann bist du Experte für Selbstmordattentäter?«

»Genauso lange wie du«, sagte Torvald.

Gunnar ließ die Zigarette fallen und stampfte sie aus.

»Übrigens stimme ich Einar zu«, sagte Torvald. »Du solltest das Jagdgeschäft eine Weile ruhen lassen.«

»Warum?« Gunnar lehnte sich zurück. »Einar hat nur Schiss. Er ist so ein Gutmensch. Wenn er zu Jesu Zeiten gelebt hätte, hätten sie ihn mit ihm ans Kreuz genagelt.«

»Jesses«, sagte Torvald erstaunt. »Hast du das aus dem Fernsehen?«

Gunnar zitterte frenetisch mit dem rechten Bein, anstatt zu antworten.

»Die Jagdfarm ist zu riskant. Sie kann alles kaputt machen.«

»Hier wird nichts ruhen gelassen«, sagte Gunnar und leerte sein Glas.

Torvald holte zwei neue Halbe am Tresen. »Hast du übrigens was von dem Lippfischmann gehört?«

»Der Gangster wollte vierzig Mäuse pro wild gefangener Goldmaid. Und fünfzig für einen gefleckten Lippfisch! Der hat wohl den Arsch offen.«

Torvald rollte mit den Augen. »Das spielt keine Rolle. Wir brauchen nicht viele, das ist nur für die Öffentlichkeit.«

»Ich lass mich aber nicht gern über den Tisch ziehen«, sagte Gunnar. »Der Halsabschneider behauptet, es würde immer schwerer, die Viecher zu fangen. Angeblich sind sie im Sørland schon ausgestorben.«

»Kauf hundert Stück von jeder Sorte. Keiner soll uns vorwerfen, wir würden keine nachhaltige Entlausung betreiben.« Torvald stieß das tiefe, wohlwollende Lachen aus, das ihn schon oft aus brenzligen Situationen gerettet hatte. Das Adjektiv »nachhaltig« betonte er mit viel Ironie.

»Am liebsten würde ich seinen ganzen Tanklaster klauen, dem Kerl einen Lippfisch in den Hals stopfen und ihn in die Futtermühle schmeißen«, sagte Gunnar.

»Beherrsch dich«, sagte Torvald. »Wir müssen auf unseren Ruf achten.«

»Ich lass mich aber nicht gern über den Tisch ziehen.«

»Keiner zieht dich hier über den Tisch. Denk dran: Es ist nur ein kleiner Schritt vom Kapitol bis zum Tarpejischen Felsen.« Torvald richtete den Cowboyhut, sodass er seine Halbglatze verdeckte.

»Schon wieder gelogen«, sagte Gunnar. »Du warst doch da. Es sind mindestens hundert Schritte.«

»Das ist doch nur eine Redensart! Aufstieg und Fall liegen dicht beieinander.«

Gunnar verschränkte die Arme. »Das hättest du auch gleich sagen können. Aber nein, der Herr muss tote Steine aus fremden Ländern bemühen. Angeber!«

1980 hatte Alan Vega seine drei Söhne auf Bildungsreise nach Rom mitgenommen, wo er ein halbes Jahr gelebt hatte, während er an seiner Magisterarbeit schrieb. Sie wohnten in der Zweizimmerwohnung eines früheren Kommilitonen Alans, weit entfernt vom Zentrum, welches ihr Vater »das echte Rom« nannte. Jeden Abend, nach endlosen Wanderungen, obskuren Obelisken und Kirchen, deren Namen kein Mensch kannte, las ihr Vater aus einem amerikanischen Buch vor, das lebhaft die Exzesse der fünf brutalsten römischen Kaiser schilderte: Caligula, Elagabal, Commodus, Nero und Domitian. Die zwei älteren Brüder amüsierten sich vor allem über die englische Aussprache ihres Vaters, während Gunnar kein Wort von alldem verstand und sich auf die Bilder konzentrierte, die so gut wie nichts der Fantasie überließen.

»Was ist eigentlich los mit dir?«, fragte Torvald.

Gunnar beugte sich über den Tisch und flüsterte: »Warum darf ich dieser Hippiefotze nicht ein für alle Mal das Maul stopfen?«

»Wir versuchen es erst einmal mit dem Brief«, beschwichtigte der große Bruder Gunnar.

Gunnar schloss die Augen, schüttelte langsam den Kopf und beugte sich noch weiter über den Tisch. Dann riss er die Augen wieder auf und neigte den Kopf.

Torvald war ratlos. Sein kleiner Bruder bettelte ihn tatsächlich an, eine junge Frau umbringen zu dürfen – ein wahrscheinlich harmloses, hübsches Mädchen. Woher kam so viel Hass? Er dachte an Alan.

»Nix«, sagte er. »Das ist zu riskant.«

»Na gut.« Gunnar lehnte sich zurück und ließ die Arme hängen. »Aber nicht, dass du hinterher sagst, ich hätte dich nicht gewarnt.«

11

Am zweiten Tag ließ Rino Gulliksen den ungebetenen Gast Holz hacken. Nachdem Jokke begriffen hatte, dass er zuerst die Säge benutzen musste, anstatt gleich mit der Axt auf die Stämme einzuhacken, war er eifrig bei der Sache.

Auch das Gerben schien ihm Spaß zu machen. Am Anfang wurde ihm vom Kauen der Lederstreifen etwas übel, aber wenn er nicht daran dachte, dass er an der Haut eines toten Rentiers nagte, ging es einigermaßen.

Das Konservieren von Fisch mit Natronlauge war dagegen ein Kinderspiel.

Am vierten Tag nahm Rino ihn mit auf die Jagd.

Sein Lehrmeister war keineswegs wählerisch. Im ersten Jahr hatte er einen Schweinswal, einen Elch und ein Rentier geschossen, jedoch rasch gelernt, dass die majestätischen Geschöpfe zu viel Fleisch für eine Person boten. Jagdschein, Quoten und Schonzeiten waren Rino egal, aber wenn er ein Tier erlegte, wollte er auch alles verwerten.

Den Schweinswal hatte er an einem warmen Augusttag vom Boot aus erwischt. Beim Angeln war plötzlich eine Herde von zehn Tieren im Fjord aufgetaucht. Es war unkonventionell, Wale mit dem Gewehr zu jagen, aber als er an das herrliche Walfleisch dachte, das ihn da umkreiste, konnte er sich nicht beherrschen. Einen drei Meter langen Wal aus fünf Meter Entfernung zu treffen war nicht allzu schwer, doch das Tier weigerte sich zu sterben. Es trieb an der Oberfläche, schrie und färbte das Wasser rot. Rino band ein Tau um das zählebige Biest und zog es ans Ufer. Dann holte er die Axt und hieb mit voller Wucht auf den Kopf des Wals. Die Schneide rutschte ab, und der Wal versuchte, ins Wasser zu entkommen. Mit der Verzweiflung eines Mannes, der gegen einen übermächtigen Gegner kämpft, schwang Rino erneut die Axt und hieb sie mehrfach in den Nacken des Tieres, bis es nicht mehr zappelte. Dann holte er eine Säge und eine Machete, teilte das Fleisch in Stücke und hängte es in Leinensäcken im Bootshaus auf. Er schaffte ungefähr ein Zehntel davon, ehe es ranzig wurde und er die traurigen Überreste des stolzen Tieres im Fjord versenken musste.

Den Elch hatte er Mitte September weiter oben im Tal geschossen, und eine späte Hitzewelle hatte das Fleisch ruiniert, bevor er einen gescheiten Erdkeller ausheben konnte. Das Rentier war seinem Schöpfer im Oktober begegnet. Das wohlschmeckende Fleisch hatte ihn den langen ersten Winter hindurch satt und zufrieden gemacht.

Mit Ausnahme eines Luftgewehrs hatte Jokke nie eine Schusswaffe in der Hand gehalten. Beim ersten Schuss auf eine Krähe verlor er die Balance, kippte rückwärts um und prallte mit dem Kopf auf einen Stein. Er verfehlte zwei weitere Krähen, einen Nerz und etliche andere Vögel, bis er wie durch ein Wunder aus vierzig Metern Entfernung eine lebensmüde Stockente vom Himmel holte.

Jokke konnte es kaum fassen, als der grüne Vogel zu Boden fiel. Er rannte zu seiner Beute und sah, dass sie noch am Leben war. Das Federvieh zischte, hackte und kämpfte um sein Leben. Rino erklärte ruhig, dass er den Vogel mit einem Knüppel auf den Kopf schlagen müsse. Jokke hob einen kleinen Ast auf und machte ein paar halbherzige Versuche. Rino blickte finster drein und brüllte: »Bring sie endlich um, hau ihr auf den Schädel, verdammt!« Er brach einen dicken Ast von einer toten Tanne, hielt den Vogel am Hals und schlug zu, bis er still war.

»In der Natur darf man nicht zögern«, grunzte Rino und hielt die Beute an den Füßen hoch.

Zurück in der Hütte, bekam Jokke eine Kurzanleitung zum Rupfen und Ausnehmen von Vögeln, dann grillten sie die Ente über der Feuerstelle am Spieß.

Nie hatte Jokke etwas Besseres gegessen.

Nach der kurzen Einführung in den Alltag eines Naturmenschen musste Jokke Nerzfallen säubern und mit stinkendem Kohlfisch bestücken, den Rino in der Nacht zuvor bei der Lachsfarm geangelt hatte.

So war es, mutterseelenallein in einem dunklen Fjord in Nordland zu wohnen, ohne Straßenverbindung, Strom, fließend Wasser oder Internet. Der Alltag bestand aus Fangen, Töten, Ausnehmen, Zerteilen, Einmachen, Salzen, Laugen oder auf andere Art Konservieren.

Am Tag nach der Ente gab es ein Stück Fleisch unbekannter Herkunft mit einer Art Pilzeintopf, den sie mit einer großzügigen Menge Rhabarberwein runterspülten. Jokke übernahm den Abwasch, während der große Mann mit dem Südwester in aller Ruhe seine Mahlzeit beendete. Es sah aus, als äße er bewusst so langsam, wie es überhaupt möglich war.

»Und was habe ich heute gegessen?«, fragte Jokke und goss kochendes Wasser aus dem Kessel in die Spülschüssel.

»Hat's dir geschmeckt?«, fragte Rino.

»Etwas süßlich, aber lecker. Was war es?«

»Der Baumeister des Waldes.«

»Baumeister?«

»*Castor fiber*. Biber.«

»Bä! Sind die nicht geschützt?« Jokke tauchte das Geschirr ins kochend heiße Wasser.

»Keine Ahnung. Hier isst man, was auf den Tisch kommt.«

Jokke versuchte, nicht an das niedliche Nagetier zu denken. »Wie lange lebst du schon hier?«, fragte er.

»Lange«, antwortete Rino.

»Wie lange?«

»Über drei Jahre.«

»Wie ist das primitive Leben so?«

»Primitiv? Das klingt wie ein Schimpfwort.«

»Kriegst du es hin?«

»Was?«

»Im Einklang mit der Natur zu leben.«

Rino kratzte sich mit der Gabel an der Wange und antwortete mit vollem Mund: »Es ist schon genug Arbeit, im Einklang mit mir selbst zu leben.«

Jokke setzte sich zu ihm und starrte ihn an, als wäre er ein seltenes Tier.

»Die Natur wartet bloß darauf, mir den Garaus zu machen. Jedes Mal, wenn ich ihr den Rücken zukehre, schwebe ich in Lebensgefahr.«

»Wieso?«

»Sie ist gnadenlos. Kalt, schmutzig und brutal. Ein Fehltritt und es ist vorbei.«

Jokke rieb sich die Augen mit den nassen Gummihandschuhen. Dann griff er nach dem Birkenreisig, das als Spülbürste diente. »Vielleicht bleibe ich auch hier. Das Leben in der Natur gefällt mir.«

»Aha! Der großstadtgeschädigte Mensch sucht einen Zufluchtsort. Freiwillig?« Rino kicherte. »Du hast doch keine blasse Ahnung, was Natur wirklich ist!«

»Ich war vielleicht nicht so lange im Wald wie du«, sagte Jokke und scheuerte den Kochtopf. »Aber die Natur und ich haben vieles gemeinsam.«

»In der Natur gibt es weder Belohnung noch Strafe, nur Konsequenzen«, sagte Rino und kratzte sich am Bart.

»Wer hat das gesagt? Das kommt mir bekannt vor.«

»Glaub bloß nicht, dass die Natur dir wohlgesonnen ist, das ist der schlimmste Fehler, den du machen kannst.«

»Die Natur ist wenigstens ehrlich. Du weißt, was dich erwartet.«

»Von wegen. Es gibt nichts Verräterischeres als die Natur. Du weißt *nie*, was dich erwartet.« Rino verschränkte die Arme. »Die Stadtmenschen glauben, dass alles in der Natur nach einem höheren Plan abläuft und alles eine Funktion oder einen Sinn hat. Das ist totaler Quatsch. In der Natur regiert der Zufall, überall herrscht Chaos.«

»Warum lebst du dann hier?«

Rino antwortete nicht, kaute weiter an einem Stück Biber und starrte ins Leere. Jokke ließ ihn in Ruhe, wusch weiter ab und summte *Too much Heaven*.

»Bee Gees?«, sagte Rino, pulte eine Fleischfaser aus den Zähnen und legte sie auf den Teller.

»Passt dir das etwa auch nicht?«, fragte Jokke und setzte sich.

»Wie kommt es, dass ein junger Kerl wie du Bee-Gees-Lieder singt?«

»Das ist ein Erbschaden. Mein Vater ist ein großer Bee-Gees-Fan. Er hat sie immer im Auto gespielt, wenn wir auf die Hütte fuhren.« Jokke wartete auf eine Antwort, aber sie blieb aus. »Wie bist du hier gelandet?«, fragte er.

»Ich bin hier aufgewachsen. Wir zogen 1969 nach Süden. Das Haus stand über vierzig Jahre lang leer. Ich fand es an der Zeit, dass jemand es benutzt.«

»Aber was tust du hier?«

»Das geht dich nichts an.«

»Warum so geheimnisvoll?«

Rino schaufelte ein großes Stück Biber in den Mund, kaute lange darauf herum und murmelte: »Ich will es mal so ausdrücken: Wenn du zurück in die Zivilisation gehst, darfst du niemandem erzählen, dass du mich getroffen hast.«

»Warum nicht? Ich weiß ja nicht mal, wie du heißt.«

»Rino heiße ich.«

»Sind sie hinter dir her, Rino?«

Rino kaute still weiter.

»Du versteckst dich hier, nicht wahr?«

»Vor drei Jahren habe ich etwas getan, das ich besser nicht getan hätte.«

»Was denn?«

»Ich war ein bisschen übereifrig.«

Jokke riss die Augen auf. »Was hast du angestellt, Rino?«

»Das willst du nicht wissen.« Rino nahm einen Knochen in die Hand und nagte ihn systematisch ab.

»Und jetzt sind sie hinter dir her?«

»Ich habe das Gesetz im Nacken.«

»Was in aller Welt hast du angestellt?« Jokke tat gelassen, als wäre die Gesellschaft Gesetzloser völlig normal für ihn.

»Ich hab ein paar Kerle umgebracht.«

Rino stand auf, öffnete die Tür und warf die Biberknochen in hohem Bogen ins Gebüsch neben dem Plumpsklo. Dann setzte er sich wieder, leckte das Fett von den Fingern und sah Jokke tief in die weit aufgerissenen Augen. »Genug von mir. Die große Frage ist: Was hast *du* vor? Hast du einen Plan?«

»Wen hast du getötet?«, fragte Jokke, plötzlich nicht mehr so gelassen.

»Ein paar Typen, die es verdient haben.«

»Niemand verdient es, getötet zu werden.«

»Glaub mir, diese Typen hatten es verdient.«

Jokke legte mehr Holz in den Kamin und starrte in die Flammen.

»Was hast du vor?«, wiederholte Rino.

»Ich will NorFish erledigen«, sagte Jokke, ohne den Blick vom Feuer abzuwenden.

»Und wie willst du das tun?«

»Stück für Stück, wie man einen Blauwal verzehrt.«

»Okay. Aber wie willst du anfangen?«

»Ich habe bereits angefangen.«

»Und wie geht es weiter?«

»Ich will der ganzen Welt beweisen, wie viele Antibiotika, Wachstumshormone und Palmöl sie in die Fische pumpen.«

»Palmöl?« Rino runzelte die Stirn.

»Sie haben das Fischöl im Futter durch Palmöl ersetzt.«

»Woher hast du das?«

»Das habe ich gelesen.«

Rino ging neben Jokke in die Hocke und atmete tief ein.«

Sie nehmen Pflanzenöl aus Südamerika, weil es billiger ist. Es enthält Pestizide, die in Europa streng verboten sind. Palmöl ist da kaum drin, sondern hauptsächlich Raps und Soja, teilweise genmodifiziert. Sie haben eine Ausnahmegenehmigung. Und Antibiotika waren früher mal, obgleich viele sie noch ohne Genehmigung benutzen. Wachstumshormone sind weniger verbreitet, aber das schlimmste sind die Emissionen: Kloake und Läusemittel, Wasserstoffperoxid und Diflurbenzuron. Alles geht ungefiltert ins Meer. Außerdem wird der Zuchtlachs verunreinigtes Nahrungsmittel. Amerikanische und russische Forscher haben bereits empfohlen, keinen norwegischen Lachs mehr zu essen, weil er krebserregende Stoffe enthält.«

»Und die Drahtzieher?«, sagte Jokke und nickte. »Die das richtig große Geld verdienen. Das sind die Schlimmsten, nicht wahr?«

»Tja«, sagte Rino. »Ich glaube, die meisten Aktionäre wollen gar nicht wissen, was da vorgeht. Die wollen sich nicht die Finger schmutzig machen.«

Rino schenkte sich ein Einmachglas voll Rhabarberwein ein und ließ sich im Schaukelstuhl nieder. »Wusstest du, dass Norwegen die EU gedrängt hat, den Grenzwert für Endosulfan im Fischfutter zu verdoppeln, weil das billige Pflanzenöl voll davon ist?«

»Woher weißt du das alles?«, fragte Jokke, fasziniert über die wissenschaftlichen Kenntnisse des struwweligen Eremiten.

»Eigentlich wären wir technisch in der Lage, das Öl zu reinigen, sowohl das Pflanzenöl als auch das Fischöl, aber das kostet Geld, und das wollen die Lachsbarone und Aktionäre für sich behalten.«

»Unglaublich!« Jokke setzte sich vor dem Kamin auf den Boden und stützte sich auf die Arme.

»Weil das Fischöl durch Pflanzenöl ersetzt wurde, ist der Omega-3-Gehalt im Fleisch der Fische gesunken. Dabei ist genau dies das Argument, warum Lachs offiziell als gesundes Nahrungsmittel gilt.«

»Lachs ist also nicht mehr gesund?«

»Der Omega-6-Gehalt ist rapide angestiegen.«

»Und das ist nicht gesund?«

»Nicht besonders.« Rino trank einen großen Schluck Wein.

Jokke sah den Riesen im Schaukelstuhl ehrfürchtig an. Ihm musste fürchterlich warm sein in den Watstiefeln. Und warum nahm er den Südwester nicht einmal in der Hütte ab?

»Woher weißt du das alles?«

»Am schlimmsten sind die Emissionen, aber die ausgerissenen Zuchtfische geben dem Wildlachs den Rest«, wetterte Rino weiter. »Und das sind mindestens zehnmal mehr, als die Züchter zugeben.«

Rino stand auf, um sich aus dem großen Plastikkanister zu bedienen. Ehe er wieder im Schaukelstuhl saß, war das Einmachglas schon halb leer.

»Eine durchschnittliche Lachsfarm produziert so viel Scheiße wie ganz Drammen. Der Meeresboden darunter ist eine einzige Kloake.«

»Krank«, sagte Jokke.

Rino streckte die Faust in die Luft und brüllte: »Der Mensch kämpft schon immer vergeblich gegen die Natur! Er kann sich vorübergehend über ihre Gesetze erheben, aber die Natur kapituliert nie!«

»Und wer hat das gesagt?«

»Hans Børli – Holzfäller und Dichter.«

Jokke nickte und schob die Unterlippe vor.

»Überleg mal, wie streng die Regeln an Land sind. Wenn irgendjemand einen obskuren Salamander entdeckt oder ein Schwuler eine seltene Blume findet, werden sofort Straßen verlegt oder Bauprojekte gestoppt. Aber mit den Fjorden darf man machen, was man will.«

»Ich glaube nicht, dass Schwule sich mehr für Blumen interessieren als andere«, warf Jokke ein. »Das ist ein Klischee.«

»Die Zuchtbranche hat alle in der Hand, die sie eigentlich kontrollieren sollen. Sie verfügen über ein Netzwerk an Wissenschaftlern, Politikern und Lobbyisten, die Lügen und Bullshit verbreiten.«

»Das klingt ja ganz nach Verschwörungstheorie.«

»Sie haben zwei große Vorteile auf ihrer Seite. Erstens: Alles geschieht unter Wasser, keiner sieht es. Zweitens: Die meisten Lachsfarmen liegen an einsamen, unzugänglichen Orten, wo kaum jemand hinkommt.«

»Du meinst also, dass keiner merkt, was sie tun?«

»Genau.« Rino warf ein neues Scheit in den Kamin. »Brønnøysund gibt Millionen für die Abwasserreinigung aus. Keiner will ohne Kläranlage leben, aber auf der anderen Seite des Fjords gelangen die Kloake und alle Giftstoffe von der Lachsfarm ungeklärt ins Wasser. Die Emissionen sind zwanzigmal so hoch wie im Abwasser einer Stadt, aber keiner schert sich darum. Wein?«

»Nein danke.« Jokke verschränkte die Arme. Nun wollte er auch zur Diskussion beitragen. »Meine lokale Kontaktfrau Erna Solbakken sagt, dass Fjordlax Genmanipulation betreibt.«

Rino grinste. »Erna Solbakken? Klingt wie ein Künstlername.«

»Es ist ihr echter Name.«

»Genmanipulation? Quatsch. Das sind Banditen, aber so fortschrittlich sind sie nicht.«

»Sie sagte, die Lippfisch-Zuchtstation sei in Wirklichkeit ein Genforschungslabor.«

Rino starrte ins Feuer und verzog die Lippen zu einem Grinsen.

»Tut jedenfalls verdammt gut, dass ich diesen Käfig gesprengt habe«, sagte Jokke. »Da sind bestimmt etliche Hundert Lachse entkommen.«

Rino sah Jokke in die Augen, der sofort merkte, dass er etwas Dummes gesagt hatte. »Etliche Hundert? Weißt du nicht, wie viele Lachse sie in so ein Netz pferchen?«

Jokke schüttelte den Kopf.

»Über 200 000. Mindestens. Die Vega-Brüder brechen alle Regeln.«

»Die Vega-Brüder?«

»Die Betreiber von Fjordlax.«

»Kennst du sie?«

»Die Vega-Brüder brechen jedes verdammte Gesetz der Welt. Sie pumpen den Fjord mit Läusemitteln voll und werfen kranke Fische einfach aus den Netzen. Einer von ihnen ist Polizeichef von Brønnøysund, das ist das Problem.«

»Woher weißt du das alles?«

»Man muss seine Feinde kennen. Noch Fragen?«

»Ich glaube, du hast das Wichtigste gesagt.«

»Weißt du zum Beispiel, welche Farbe das Fleisch von Zuchtlachs hat?«

Jokke schüttelte den Kopf.

»Es ist grau! Sie mischen den Farbstoff Astaxanthin ins Futter, damit sie aussehen wie echter Lachs.«

»Aber warum schmeckt der Lachs dann so gut?«

»Gut?« Rino griff in die Jackentasche, zog eine Dose Snus hervor und steckte sich ein Stück unter die Oberlippe.

»Ich mag SALMA-Lachs«, sagte Jokke.

Rino zögerte. »Er ist überraschend gut, das muss ich zugeben. Das ist ja das Dumme.«

Abgesehen von der roten Nase, schien die enorme Menge Wein, die Rino in sich hineinschüttete, keinerlei Wirkung auf ihn zu haben.

»Aber das spielt keine Rolle. Er kann so gut schmecken, wie er will, die Branche ist nicht nachhaltig.«

»*Nachhaltig*?«

»Sie gräbt ihr eigenes Grab.«

»Warum ist Wildlachs so wichtig? Ist es nicht wichtiger, Nahrung für die wachsende Weltbevölkerung zu produzieren?«

»Lachs ist kein Nahrungsmittel für die Armen. Der Wildfisch, aus dem das Lachsfutter gemacht wird, sollte stattdessen Menschen ernähren.«

»Aber du hast doch gesagt, dass sie Pflanzenöl einsetzen?«

»Trotzdem werden noch Fischöl und vor allem Fischmehl verbraucht. Aus Peru. Siebzig Prozent der gesamten Weltproduktion kommen von dort.«

»Irgendwo habe ich gelesen, dass kein anderes Nutztier sein Futter so gut verwertet wie der Lachs.«

»Das hilft auch nichts, wenn man fünf Kilo Wildfisch braucht, um ein Kilo Pellets herzustellen.«

»Ich stelle ja nur kritische Fragen.«

»Ich dachte, du hasst die Zuchtindustrie?«

»Das tue ich auch!«, bekräftigte Jokke.

»Aber du hast nicht die geringste Ahnung davon.«

»Jetzt schon.«

»Wie kannst du etwas hassen, das du gar nicht kennst? Wegen dir schwimmen eine viertel Million Zuchtlachse in einem kleinen Fjordarm frei herum. Das könnte zum größten Ausbruchsskandal der Geschichte werden. Die künstlichen Geschöpfe schwimmen die Flüsse hinauf und verbreiten schlechte Gene und Krankheiten.«

Jokke senkte beschämt den Blick.

»Du hast die Situation für die wenigen Wildlachse, die es noch gibt, nur verschlimmert.« Rino hob den Südwester an, kratzte sich am Kopf und setzte ihn gleich wieder auf. Der Junge widersprach ihm nicht, also fuhr er fort: »Ein gesprengtes Netzgehege: 200 000 Lachse auf der Flucht. Bravo! Was wird dein nächster Streich?«

»Weiß nicht«, sagte Jokke. »Aber NorFish soll bluten. Hast du eine Idee?«

Rino sprang auf, strich sich durch den Bart und hob das Glas. »Endlich! Ich dachte schon, du würdest nie fragen.«

12

»Der sieht aber ganz schön kränklich aus«, sagte Luke Pettersen, ehemaliger Fischer, mehrfacher Kreismeister im Judo und Gunnar Vegas persönlicher Assistent. »Er kann sich ja kaum auf den Beinen halten.«

Luke war klein und gedrungen. Vor einigen Jahren war er noch athletisch gewesen, aber inzwischen hatte sich eine gleichmäßige Speckschicht über seinen Körper verteilt, besonders am Bauch. Von Weitem sah er wie ein gewöhnlicher Glatzkopf aus, aber aus der Nähe sah man, dass er sich den Schädel rasierte und die Augenbrauen zupfte, ein schmerzhaftes Ritual, das er einmal pro Woche mit der Pinzette durchführte.

Als George Lucas 1979 *Das Imperium schlägt zurück* in Finse drehte, war Lukes Vater als Statist dabei gewesen, weshalb er seinen inzwischen dreiunddreißig Jahre alten Sohn nach Luke Skywalker benannte. Der einfache Fischer hatte nicht bedacht, dass die Jugendlichen in Brønnøysund den Namen wie in »Dachluke« aussprachen. Vor fünf Jahren hatte der Mann mit dem unnorwegischen Vornamen den Fischkutter verkauft, den er von seinem Vater geerbt hatte, und stattdessen eine Karriere als persönlicher Assistent Gunnar Vegas begonnen. Er war Haushaltshilfe, Jagdführer und Mädchen für alles in einer Person. Für 450 000 Kronen im Jahr stellte er seinem Chef Körper und Seele zur Verfügung.

Nach der Krisensitzung mit seinen Brüdern hatte Gunnar Luke bei der Lippfischzucht am Hafen getroffen. Die beiden hatten Survival Suits und Skibrillen angezogen und sich ihrer Lieblingsbeschäftigung gewidmet: mit laut aufgedrehtem Radio im zweitschnellsten Schlauchboot der Welt über den Velfjord zu donnern.

Lillebørja war ein kleiner Fjord nördlich von Storbørja. Er war kürzer, aber noch enger und noch einsamer. Und er war ihre Domäne. Hier störte sie keiner. Sie standen in der zweihundert Quadratmeter großen Scheune am Ende des Fjords und begutachteten einen Wolf, der in einem der zwanzig Käfige auf beiden Seiten der Scheunenwand eingesperrt war.

»Wir geben ihm ein bisschen Pfeffer, bevor wir ihn in die Manege schicken«, sagte Gunnar. »Das hilft immer.«

»Wo hast du den gefunden?«

»In einem Zirkus vor Bukarest. 10 000 Mäuse inklusive Trailerfracht. So gut wie gratis.«

»Warum ist der so schwarz? Ich dachte, Wölfe wären hellbraun?« Luke strich mit der Hand über die Glatze.

»Osteuropäische Wölfe sind oft schwarz.«

»Wie viel bezahlt der Schwede, um ihn zu schießen?«

»110 000, mit Ausstopfen. Ohne Transport.«

»Aber du hast ihm einen norwegischen Wolf versprochen, oder?«

»Wolf ist Wolf«, sagte Gunnar.

Vor gut zehn Jahren hatten seine großen Brüder Gunnar endlich erlaubt, einen Traum zu verwirklichen und ein

300 × 400 Meter großes Areal mit einem drei Meter hohen Elektrozaun zu umgeben. Offiziell lief es als Schafweide mit Raubtierschutz sowie private Paintball-Arena der Gebrüder Vega. In Wirklichkeit war es ein Terrain, auf dem reiche Skandinavier, Briten oder Russen geschützte Raubtiere und andere Trophäen aus nächster Nähe jagen konnten.

Die Idee war ihm 1999 gekommen, als der Chef der polnischen Supermarktkette Biedronka, ein treuer Kunde von Fjordlax, ihn und Torvald zum *canned hunting* auf eine Jagdfarm vor Johannesburg eingeladen hatte. Schon am ersten Tag hatten beide Brüder je einen Löwen und einen Geparden erlegt. Dann betrank sich Torvald und verfehlte einen schlafenden Wasserbüffel aus acht Metern Entfernung, doch nichts konnte das Erlebnis schmälern, Biester niederzumähen, welche die Menschen seit Tausenden von Jahren fürchteten.

Die Jagdevents in Lillebørja fanden am frühen Morgen statt, damit die Manager mit ihren Helikoptern nach der Mittagspause wieder in Oslo, Bergen, Murmansk oder Kopenhagen sein konnten. Für Kunden, die längere Zeit in der norwegischen Natur verbringen oder einfach nur von Frau und Kindern wegkommen wollten, hatten sie eine luxuriöse Jagdhütte mit Stromaggregat, gut bestückter Bar, kubanischen Zigarren, einem 60-Zoll-Flachbildschirm und einer großen Auswahl skandinavischer Jagd-, Angel- und Pornofilme eingerichtet.

Der große Jäger saß in einem Ansitz mitten in der Einhegung. Es gab auf allen Seiten Schießscharten – wo immer das arme Tier auftauchte, hatte er freie Sicht und freies Schussfeld. Um ganz sicherzugehen, legten sie vergammeltes Rindfleisch als Köder rund um den Ansitz aus, damit die ausgehungerten Tiere nicht weiter als zehn Meter vom Schützen entfernt waren.

In den Käfigen der Scheune befanden sich ein lahmer Wolf aus Bulgarien, ein depressiver Braunbär aus Finnland, der auf einem Auge blind war, ein seniler Luchs mit Verdauungsbeschwerden aus Schweden, ein heimwehkranker kanadischer Schwarzbär und ein bedauernswertes, verlorenes Gnu aus Uganda, das ein spanischer Unterhändler aus Versehen nach Norwegen geschickt hatte. Sie wurden es nicht los, weil niemand nach Nordnorwegen reiste, um eine afrikanische Antilope zu jagen.

»Wie heißt nochmal der Kerl mit der Arche? Moses?«, fragte Gunnar.

»Nix, das war Noah.«

»Ach ja. Ich fühle mich hier drinnen wie Noah.«

Luke nickte, imponiert über seinen Chef. »Warum bezahlen die Leute so viel, um Tiere zu schießen?«

»Zeit«, antwortete Gunnar. »Nimm zum Beispiel den Ölfritzen aus Stavanger, der letzte Woche hier war. Er hat mehr als genug Geld, um nach Kanada zu reisen und dort einen wilden Bären zu schießen, aber er hat keine Zeit. Wir verdienen am Zeitmangel der Leute.«

»Zeit ist Geld«, sagte Luke und kniff die Augen zu. »Gestern hat übrigens schon wieder dieser geisteskranke Russe angerufen. Er hat uns eine halbe Million Dollar geboten, wenn er einen echten Norweger abknallen und ausstopfen darf.«

»Hat er das wörtlich gesagt?«

»Die Leute sind krank.«

»Ich kapier das nicht.« Gunnar schüttelte den Kopf. »Warum nimmt er nicht irgendein armes Schwein aus Irkutsk,

Novosibirsk oder einem anderen Loch der ehemaligen Sowjetunion. Warum soll es ausgerechnet ein Norweger sein?«

»Er hat was von einer Sammlung gemurmelt, aber ich hab nicht ganz verstanden, was er meinte.« Luke kniff die Augen fest zu, hielt sie ein paar Sekunden geschlossen und riss sie weit auf – ein Tick, den er seit einiger Zeit hatte.

»Muss es unbedingt ein Mann sein?«

»Wie meinst du das?«

»Na, ob es unbedingt ein Norweg*er* sein soll oder ob eine Norweger*in* es auch tut.«

»Keine Ahnung. Sein Englisch ist fürchterlich. Er hat *Norwegian* gesagt.«

»Dann kann es auch eine Frau sein.«

»Ja, wahrscheinlich.« Luke kratzte sich am Kinn.

Gunnar dachte nach »Eine halbe Million Dollar?« Seine Augen glänzten. »Das ist verdammt viel Geld.«

13

Die Meeresbiologin Liv Kongevold kroch nackt aus dem Bett ihrer Dreizimmerwohnung in Brønnøysund und stapfte ins Bad. Sie schlich am Spiegel vorbei in die Dusche und drehte das Wasser auf. Dann schloss sie die Augen und versuchte, nicht an all den Dreck zu denken, den das heiße Wasser von ihr abwusch, sondern an reine, schöne Dinge wie Angeltouren mit ihrem Vater, Steinadler oder Meeresschildkröten. Aber ihr Herz pochte immer schneller und die innere Unruhe wurde immer größer. Seit Wochen wurde sie das Kribbeln in den Armen und Beinen nicht los.

Es war vor allem dieses chronische Gefühl, ihre eigenen Ideale verraten zu haben, aber auch der Wunsch, ihrer neuen Freundin Erna Solbakken zu imponieren, die ihr das Geheimnis von Lillebørja entlockt hatte.

»Whistleblower« klang definitiv positiver als »Verräterin«. Natürlich war es illoyal, aber man konnte die Augen nicht vor allem verschließen. Und als Erna von den Umweltaktivisten aus Oslo erzählte, die ihre Verachtung gegen die Lachszucht markieren wollten, hatte sie die Farm in Storbørja als Sabotageziel vorgeschlagen. Sie hatte Erna die notwendigen Informationen über den Betrieb gegeben, und Erna hatte sie an die Aktivisten weitergeleitet.

Alles hatte sie Erna verraten: das bewusste Aussetzen kranker Lachse, das Verschweigen meldepflichtiger Läuseplagen, der Einsatz verbotener Antibiotika und sogar, dass die Lippfischzucht am Hafen in Wirklichkeit ein Genforschungslabor war.

Liv hatte nicht damit gerechnet, dass die Aktivisten etwas in die Luft sprengen würden, das gehörte nicht zur Abmachung.

Am Anfang war sie rasend vor Wut. Sie fühlte sich von Erna betrogen und bereute, dass sie sich ihr anvertraut hatte. Doch nachdem der erste Zorn verflogen war, kam ein neues Gefühl hinzu.

Sie hatte etwas unternommen. Auf ihre Weise.

Liv und Erna hatten sich zufällig bei der Vernissage eines Fotokünstlers in der einzigen Galerie der Stadt kennengelernt. Acht Schwarz-Weiß-Bilder einer stillgelegten Kaviarfabrik in Finneidfjord. Sie hatten mit dem Fotografen diskutiert und bestätigt, wie dumm es war, dass die Firma ihre Produktion nach Trondheim verlegt hatte. Nachdem sie über das Unverständnis für Kunst auf dem Land gelästert hatten, mussten sie den aufdringlichen Künstler regelrecht abschütteln. Sie gingen zu Liv, tranken Fernet Branca und redeten bis vier Uhr morgens über Film, Fernsehen, Musik und Literatur.

Bisher hatte Liv sich immer, wenn es schwierig wurde, mit dem Gedanken getröstet, dass dieses Leben nur eine Zwischenstation war. Sobald sie genug Geld gespart hätte, wollte sie ein neues Leben in Australien beginnen. Aber langsam wurde es eng. Sie musste aus Brønnøysund verschwinden, bevor es zu spät war, denn sie wusste schon viel zu viel. Im besten Fall würden Axel Platou und die Vega-

Brüder dafür sorgen, dass sie nie wieder einen Job bekam, im schlimmsten Fall würden sie ihr den Mund stopfen, damit sie nie wieder mit jemandem redete, jedenfalls nicht über Genmanipulation.

Sie hätte es Erna nie erzählen dürfen.

Wenn Platou und NorFish gegen die Russen und Asiaten auf dem Markt bestehen wollten, mussten sie einen Schritt voraus sein. Platous Lösung bestand in der Züchtung einer Lachsart, die doppelt so schnell wuchs wie gewöhnlicher Zuchtlachs. Das Rezept würde er geheim halten, ähnlich wie Coca Cola. Doppelt schnelles Wachstum bedeutete doppelte Produktion, was wiederum doppelten Profit versprach.

Mit der geschlossenen Lippfisch-Zuchtstation am Hafen von Brønnøysund und deren Betreiber, den Gebrüdern Vega, hatte Platou den idealen Deckmantel für die Genforschung gefunden.

Lippfisch galt als natürliche, nachhaltige Lösung gegen die Läuseplage, denn die Goldmaid und der gefleckte Lippfisch liebten das kleine Krebstier und lutschten es von der Haut der Lachse. Das funktionierte wunderbar, solange die Lachse klein waren, doch sobald sie sich ein paar Kilo angefressen hatten, bekamen die Lippfische eine Heidenangst vor den großen Raubfischen. Sie starben vor Stress, und die wenigen Überlebenden drückten sich an den Rand der Netze, wo sie sich von Lachskot und anderem Dreck ernährten. Nach spätestens einem Jahr waren alle Lippfische in den Gehegen tot. Es war pure Tierquälerei, doch das wollte niemand hören. Die Vega-Brüder nutzten dies aus und schlugen zwei Fliegen mit einer Klappe: NorFish und Fjordlax wurden für die Investition in die umweltfreundliche

Schädlingsbekämpfung gelobt und bekamen einen perfekten Ort für ihre Genexperimente.

Genlachs war längst Realität. Platou hatte die Idee von der amerikanischen Firma AquaAdvantage, der es in den Bergen von Panama gelungen war, schneller wachsende Lachse zu züchten. Das Geheimnis bestand aus der Kombination der Gene von pazifischem Lachs und Aalmutter. Letztere bewirkten, dass die Fische das ganze Jahr über gleichmäßig wuchsen, unabhängig von der Wassertemperatur. Sie brauchten nur sechzehn Monate anstatt drei Jahre bis zur Schlachtreife.

Platou bot dem Chefforscher Bob Stoolman eine halbe Million Dollar im Jahr sowie unbegrenzten Zugang zu norwegischen Blondinen, und Stoolman sagte sofort zu. Er bekam eine frisch renovierte Dachwohnung in Brønnøysund, aber die meiste Zeit verbrachte er mit Liv im Labor und abends im »Heuler«.

NorFish hatte sich auf hohem Niveau über die Natur hinweggesetzt.

Doch die Leute mochten es nicht, wenn man in das Werk des Schöpfers eingriff.

Platous Ziel war es, eine Lachsart zu züchten, die nicht nur schneller wuchs, sondern auch resistent gegenüber der Lachslaus und anderen Krankheiten war. Eine Anpassung an das Leben in Gefangenschaft. Wenn dies gelang, würden sie nur noch sterile Weibchen züchten und die Anlagen an Land verlegen. Schädlinge, Genverunreinigung und Emissionen würden damit der Vergangenheit angehören.

Die Genmanipulation bekümmerte Liv weniger. Wenn man es richtig anstellte, konnte dies die Rettung für die Natur bedeuten und die Branche revolutionieren. Deshalb hatte sie kein schlechtes Gewissen, dem Amerikaner bei der Arbeit im Labor zu assistieren.

Alles andere hingegen fraß sie innerlich auf, und es wurde von Tag zu Tag schlimmer.

Liv drehte das Wasser ab, huschte am Spiegel vorbei und nahm das Handtuch mit ins Schlafzimmer.

Ihr großer Traum war ein Job am Great Barrier Reef. Der Auslöser für ihr Studium war ein Dokumentarfilm über Heron Island in Queensland gewesen. Die Bilder der Polypen im Korallenriff, die im Mondlicht gleichzeitig Eier und Sperma ausstießen, hatten sich auf ihrer Netzhaut eingebrannt. Es war eine Explosion von Licht und Leben unter Wasser. Sie wollte die Korallenriffe retten, mit Meeresschildkröten schwimmen und Haie aus Netzen befreien. Es brauchte viel Mut auszubrechen, aber den hatte sie. Sie träumte davon, ein anderer Mensch zu werden.

Mehr wie Erna Solbakken.

Sie hatte so viel von ihr gelernt.

Unter anderem, im Stehen auf einem Surfbrett zu paddeln.

Liv warf das Handtuch auf den Boden, zog einen roten Slip und ein weißes Top an, holte das Telefon aus der Jeans, die auf dem Boden lag, und rief ihre Freundin an. In zwanzig Minuten sei sie bei ihr.

Erna und Liv hatten mit normalen Seekajaks angefangen. Erna hatte ihr vorgeschwärmt, wie nahe man im Kajak der Natur sei, wenn man still voranglitt, mehr Teil der Natur als Beobachter. Auch Liv mochte den Nahkontakt mit den Elementen, aber der Muskelkater in Armen und Oberkörper ließ sie bald alle Schönheit vergessen.

Das Stehpaddeln, kurz SUP, war etwas anderes. Es wurde zu seiner Zeit in den USA und Australien als Alternative zum Surfen eingeführt. Im Stehen sah man die Wellen besser und kam schneller in Position. Dann fand jemand heraus, dass die Sportart bestes Core-Training war. Es verbreitete sich über die ganze Welt, auch in Länder, in denen man nicht Wellenreiten konnte. Stehpaddeln war Gleichgewichtsübung, Kraft- und Konditionstraining, Meditation und Naturerlebnis zugleich. Und es war total unnorwegisch. Liv hatte das Gefühl, woanders zu sein, obwohl sie sich neben der starken und eleganten Erna ungeschickt vorkam.

Erna wartete schon auf dem Parkplatz am Heggfjord auf sie. Es war ein kalter und grauer Tag mit Nieselregen und beißendem Nordwestwind. Der aufgewühlte Atlantik lud nicht gerade zum Tanz, aber das Ungewöhnliche daran war einer der Gründe, dass sie es taten.

Liv klapperte mit den Zähnen, während sie verzweifelt versuchte, sich in den eng anliegenden Wet Suit zu zwängen. Sechs Millimeter dickes, klebriges, schwarzes Neopren von Kopf bis Fuß. Als sie es geschafft hatte, hob sie das Brett vom Dach des alten Landcruisers und schlenderte zu Erna, die schon am Ufer stand und Dehnübungen machte.

»Da bist du ja«, sagte Erna und lächelte.

»Sorry«, sagte Liv. »Ich habe keine Entschuldigung.«

»Schöner Tag zum Paddeln.«

»Ja, perfekt.«

Sie befestigten die Fangleinen mit Klettverschlüssen um die Knöchel und schoben die Surfbretter ins Wasser.

»Tut mir leid, dass es so heftig ausgegangen ist«, sagte Erna. »Ich wusste nicht, dass der Umweltschützer so verrückt ist.«

»Schon in Ordnung. Er hätte gleich zwei Netze sprengen sollen, wenn er schon mal dabei war.«

Erna grinste. »Wie haben die Vega-Brüder reagiert?«

»Torvald war bei unserem letzten Gespräch nicht gerade gut gelaunt.«

»Was werden sie tun?«

»Platou schickt einen Kerl, der ihnen bei der Aufklärung helfen soll. Torvald hat mich gebeten, ihm die Gegend zu zeigen.« Liv verzog das Gesicht, als das arktische Wasser zwischen Haut und Neopren drang.

»Axel Platou?«

»Der Besitzer von NorFish, der Muttergesellschaft von Fjordlax. Investor und Kunstsammler. Einer der reichsten Männer Norwegens.«

»Kennst du ihn?«

»Hab ihn ein paar Mal getroffen. Er hat mich angebaggert.«

»Und wie ist das ausgegangen?« Erna legte sich auf das Brett und paddelte ruhig mit den Armen. Liv machte es ihr nach.

»Er hat mich ins Theatercafé eingeladen, als ich noch in Tromsø studierte. Mir einen Job im NorFish-Imperium angeboten. Noch vor dem Dessert schlug er vor, dass wir zu ihm fahren und in die Dampfsauna gehen sollten. Ich habe abgelehnt, worauf er meinte, es wäre klug, etwas mehr Dankbarkeit zu zeigen.«

»Was geschah dann?«

»Ich zeigte etwas mehr Dankbarkeit.«

»Deshalb hast du also den Job bekommen?«

»Ich bilde mir gerne ein, dass es nicht nur deshalb war.«

»Du enttäuschst mich«, sagte Erna.

»Ja, ich habe mich nicht mit Ruhm bekleckert.«

»Wie alt ist er?«

»Alt. Er färbt seine Haare.«

»Wen schickt er hier hoch?«

»Sicher irgendeinen Gorilla.«

»Dann wird es deine Aufgabe, ihn auf eine falsche Spur zu leiten«, sagte Erna.

Die zwei Frauen richteten sich auf den Brettern auf, Erna deutlich eleganter als Liv. Sie paddelten ruhig an der Küste entlang, ehe sie den Heggfjord überquerten. Liv fiel es in den kabbeligen Wellen schwer, das Gleichgewicht zu halten. Sie sah zu Erna hinüber, die unerschütterlich wie eine Galionsfigur auf dem Brett stand. Es sah völlig unangestrengt aus. Trotz Gegenwind glitt sie sanft über die Wellen. Liv fiel mehrmals vom Brett. Ihr war nicht mehr kalt, das Wasser im Anzug hatte sich erwärmt, aber sie schämte sich.

»Jeder fällt«, rief Erna lächelnd. »Aber nur die Sieger stehen wieder auf!«

»Danke für die Info«, prustete Liv und strampelte.

»Was ist mit den Fischen?«, fragte Erna, nachdem Liv zum vierten Mal wieder aufs Brett geklettert war. »Sind viele draufgegangen?«

»Ein paar schon, aber die meisten sind entwischt. Eine Tragödie für den Wildlachs in der Gegend.«

»Man kann nicht alles haben«, kommentierte Erna.

Ein Bus voller japanischer Touristen, der sich an den Heggfjord verirrt hatte, hielt an einem Rastplatz. Menschen mit schwarzen Haaren und Smartphones in den Händen strömten heraus, lachten, winkten und knipsten.

»Schau sie dir an«, sagte Liv. »Was die wohl von uns denken?«

»Ist mir total egal«, antwortete Erna und paddelte zielstrebig weiter.

»Wie geht es deinem Ökokrieger?«, fragte Liv außer Atem. Sie kam kaum noch mit.

»Keine Ahnung. Ich glaube, ich werde ihn in den nächsten Tagen treffen.«

»Er ist also noch in der Gegend?«

»Sieht so aus. Er wirkt süß. Sehr jung.«

Als sie die Spitze der Halbinsel Nevernes umrundeten, zeigte Liv auf ein stattliches Haus an Land. »Da wohnt Gunnar Vega, der übergeschnappte kleine Bruder.«

»Ziemlich großes Haus für so einen Loser«, sagte Erna. »Und er findet das bestimmt selbstverständlich.«

»Das sagt viel über das heutige Norwegen. Voller neureicher Idioten, die glauben, sie hätten es verdient.«

»In meinem Briefkasten lag ein Zettel«, sagte Erna. »Ein Drohbrief, wie von einem kleinen Kind geschrieben.«

»Von wem?«

Erna zeigte mit dem Paddel auf das Haus. »Der junge Vega fand es bestimmt nicht cool, bei seinem eigenen Bruder angezeigt zu werden. Haben sie was darüber gesagt?«

»Über so etwas redet Torvald nicht mit mir.«

»Ist der Polizeibruder auch in der Firma?«

»Einar? Ich glaube, der hat ein schlechtes Gewissen.«

»So wie du?« Erna lächelte.

Liv lächelte traurig zurück. »Ja, wie ich.«

Sie erreichten den exponierten Velfjord, wo die Wellen deutlich höher waren. Erna sah, dass Liv sich kaum aufrecht halten konnte. Nachdem sie ein paar Mal ins Wasser gefallen war, schlug sie vor umzukehren.

»Auf dem Heimweg haben wir Rückenwind«, sagte Erna. »Dann können wir auf den Wellen surfen.«

»Wie in Australien«, sagte Liv.

Als sie Nevernes umrundeten und ruhigeres Fahrwasser erreichten, fragte Erna: »Du kennst doch die Vega-Brüder. Wie durchgeknallt sind die? Muss ich mir Sorgen machen?«

»Torvald ist ein zynischer Bastard, aber nicht gewalttätig«, antwortete Liv. »Für ihn ist es am wichtigsten, dass das Geschäft läuft.«

»Und Gunnar?«

»Einer der Jungs in der Schlachthalle hat erzählt, dass er gesessen hat. Offenbar hat er jemanden umgebracht.«

»Sehr beruhigend«, sagte Erna und paddelte schneller.

Nach anderthalb Stunden intensivem Paddeln und vielen unfreiwilligen Bädern für Liv erreichten sie ihren Ausgangspunkt. Sie wateten an Land und holten zwei kleine Anker, die sie mit Seilen an den Surfbrettern befestigten. Dann paddelten sie fünfzig Meter hinaus, warfen die Anker aus, legten sich mit dem Rücken auf die Bretter und schalteten ab.

SUP-Yoga war Ernas eigene Erfindung. Die bodenständige Liv brauchte eine Weile, bis sie sich darauf einlassen konnte, doch sie musste zugeben, dass es äußerst entspannend war, auf den Wellen zu schaukeln und dem Wasser zuzuhören.

»Was stand auf dem Zettel?«, fragte Liv und schaute in die grauen Wolken, die tief über dem Wasser hingen.

»Dass sie wüssten, dass ich es war, und dass sie mich finden würden, egal, wo ich mich verstecke.«

»Klingt nach Gunnar. Der plustert sich gern auf.«

»Scheißmänner«, sagte Erna.

»Es gibt auch andere.«

»Wer denn. Axel Platou etwa?«

»Nein, der ist auch ein Arsch.«

»Eine Frau würde so etwas nie tun.«

Erna schloss die Augen und begann ihre Yogaübungen. Liv konnte sich nicht konzentrieren. Sie dachte ans Barrier Reef und an alles, was sie getan hatte. Wie konnte sie sich von den Vega-Brüdern und aus Nordland befreien?

»Wenn das alles vorbei ist, fliegen wir nach Australien und surfen richtig auf unseren Brettern«, sagte sie zwanzig Minuten später.

»Wir können mit den Lofoten beginnen«, schlug Erna vor. »Die sind wesentlich näher.«

»Und wesentlich kälter«, sagte Liv.

Erna antwortete nicht. Sie war in ihrer eigenen Welt, lag mit geschlossenen Augen auf dem Brett und streckte die Beine in die Luft.

14

Gunnar Vega saß mit einem Glas Gin im Whirlpool auf der Terrasse und blickte über den grauen Fjord. Aus den Lautsprechern an der Wand dröhnte Sister Sledges *We are Family*. Die Luft war höchstens sieben Grad warm, Sprühregen und beißender Wind. Umso behaglicher war es im warmen Wasser. Jedes Mal, wenn Gunnar bei typischem Nordlandswetter dort saß, war er stolz auf den Sieg der menschlichen Rasse über die ungastliche Natur seiner Heimat.

Gunnars Haus lag nur wenige hundert Meter von Torvalds entfernt und war im Grunde ein Nachbau, bloß halb so groß und mit weniger Schornsteinen. Diesen Mangel kompensierte er mit einer klassischen Marmorbüste seiner selbst, die den Wendeplatz der gepflasterten Auffahrt zierte. Sie war nach dem Vorbild der Caligula-Büste im Getty Museum gefertigt. Mit dem lockigen Haar, der hohen Stirn, dem kleinen Mund und den schmalen Lippen sah sie gar nicht wie Gunnar aus, aber das störte ihn nicht, solange sie ihn täglich an seine Größe erinnerte.

Etwas abseits, neben dem Trampolin, stand Luke Pettersen in braunen Stiefeln und einem weißen Daunenmantel und sprach leise in sein Telefon.

Gunnar hielt sich die Nase zu und tauchte ganz unter.

Mit geschlossenen Augen und tausend Litern warmem Wasser über dem Kopf konnte er wunderbar nachdenken. Er hoffte, die Freakfrau in Brønnøysund ließ sich nicht von dem vage formulierten Zettel abschrecken, den er in ihren Briefkasten gesteckt hatte. Hoffentlich würde sie noch mehr anstellen, damit sein pingeliger Bruder einsah, dass man sie aus der Welt schaffen musste.

Gunnar tauchte prustend auf und schüttelte sich wie ein nasser Hund. Dann leerte er sein Glas und knallte es auf den Marmorboden.

Es war lächerlich, wie peinlich Torvald darauf bedacht war, ja keine Regeln zu brechen. Wahrscheinlich war er nur so straight, weil er Bürgermeister von Brønnøysund werden wollte. Aber Passivität war ein Ausdruck von Schwäche, nichts anderes, und sobald die Leute Schwäche witterten, war es aus und vorbei.

Der Plebs musste kapieren, dass man sich nicht ungestraft mit den Vega-Brüdern anlegte. Wie 1996, als die Familie Clausen aus Vårøy die Konzession für eine Lachsfarm in Lillebørja bekam. Die Polizei stufte Johnny Clausens Tod als Unfall ein, aber alle wussten, dass Johnny kaum freiwillig einen ganzen Tintenfisch verschluckt hatte, ehe er mit dem Kopf an der Stegkante aufschlug und am helllichten Tag in seinem eigenen Lachsgehege ertrank.

Während er so nachdachte, erblickte Gunnar weit draußen auf den Wellen zwei Gestalten. Er griff nach dem Fernglas. Eine große und eine kleinere, beide von Kopf bis Fuß in schwarzem Neopren. Das mussten sie sein, Erna und Liv. Niemand sonst aus Brønnøysund stand beim Paddeln aufrecht. Er hatte sie diesen Sommer schon öfter gesehen. Die Größere hatte Schwierigkeiten, sich auf dem Brett zu halten und fiel ab und zu ins Wasser. Konnten sie nicht einfach im Sitzen paddeln, wie jeder normale Mensch?

Im Hintergrund hörte er das Summen von Luke Pettersens Rasierer. Ein gehorsames Kerlchen, dieser Luke. Tat, was man ihm sagte. Nicht ein Haar am ganzen Körper.

»Kommst du endlich?«, rief Gunnar. »Es ist einsam hier drin.«

Zwei Minuten später glitt ein splitternackter Luke – mit kreideweißer Haut, einem kleinen Kugelbauch und tätowiertem Stacheldraht auf beiden Oberarmen – zu den Klängen von Kool & the Gangs *Get Down on It* hinter Gunnar in den Pool.

»Hör mal«, sagte Gunnar und wiegte sich im Takt. »Sie spielen unser Lied.«

Luke lächelte, hob die glatte Stelle, wo einmal Augenbrauen gewesen waren, und schmiegte sich eng an seinen Chef.

»Ja, genau so«, sagte Gunnar und schloss die Augen. »Jetzt kannst du mit mir tun, was du willst.«

Gunnar Tiberius Vega war im langen und kalten Schatten seiner erfolgreichen großen Brüder aufgewachsen, an einem Ort, wo jeder jeden kannte. Was immer er tat, es wurde mit Einar und Torvald verglichen. Um aus ihrem Schatten zu treten, musste er Grenzen überschreiten.

Doch das war nicht der einzige Grund, warum der kleine Gunnar so bösartig wurde. Die aufgestaute Aggression seines Vaters traf ihn weit härter als seine großen Brüder. Torvald und Einar hatten in den frühen Achtzigern das Elternhaus verlassen, und von da an bekam Gunnar alle Schläge allein ab, die sie vorher brüderlich geteilt hatten. Er begann mit Gewichtheben und Boxtraining, und obwohl er dem Vater bald körperlich überlegen war, wehrte er sich nicht. Er steckte immer nur ein, kannte nichts anderes, bis er eines Tages dem Vater im Schlaf fünfzig Stiche mit dem Brotmesser verpasste.

Das Gericht in Brønnøysund kam zu dem Urteil, dass es Notwehr war, eine direkte Folge jahrelanger und systematischer Misshandlung.

Gunnar wurde unter psychiatrische Aufsicht gestellt und beschloss nach wenigen Sitzungen, dass die am Boden zerstörte Mutter und die klaustrophobische Inselgesellschaft nichts für ihn waren. Gemeinsam mit einem Kumpel riss er nach Brønnøysund aus, wo sie eine kriminelle Laufbahn begannen. Anfangs brachen sie bei alten, wehrlosen Menschen ein, plünderten die Wohnungen frisch Verstorbener, begingen einfache Diebstähle oder wilderten Raubvögel. Dann züchteten sie in einem provisorischen, abgelegenen Treibhaus in Lillebørja beachtliche Mengen Marihuana. Sie betrieben das erste Drogennetzwerk der Region und machten etliche Kinder, Jugendliche, Hausfrauen und arbeitslose Fischer abhängig.

Nach einem kurzen Aufenthalt im Gefängnis von Bodø bekam Gunnar vom damaligen Polizeichef den klaren Bescheid, aus der Gegend zu verschwinden, aber er ließ sich nicht einschüchtern. Eine Weile ernährte er sich vom Abfall des lokalen Krankenhauses und schlief in einem alten Bootshaus am Hafen.

Einige Jahre später, als Torvald Vega die Konzession zur Lachszucht bekam und einen Handlanger suchte, der keine Fragen stellte, nahm Gunnar dankbar an und wurde zum eifrigen Gehilfen und Vollstrecker. Wieder war sein Leben ein zäher Kampf, um seinen Brüdern zu beweisen, dass auch er etwas taugte.

»Was machen wir mit der Frau?«, fragte Luke und streichelte Gunnar über die Wange.

»Vorläufig nichts«, sagte Gunnar. »Aber wenn sie nicht von selbst verschwindet, müssen wir wohl dafür sorgen.«

»Du meinst, wir müssen sie beseitigen?«

»Nicht unbedingt. Erinnerst du dich an den verrückten Russen? Vielleicht können wir zwei Fliegen mit einer Klappe schlagen.«

Luke grinste breit. »Dann hoffe ich, dass sie bleibt.«

»Sie wird nicht abhauen. Ich habe was anderes auf den Zettel geschrieben.«

»Welcher Zettel?«

»Der Drohbrief. Ich habe das mit dem Ultimatum weggelassen, also dass sie von hier verschwinden soll«, sagte Gunnar und führte Lukes Hand dorthin, wo er sie am liebsten hatte.

»Genial«, sagte Luke und bewegte sich im Takt zur Musik.

»Wusstest du, dass Claudius der einzige römische Kaiser war, der nie mit anderen Männern kopulierte?«

»Nein«, sagte Luke, bevor er untertauchte, um seinen Job zu Ende zu bringen. Morgen würde er seine Mutter anrufen und fragen, was »kopulieren« bedeutete.

15

Am letzten Montag im August um ein Uhr nachts sprangen zwei Männer in schwarzen Neoprenanzügen und Sturmhauben von einem Schlauchboot auf den äußersten Steg im Hafen von Brønnøysund.

Der kleine dürre trug eine große Axt, der große kräftige einen Benzinkanister und eine Tasche. Sie drückten sich an den Wänden entlang, bis sie zu dem fensterlosen Lagerhaus kamen, das offiziell als Lippfischzucht der Fjordlax AG galt.

Dank des kreativen Gebrauchs von Brecheisen und Axt gelangten die Männer problemlos durch ein zugenageltes Fenster in den Keller des Gebäudes.

Dort fanden sie nichts von Bedeutung, nur stinkende Pfützen am Boden, leere Paletten, verrostete Fischreusen, löchrige Bojen mit verrottetem Tauwerk und einen Stapel alter Ausgaben des *Kriminaljournals*. Auf dem Titelblatt der oberen Ausgabe erkannte Rino einen Helden seiner Kindheit, den sogenannten »Schließfach-Benny«.

Durch eine Luke stiegen sie ins Erdgeschoss, wo sie alles andere als Lippfische fanden. In den zwanzig runden Kunststoffbehältern schwammen perfekte Lachse in verschiedenen Größen.

Der Raum entpuppte sich als voll ausgerüstetes, modernes

Labor. Reagenzgläser, Mikroskope, große Stahlkühlschränke, Gefriertruhen mit Glastüren, Schränke voller Präparate mit lateinischen Namen, die keiner von ihnen kannte, Becken und Arbeitsflächen aus Edelstahl.

Es gab keine Fenster, weshalb sie nicht fürchten mussten, sich durch ihre Stirnlampen zu verraten.

Im größten Tank in der Ecke des Raums entdeckte Jokke ein großes dunkles Geschöpf, das wie in Trance im Kreis schwamm.

»Rino, komm her!« flüsterte er. »Was zum Teufel ist das? Ein Schweinswal?«

»Die sind viel größer«, sagte Rino.

Mit großen Augen betrachteten die zwei Eindringlinge den Riesenfisch, der in dem viel zu kleinen Tank kreiste.

»Ich habe zwar keine Ahnung, aber für mich sieht der aus wie ein gigantischer Lachs«, meinte Jokke.

»Quatsch«, sagte Rino. »Der größte Lachs, der je in Norwegen gefangen wurde, wog 35 Kilo. Der da wiegt mindestens 50.«

»Vielleicht ist es ein genmanipuliertes Monster.«

Rino trat näher heran und begutachtete das Geschöpf. »Ich fürchte, du hast recht«, sagte er.

»Siehst du – ich hab's doch gesagt!«

Rino trat zurück, schraubte den Kanister auf und verteilte den Inhalt im gesamten Labor und über alle Gerätschaften. Jokke öffnete derweil die Eingangstür. Rino zog eine Schachtel Streichhölzer aus der Tasche, riss eines an und warf es in die Benzinpfütze. Dann stürmten sie zur Tür hinaus, sprinteten die zweihundert Meter zum Boot, sprangen hinein und warfen den Motor an. Im Schutz der Dunkelheit umrundeten sie Hornsnes und überquerten den Velfjord. Immer wieder drehten sie sich um und betrachteten den erleuchteten Himmel über Brønnøysund.

Zurück in Storbørja, lief Rino in die Küche, holte eine Zweiliterflasche Rhabarberwein und etwas getrocknetes Rentierfleisch, dann hasteten sie hinauf zum Aussichtspunkt. Dort setzten sie sich hin, prosteten einander zu und betrachteten den Brand, der den westlichen Horizont rot färbte. In der Ferne war die Sirene von Brønnøysunds einzigem Löschwagen zu hören.

»Krass«, sagte Jokke feierlich.

»Sie haben Genmanipulation betrieben.«

»Trotzdem.«

»Wir müssen ihnen zeigen, dass wir zu allem bereit sind, um unseren Planeten zu retten.«

»Den ganzen Planeten?« Jokke sah Rino erstaunt an, der wie besessen kaute. »Du bist aber ehrgeizig. Ich dachte, wir wollten erst mal die norwegischen Fjorde retten.«

»Wenn wir den ökologischen Kollaps verhindern wollen, muss sich die Gesellschaft von Grund auf ändern.«

»Was?«

»Das übergeordnete Ziel lautet, den Planeten zu retten. Die norwegischen Fjorde sind nur ein kleiner Teil davon.«

»Norwegen ist dir also nicht genug?«

»Das eine schließt das andere nicht aus.«

»Hoffentlich hat es keine Verletzten gegeben«, sagte Jokke und trank einen Schluck Wein.

»Warum ist dir das so wichtig?«

»Ich will unschuldigen Menschen kein Leid zufügen.«

»Niemand ist unschuldig«, sagte Rino. »Der Übergang von Unschuld zu Schuld ist fließend.«

16

Als Torvald von dem Brand erfuhr, ließ er sofort Einar kommen.

Sie saßen hinter zugezogenen Gardinen in seinem Büro. Torvald trug den weißen Sonnenhut und hielt schon am frühen Morgen ein Glas Whisky Soda in der Hand.

»Natürlich war es kein Unglück.« Einar leckte sich die Lippen.

»Aber wir sagen, dass es eins war?«

»Natürlich sagen wir, dass es ein Unglück war. Alles andere bedeutet Ärger. Bei uns schöpft keiner Verdacht. Das Problem könnte die Feuerwehr sein, aber der Sachverständige ist ein unfähiger Säufer.«

Torvald stand auf, ging zum Kleiderständer und nahm den Sonnenhut ab. »Wie hat sie das mit der Genmanipulation rausgefunden?«

»Warum bist du so sicher, dass sie es war?«

»Wer soll es denn sonst gewesen sein? Sie ist immer noch in der Stadt.« Torvald überlegte kurz, wählte eine Schirmmütze mit Hundefutterreklame und richtete sie vor dem Spiegel.

»Wenn das stimmt, hat sie mehr Eier, als ich dachte.«

Torvald runzelte die Stirn. »Auf jeden Fall müssen wir es dem Chef sagen. Davor graust es mir am meisten.«

»Was willst du ihm sagen?«

»Was schon. Dass zwei Jahre Arbeit und zwanzig Millionen Kronen in Rauch aufgegangen sind. Dass sein genialer Forscher tot ist. Das wir das Genprogramm von vorn beginnen müssen.«

»Das ist nicht gut. Nein, das ist gar nicht gut.« Einar kratzte sich im Nacken. »Gunnar ist auch so schon schwer genug zu bremsen. Was jetzt?«

»Jetzt schickt Platou erst recht seinen mysteriösen Freund«, sagte Torvald.

»Weißt du etwas über ihn?«, fragte Polizeichef Vega.

»Bestimmt irgendein Gorilla aus der Osloer Unterwelt. Platou kann sich alles leisten.«

»Der Typ ist mir egal«, sagte Einar. »Aber ich mache mir ernsthaft Sorgen wegen Gunnar.«

»Was sagt ihr der Familie des Amerikaners?« Torvald trank einen großen Schluck, verzog das Gesicht und zischte, als hätte er einen Platten. »Die werden doch nicht etwa Schadenersatz fordern, wie es in Amerika üblich ist?«

»Ich habe mit seinem Bruder in Alabama gesprochen und ihm gesagt, Bob sei bei einem tragischen Unfall ums Leben gekommen.«

»Was ist mit der Kriminalpolizei? Kriegen wir die auch noch auf den Hals?«

»Nicht, wenn wir entscheiden, dass es ein Unglück war.«

»Glaubst du, sie hat Bob vorsätzlich ermordet?«

»Bei militanten Umweltschützern, die gegen heimliche Genmanipulation kämpfen, ist das nicht ausgeschlossen.« Einar nahm die Dienstmütze ab und legte sie in den Schoß.

»Aber sie weiß, dass wir ihr auf den Fersen sind. Gunnar hat ihr einen Zettel in den Briefkasten geworfen.«

»Wie ich schon sagte: Die Frau hat Eier. Wenn sie es wirklich war, ist das eine Kriegserklärung. Ich brauche dir kaum zu sagen, dass Gunnar seit Johnny Clausen niemanden mehr kaltgemacht hat. Er lechzt förmlich danach.«

»Verdammte Scheiße«, sagte Torvald und schüttelte den Kopf. »Ich will doch nur, dass alles rundläuft.«

»Das wollen wir alle.«

»Ja, aber ich würde verdammt nochmal alles dafür tun. Ich hasse es, wenn mir jemand Sand ins Getriebe streut.« Er lehnte sich zurück und verschränkte die Arme im Nacken. »Zum Beispiel müssen wir überlegen, wen wir für das Festival nächstes Jahr buchen.«

Um das Wohlwollen der Lokalbevölkerung zu sichern, arrangierten die Vega-Brüder jedes Jahr ein Rockfestival im Park von Brønnøysund. »Fjordrock« war längst zur lokalen Tradition geworden, jedes Jahr kamen fünf- bis zehntausend Besucher, um sich zu altmodischer Rockmusik ordentlich die Kante zu geben.

»Wie kommst du ausgerechnet jetzt darauf?«

»Das Leben geht weiter«, sagte Torvald. »Als Stütze der Gesellschaft kann man sich seinen Pflichten nicht entziehen. Das Volk will Brot und Spiele, das wussten schon die Römer.«

»Vergleichst du Brønnøysund mit dem Römischen Reich?«

»Alles dreht sich um Macht. Die Geschichte wiederholt sich. Wenn wir die Kontrolle nicht verlieren wollen, müssen wir weiterhin Brot und Spiele bieten.«

Einar verschränkte die Arme. »*So* willst du also Bürgermeister werden?«

»Ich will nicht Bürgermeister werden.«

Einar grinste. »Gib's schon zu.«

Torvald räusperte sich und rutschte auf dem Stuhl hin und her. »Wen laden wir diesmal ein? Bonnie Tyler hat Probleme mit den Stimmbändern, und bei Smokie sind schon zwei Jungs gestorben.«

»Woran?« Einar täuschte Interesse vor.

»Altersschwäche, nehme ich an.« Torvald starrte auf den Schreibtisch. Plötzlich grinste er. »Oder Rock… Vielleicht haben sie zu heftig gerockt?«

»Bestimmt«, seufzte Einar.

»Wir brauchen etwas, das ältere Leute mit Geld und Einfluss anspricht. Die alten Idole sind heutzutage oft billig.«

»Wie wär's mit a-ha? Vor ein paar Jahren hab ich Morten Harket in einer Pizzeria getroffen. Er singt immer noch, dass sich die Balken biegen.«

»Das wäre die vierte Wiedervereinigung. Fast wie die Stones. Ob wir das schaffen?«

Jedes Jahr stand Torvald auf der Fjordrock-Bühne und beobachtete genüsslich das Publikum, das gequält lächelte, weil es zu viel Geld für die Eintrittskarten bezahlt hatte und nun fest entschlossen war, sich zu amüsieren. Die Leute grölten hemmungslos, sobald jemand den Kopf durch den Bühnenvorhang steckte. Ihr grotesker Hang zum Selbstbetrug zeigte sich besonders, als Gunnar das lokale Duo *The Brothers*, zwei farbige Zwillinge mit langen Afrolocken, zum einmaligen Comeback überredete. Das Publikum flippte total aus, obwohl die Brüder ein völlig alltäglicher Anblick in Brønnøysund waren. Es endete damit, dass die beiden, deren Locken inzwischen deutlich kürzer waren, vor einem Anhängsel schreiender Fans von der Bühne flüchteten.

»Natürlich brauchen wir Norweger«, sagte Einar. »Aber etwas im Stil von Nazareth wäre auch nicht schlecht.«

Ein vorläufiger Höhepunkt in Torvalds Leben war 2011 gewesen, als er die gesamte schottische Hardrockband nach einem gelungenen Konzert in seinen Whirlpool eingeladen hatte. Die Runzelrocker hatten bereits dreimal »Love Hurts« als Zugabe gespielt, als Gott endlich Erbarmen zeigte und das Konzert mit einem gewaltigen Unwetter beendete.

»Ich muss zugeben, dass mich die Sabotage im Moment mehr beschäftigt als unser Festival«, sagte Einar.

»Ein bisschen Multitasking wird wohl noch erlaubt sein?«

»Dafür ist die Lage zu ernst.«

»Es war Erna Solbakken, glaubst du nicht?«

»Ich habe sie zusammen mit Liv Kongevold im Café gesehen, schwatzend und gestikulierend wie zwei alte Freundinnen.«

»Liv?« Torvald sprang auf. »Gunnar hat also recht, die beiden kennen sich!«

»Sieht so aus.«

Torvald ging zum Kleiderständer und tauschte die Hundefuttermütze gegen einen Strohhut aus, den er im Kopenhagener Tivoli gekauft hatte. Dann zog er die Gardinen auf und schaute über den grauen Fjord. »Passt alles zusammen«, bemerkte er.

»Wie meinst du das?«

»Ich hab schon lange den Verdacht, dass Liv Kongevold eine Lesbe ist.«

Einar starrte Torvalds behaarten Nacken an. Der Haarwuchs setzte sich nahtlos von der Hutkrempe über den Rücken fort. »Wie zum Teufel kommst du darauf?«

»Sie zeigt nicht das geringste Interesse an mir.« Torvald drehte sich um.

»Und deshalb ist sie automatisch eine Lesbe?«

»Auf jeden Fall ein kalter Fisch. Total abweisend.«

»Was, wenn Liv Kongevold zu den Saboteuren gehört?«

»Das will ich nicht glauben«, sagte Torvald.

»Mir scheint, sie war in letzter Zeit ziemlich unzufrieden.«

»Aber sie ist eine von uns.«

»Wir können es nicht ausschließen. Vielleicht hat sie Erna von der Genmanipulation erzählt?«

Torvald trank einen weiteren großen Schluck. »Ich habe die beiden nie zusammen gesehen.«

Einar setzte die Dienstmütze auf und erhob sich. Mit der Hand an der Klinke drehte er sich um und sagte: »Du weißt, wie das enden wird?«

Torvald antwortete nicht. Er kratzte sich am Kinn und nickte nachdenklich.

17

Die neue Kellnerin im »Heuler« brachte den vierten Krug Mack-Bier und den vierten Gammeldansk. Torvald trank etwas Schaum ab und schielte ihr hinterher. Sein Gesicht war verquollen, die Augen glänzten, und die Wangen schimmerten rot. Er trank seit dem Morgen und fühlte, dass er zusammenklappen würde, wenn er aufhörte. Außerdem vermisste er die alte Kellnerin, die immer so fröhlich war.

»Wo ist die andere Bedienung?«, fragte er.

»Turid?«, fragte das junge Mädchen mit den riesigen Silberohrringen. »Die hat aufgehört. Sie hat was Besseres vor.«

»Ist sie nach Oslo gezogen?«

»Bodø.«

»Das ist nichts Besseres. Das ist ein Schritt zurück.«

»Vorsichtig mit dem Nektar«, sagte die Kellnerin und zwinkerte ihm zu.

»Welcher Nektar? Weißt du, mit wem du sprichst?«

»Wenn du in dem Tempo weitertrinkst, bist du noch vor drei Uhr hackedicht.«

»Junge Frau, du kannst dich auf ein Leben in Arbeitslosigkeit gefasst machen«, sagte Torvald. Morgen würde er den türkischen Inhaber anrufen. Sie war fertig.

Er drehte sich zu Gunnar um, der ihm gegenübersaß.

»Und du bleibst gefälligst auf dem Teppich.« Torvald mahnte mit dem Zeigefinger. »Du tust nichts, ohne mich vorher zu fragen, verstanden?«

»Wir können nicht einfach auf dem Arsch sitzen und uns alles gefallen lassen«, sagte Gunnar. »Das ist Krieg.«

Torvald strich sich durch den Bart. »Wir müssen Geduld haben.«

»Die ganze Stadt lacht schon über uns. Ach was, ganz Nordnorwegen lacht sich krank.«

»Das wird ihnen bald im Hals steckenbleiben.«

»Hättest du sie mir gleich überlassen, wäre das nicht geschehen.« Jetzt war Gunnars Zeigefinger an der Reihe. »Ich habe dich gewarnt.«

Torvald musterte seinen Bruder, die dämliche Billy Idol-Frisur und die gedopten Augen. Er sah die schmutzige Tapete, den braunen Linoleumboden, die fleckige Weihnachtstischdecke, das Bild des Königspaars an der Wand und die alte Frau, die in einer Ecke saß und lallte. Er dachte an Bob. Der Arme hatte keine Chance gehabt, nur seine Zähne waren übrig geblieben. Warum war es nicht einfach wie immer, warum mussten die anderen alles kaputt machen? Vielleicht war es der Alkohol, der seine Zunge löste, denn plötzlich hörte er sich sagen: »Kümmer dich um sie. Ich hab die Schnauze voll.«

Gunnar sah ihn ungläubig an. Es war zu schön, um wahr zu sein.

»Ich will nicht wissen, was ihr tut, sorgt einfach dafür, dass Schluss mit dem Theater ist.«

Sie hatten keine Wahl. Es musste getan werden.

Erna Solbakken musste verschwinden.

Gunnar sprang auf und rannte zur Tür hinaus, ehe sein Bruder es sich anders überlegen würde.

Als Torvald in sein Schloss auf Nevernes zurückkam, schwankte er ins Büro, holte eine Flasche Mineralwasser, schaltete den Computer ein, klickte auf den Link zu Viaplay.se, öffnete den Hosenlatz und setzte die Lesebrille auf.

Aber zuerst musste er Platou anrufen.

»Ich fürchte, ich habe schlechte Neuigkeiten«, sagte Torvald, der mit hängendem Glied durchs Zimmer lief.

»Was ist los?«, fragte der Hauptaktionär von NorFish.

»Das Labor ist bis auf die Grundmauern niedergebrannt.« Er sprach überdeutlich, Platou sollte nicht merken, dass er betrunken war.

Stille am anderen Ende. »Hast du getrunken?«

»Nur einen kleinen Schluck.«

»Wie zum Teufel ist das passiert?«

»Ich bin auch nur ein Mensch, musste meine Nerven etwas beruhigen.«

»Ich meine den Brand, du Vollidiot. Das darf doch nicht wahr sein!«

»Leider doch. Und den Amerikaner hat es erwischt.«

»Mr. Stoolman? Ist er tot?«

»Mausetot. Nur die Zähne waren übrig.«

Schweigen am anderen Ende. Dann endlich: »Sagtest du nicht, ihr hättet alles im Griff?«

»Einar sorgt dafür, dass es als Unglück dasteht.« Torvald ging zum Kleiderständer und setzte den weißen Tropenhelm auf.

»Aber es war kein Unglück?«

»Das muss dieselbe Person gewesen sein, die das Netzgehege gesprengt hat.«

»Überstürzt um Gottes Willen nichts. Sperr Gunnar ein und schmeiß den Schlüssel ins Meer, wenn es sein muss.«

»Überlass das ruhig mir. Bald ist alles vorüber.«

»Ich schicke meinen Freund zu euch.«

»Wir haben alles unter Kontrolle.«

»Wenn du das Kontrolle nennst, frage ich mich, was passiert, wenn ihr die Kontrolle mal verliert.«

»Wir glauben zu wissen, wer es war.«

»Ihr *glaubt*! Wer denn? Etwa diese Frau?«

»Zerbrich dir nicht den Kopf. Je weniger du weißt, desto besser. Wir sind dem Täter auf der Spur.«

»Nimm Gunnar an die Leine!«

»Versprochen.«

»Übrigens, Torvald. Eines habe ich mich schon immer gefragt: Warum sprecht ihr eigentlich keinen Nordlandsdialekt?«

Wie kommt er ausgerechnet jetzt darauf, dachte Torvald, während die Wände näher rückten. »Das hast du schon mal gefragt.«

»Ich habe aber nie eine richtige Antwort bekommen.«

»Unser Vater hat uns verboten, Dialekt zu reden.«

»Das war klug von ihm«, sagte Platou. »Immerhin habt ihr es für eure Verhältnisse erstaunlich weit gebracht.«

18

Axel Platou joggte in schwarzen Tights, knallgelbem, eng anliegenden Trikothemd und weißem Stirnband am Oslofjord entlang. Er trug einen Pulsmesser am Arm, und in den hundert Prozent schalldichten Kopfhörern dröhnten die Bee Gees auf Volllautstärke. Nach dem stressigen Gespräch mit Torvald Vega am Abend zuvor verspürte Platou einen starken Bewegungsdrang und große Lust auf »Love You Inside Out«.

Nichts verlieh ihm mehr Energie und gute Laune als Barry Gibbs klares, helles Falsett. Das trieb ihn an und inspirierte ihn. Erst Mitte der Neunziger hatte er sich geoutet, wie sehr er das australisch-englische Trio liebte, das Ende der Siebziger und in den frühen Achtzigern für alles Übel in der Musikbranche stand. Damals musste er Hits wie »Night Fever« entweder heimlich hören oder so tun, als meinte er es ironisch. Einmal hatte Leo Vangen das Album *Spirits Having Flown* – eines der schrecklichsten Cover der Musikgeschichte – auf seinem Bett gefunden, und Axel hatte geschworen, dass es seiner Schwester gehöre. Zurück in seiner Villa in Strand, stellte er sich unter die heiße Dusche, holte sich rasch einen runter und zog seine Arbeitskleidung an: blauer Anzug, weißes Hemd, oranger Schlips und Nike-Laufschuhe.

Dann setzte er sich mit dem Wirtschaftsblatt an den Frühstückstisch. Seine persönliche Assistentin, Marina aus Schweden, stand am Herd, kochte norwegische Freilandeier, schnitt eine gedämpfte Speiserübe aus Lærdal in Scheiben und tauchte sie in den frisch gepressten Saft einer Treibhauszitrone aus Lier.

Axel Platou aß ausschließlich Lebensmittel aus heimischer Produktion. Er war Anhänger der Makrobiotik, einer vagen Philosophie, deren Ursprung irgendwo in der orientalischen Medizin lag. Vage genug für Axel Platou. Obwohl die makrobiotische Kost hauptsächlich vegetarisch war, konnte niemand etwas einwenden, wenn er ab und zu einen Dorschkopf, ein Stück Lamm oder ein Biohühnchen aß, solange alles aus der Nähe kam und keine künstlichen Zusatzstoffe enthielt.

Niemand in der Welt bereitete ein besseres makrobiotisches Frühstück zu als Marina.

»Verdammt«, sagte Platou. »Schon wieder so ein idiotischer Wissenschaftler, der die Lachszucht schlechtmacht. Wozu bezahlen wir eigentlich fünftausend Kronen pro Stunde an diese PR-Nieten von First House?«

»Du sagst doch selbst, dass Zuchtlachs ungesund ist.«

»Darum geht es nicht. Der Punkt ist, dass hier einer schlechte Arbeit leistet.«

Als Axel Platou in den Neunzigerjahren in die Zuchtbranche einstieg, herrschte großer Optimismus. Die Infektionskrankheiten, die schon damals große Probleme machten, wurden als »Kinderkrankheiten« abgetan. Auf Platous Vorschlag hin engagierte die Firma den beliebten Fernsehstar Arne Hjeltnes, um in aller Welt für norwegischen Lachs Reklame zu machen. Der Mann aus Voss war ein wandelndes Werbeplakat, charmant, proper, kerngesund – ein echter Norweger aus einem Bergdorf über den Fjorden.

Welch ein Geniestreich, wenn er das selbst sagen durfte.

Er durfte – denn inzwischen war keiner mehr der Meinung.

Dank der Missionsarbeit des Werbemannes und eines großzügigen staatlichen Werbebudgets erklärten japanische Sushi-Esser und französische Meisterköche ihre Liebe für norwegischen Zuchtlachs. Die offizielle Erklärung bezog sich auf die zarte Konsistenz und den hohen Fettgehalt. Der wahre Grund waren hohe Schmiergelder und der immense Preisanstieg für atlantischen Wildlachs in guter Qualität, der immer rarer wurde.

Eine Weile zog sogar das Argument, dass die Zucht die traditionelle Seefischerei mit Schleppnetzen ersetzen und somit den Wildlachs retten würde.

Aber dann begannen die verdammten Lachsfischer zu jammern.

Sie behaupteten, die vielen Lachsläuse in den Fjorden brächten die Jungfische auf ihrem Weg ins Meer um und dass ausgerissene Zuchtlachse sich in den Flüssen mit Wildlachsen paarten und deren Erbmaterial zerstörten. Horden verbitterter Angler, die wochenlang vergeblich durch leere Flüsse gewatet waren, projizierten ihren Frust über den Misserfolg auf die Lachszüchter.

Normalerweise hatten ein paar frustrierte Sportfischer keine Chance gegen einen geldstarken und mächtigen Wirtschaftszweig. Leider aber war die Lachsfischerei ein Hobby vieler einflussreicher Reicher. König Harald persönlich war leidenschaftlicher Fliegenfischer, ebenso etliche Investoren und sogar viele Lachszüchter.

Axel Platou war einer von ihnen.

Die meisten schwangen weiterhin ihre Route, als sei nichts geschehen, oder flogen zum Angeln nach Island oder auf die Kola-Halbinsel.

Axel Platou hatte ganz mit dem Lachsfischen aufgehört. Der Gewinn als Hauptaktionär von NorFish überzeugte ihn bald davon, dass Angeln im Grunde langweilig war, obwohl er den Nervenkitzel, das Naturerlebnis, die Gesellschaft anderer Reicher – und nicht zuletzt die Abwesenheit von Frau und Kindern – stets geschätzt hatte.

Dann begannen die Zeitungen, kritische Artikel über den Nährwert von Zuchtlachs zu publizieren. Ein paar Journalisten gruben einen verschmähten Wissenschaftler aus, der behauptete, Zuchtlachs sei so ungesund, dass Schwangere und Kinder ihn komplett vom Speiseplan streichen sollten.

Das Image vom sauberen, gesunden und nachhaltigen Produkt bröckelte gewaltig. Keiner der Wissenschaftler und Fernsehköche, die von der Industrie bezahlt wurden, um Lachs in den Himmel zu loben, kam mehr in den Medien zu Wort. Irgendjemand im PR-Büro leistete schlampige Arbeit, auch wenn sie im letzten Moment verhindert hatten, dass die Regierung diesen kleinen buddhistischen Mönch empfing. Ein solcher Staatsbesuch hätte den chinesischen Markt gefährdet, und China war wichtig. Thorbjørn Jagland und das Nobel-Komitee hatten keine Ahnung, wie viel Geld den Norwegern durch die Lappen ging, als sie dem Aktivisten Liu Xiaobo den Friedensnobelpreis verliehen.

Weil der Ruf der Branche immer schlechter wurde, lud Platou Sir Bob Geldof höchstpersönlich zur »Aquavision«-Konferenz nach Bergen ein. Er sollte der Menschheit klarmachen, dass die Fischzucht den Hunger aus der Welt schaffen könne.

Sir Bob war ein Vollprofi. Ohne mit der Wimper zu zucken, las er die Rede von dem Blatt ab, das sie ihm zwei Minuten vor dem Auftritt in die Hand gedrückt hatten. »Um die Weltbevölkerung auch in Zukunft zu ernähren, ist die Menschheit abhängig von der Fischzucht. *Feed the world, baby*!«

Natürlich waren das leere Worte. Den Menschen in der dritten Welt drei Kilo Wildfisch wegzuangeln, um ein Kilo norwegischen Lachs für Europäer und Asiaten zu produzieren, war kein Mittel gegen den Hunger, sondern eine Beschleunigung der Katastrophe, aber die *Idee* der Fischzucht an sich würde immer wichtiger werden. Und die Leute liebten den guten, alten Bob mit seinem Dreitagebart und der Fransenmähne wie frisch dem Bett entstiegen.

Normalerweise mischte sich Platou nicht in den Betrieb ein, aber die Genforschungsanlage war ihm persönlich wichtig. Sie konnte über die Zukunft entscheiden, und das wiederum machte die Vega-Brüder so wichtig. Die Sabotage in Storbørja kam äußerst ungelegen, der Brand war ein Desaster. Nun galt es, Aufmerksamkeit zu vermeiden. Er musste die Vega-Brüder bremsen, und das war eine heikle Angelegenheit. Sie ließen sich nicht gern an der Nase herumführen. Axel Platou wusste, wozu sie in der Lage waren.

Nach dem makrobiotischen Frühstück zog Platou sein Smartphone aus der Tasche und rief Leo Vangen an. Am anderen Ende der Verbindung grunzte es. »Leo, wach auf! Die Lippfischzucht ist bis auf die Grundmauern niedergebrannt, und ein amerikanischer Wissenschaftler ist ums Leben gekommen.«

Als Leo Vangen sah, wer ihn anrief, wusste er, dass die Sommerferien endgültig vorbei waren. Ein Blick auf den

Wecker verriet, dass es halb zehn war. Die Sonne schien direkt ins Zimmer, weil er nach drei Gläsern Wein zu viel vergessen hatte, das Rollo zu schließen. »Was ist geschehen?«

»Ich weiß es nicht, und genau da kommst du ins Spiel. Marina hat für morgen früh einen Flug nach Brønnøysund für dich gebucht.«

Leo antwortete mit einem langen Gähnen.

»Entschuldige, dass ich so früh anrufe«, sagte Platou. »Es ist ja erst halb zehn. Willst du vielleicht noch ein bisschen schlafen?«

Leo setzte sich auf und versuchte, seine Gedanken zu sammeln. Sarkasmus von Axel, das war zwanzig Jahre her.

»Bist du bereit zum Einsatz? Der Flug geht um neun Uhr.«

»Wozu soll das gut sein?«

»Damit du was von deinem Tag hast. Du bist noch vor elf in Brønnøysund.«

»Ich meinte, warum du ausgerechnet mich dazu brauchst? Wenn es ein Unglück war, ist es ein Fall für die Feuerwehr. Wenn es ein Mordbrand war, ist es ein Fall für die Polizei. Weder das eine noch das andere ist ein Fall für mich.«

»Du bist die perfekte Wahl, weil du dort herumschleichen kannst, ohne dass dich jemand bemerkt. Alle behaupten, es sei ein Unglück gewesen. Nach der Explosion glaube ich das kaum.«

»Was hatte der amerikanische Wissenschaftler dort verloren?«

»Er forschte in Sachen Lippfischzucht.«

»Was zum Teufel ist ein Lippfisch?«

»Die natürliche Entlausungsmethode. Lippfische nagen die Läuse von den Lachsen.«

»Wenn es Sabotage war, warum sollte jemand so etwas Umweltfreundliches niederbrennen?«

»Keine Ahnung. Ich weiß nur, dass dies eine echte Krise ist. Die Vega-Brüder sind auch so schon eine Herausforderung, aber jetzt sind sie richtig sauer.«

»Wäre es nicht höchste Zeit, die Polizei einzuschalten?«

»Das ist nicht aktuell.«

»Warum?«

»Es könnte das Geschäft vollständig ruinieren. Viele Menschen könnten ihren Arbeitsplatz verlieren. Wir wollen Licht in den Häusern!«

»Wie bitte?«

»Die Menschen sollen dort wohnen bleiben. Wir schaffen Arbeitsplätze in den Küstenregionen.«

»Das ist eine Nummer zu groß für mich.«

»Nichts ist zu groß für dich, Leo. Du bist für große Dinge geschaffen.«

Platou hustete. »Deine Kontaktperson dort oben ist eine tüchtige und überaus hübsche Meeresbiologin namens Liv Kongevold. Sie wird dir den Ort zeigen und dich über den Stand der Dinge informieren. Die Vega-Brüder sind nicht ganz koscher, aber Liv ist dankbar und begabt.«

»Wann soll ich anfangen?«

»Wie gesagt: Widerøe morgen früh, um neun von Gardermoen.«

»Ziemlich kurzfristig.«

»Hast du etwas anderes vor? Dringende Angelegenheiten?«

»Kann ich nicht behaupten«

»Super. Marina hat 250 000 Kronen auf dein Konto überwiesen. Arrivederci!«

19

Nur drei Tage nach dem Brandanschlag, den Rino und Jokke als Sabotageakt wie aus dem Lehrbuch ansahen, kehrten die beiden mit Rinos weißem Boot an den Tatort zurück, um die Stimmung auszuloten, Vorräte einzukaufen und Jokkes Smartphone aufzuladen. Rino trug wie immer den gelben Südwester, Watstiefel, Tarnjacke und eine große dunkle Damensonnenbrille. Jokke kam in Steppjacke, Schiebermütze, Buddy-Holly-Brille und Schal daher – er hatte nichts anderes.

Die Sonne schien vom blauen Himmel, sie genossen den Blick aufs offene Meer und waren guter Laune. Die beiden Ökokrieger fühlten sich als Sieger, als sie das Boot hundert Meter von der verkohlten Ruine vertäuten, die einmal NorFishs geheimes Versuchslabor gewesen war.

»Weihnachtsmannbart, Watstiefel und Südwester?«, fragte Jokke, als sie die Hauptstraße hinaufschlenderten. »Ist das deine Art, unauffällig mit der Lokalbevölkerung zu verschmelzen?«

»Ich muss meine Identität verbergen, schließlich bin ich ein gesuchter Verbrecher«, antwortete Rino.

»Du könntest ebenso gut in ein Nebelhorn blasen, wenn du hier eintuckerst.«

»Vielleicht sollte ich das nächstes Mal probieren?«, sagte Rino, ohne eine Miene zu verziehen.

Jokke war mit Erna Solbakken verabredet, die er mit Rinos altem Handy angerufen hatte. Sie war der Hauptgrund, warum er Brønnøysund als erstes Ziel ausgesucht hatte. Ein Freund vom Tierschutzbund hatte sie ihm als nützliche Verbündete im Kampf gegen NorFish empfohlen.

Erna Solbakken, oder Anita Hansen, wie sie eigentlich hieß, war eine lebende Legende unter Tierschützern. Als Kopf der Tierbefreiungsfront, einer radikalen Splittergruppe des Tierschutzbundes, hatte sie die größte Aktion gegen die Pelzindustrie geleitet, die je auf norwegischem Boden stattgefunden hatte. Bei der »Operation Flå« wurden 70 000 Nerze aus vier Pelzfarmen im Hallingdal befreit. Leider hatte die Aktion drei unerwünschte Nebenwirkungen: Im Lauf eines Jahres reduzierten die verfressenen Nerze den Forellenbestand im Hallingdalselva um achtzig Prozent. Und zwei Jahre später gab es in ganz Buskerud so gut wie keine Kleinvögel mehr. Außerdem hatte der Nerzzüchter Terje Sølnes einen tödlichen Herzinfarkt erlitten, als er das Befreiungskommando bei seinen Ställen überrascht hatte.

Nach vielen Jahren Kampf gegen die Pelzindustrie hatten die lichtscheuen Gestalten der Branche die Nase voll und schickten Erna Morddrohungen. Eines Morgens fand sie ihren Golden Retriever gehäutet und an die Haustür genagelt. Erna bekam es mit der Angst zu tun und zog weit nach Norden. Seit nunmehr dreieinhalb Jahren lebte sie ein unauffälliges Leben unter falschem Namen in Brønnøysund – bis sie Liv Kongevold begegnete und über das geheime Jagdgelände in Lillebørja gestolpert war.

Am Platz vor der Kirche trennten sie sich. Rino ging in die Bibliothek, um Bücher zurückzugeben, Fußballergebnisse nachzulesen, neue Posts auf der Facebook-Gruppe »Rettet den Wildlachs« zu checken und das Handy aufzuladen. Vor allem aber, um mit der süßen Bibliothekarin zu reden, deren Namen er nicht kannte.

Jokke ging ins Café Havsmak, wo er mit Erna Solbakken verabredet war. In seiner Fantasie hatte er sie schon hundertmal getroffen, und seine hohen Erwartungen wurden sogar noch übertroffen, als sie aufstand, die Hand ausstreckte und lächelnd sagte: »Joakim? Ich bin Erna.«

Anfang dreißig, klein und hübsch, intensive knallgrüne Augen, Sommersprossen um die Nase. Großer Mund, schmale, aber markante Lippen, ungeschminkt, langes, natürlich gewelltes Haar, zu einem strammen Pferdeschwanz gebunden. Sie erinnerte ihn an Kate aus seiner Lieblings-Fernsehserie Lost.

»Nenn mich Jokke.« Er setzte sich und hängte die Jacke über die Rückenlehne.

»Läuft das Boot gut?«

»Wie ein geölter Blitz. Vielen Dank fürs Ausleihen.«

»Behalte es, solange du willst. Ich habe noch eins.« Sie sah ihn direkt an und lächelte breit. Die Frau war selbstbewusst!

Er lächelte kurz zurück und schaute verlegen auf den Tisch.

»Super gelungen, die Sprengung«, sagte Erna.

Jokke schaute auf, unsicher, ob die Bemerkung ironisch gemeint war. »Wenn man davon absieht, dass jetzt 200 000 virenverseuchte Maiskolben im Fjord herumschwimmen, die Wildlachse anstecken und sich mit ihnen paaren.«

»Du hast dafür gesorgt, dass 200 000 Lachse ein besseres Leben bekommen, darauf kannst du stolz sein. Moralphilosophisch betrachtet, ist ein Zuchtlachs nicht weniger wert als ein Wildlachs.«

»Es sind auch viele draufgegangen.«

»Tja, so ist das nun mal.« Kein Zweifel, sie meinte es ernst. »Was die betreiben, ist systematische Folter«, fuhr sie fort. »Wusstest du, dass jeder fünfte Zuchtlachs krepiert, bevor er Schlachtgewicht erreicht?«

Jokke nickte. Er mochte ihre Stimme und den selbstbewussten Ton. Im Grunde mochte er alles an ihr.

»Sie lassen sie zwei Wochen lang hungern, dann töten sie sie mit Kohlendioxid.«

Jokke schüttelte den Kopf. »Wie furchtbar«, seufzte er, nur um etwas zu sagen. Er konnte den Blick nicht von dem hübschen Gesicht lassen, der kleinen perfekten Nase, den tapferen Augen. Erna schien das peinlich zu sein.

Der Kellner kam an ihren Tisch. Er war fast noch ein Kind, sicher ein Sohn oder Neffe des Inhabers. Jokke bestellte Bergforelle und ein Mineralwasser. Erna wählte eine würzige Linsensuppe.

»Veganerin«, sagte sie und streckte die Zunge heraus.

Jokke nickte.

»An deiner Stelle würde ich den Kellner fragen, wo diese ›Bergforelle‹ herkommt.«

Jokke sah den Kellner an, der verunsichert lächelte.

»Entschuldigung, woher kommt die Bergforelle?«

»Aus den Bergen«, sagte der Kellner.

»Aus welchen Bergen?«

»Einen Augenblick, bitte«, sagte der Kellner und verschwand in der Küche. Zwei Minuten später kam er zurück und las von einem Zettel, den er in der Hand hielt: »Sie kommt aus den Anden.«

»Aus den Anden?«

»Es ist eine Regenbogenforelle aus ...« Wieder schaute er auf den Zettel. »Aus dem Titicacasee in Peru.«

»Wie exotisch«, sagte Jokke und lächelte.

»Sehr exklusiv«, sagte der Kellner.

»Das ist Zuchtfisch, stimmt's?«, warf Erna ein.

»Keine Ahnung«, sagte der Kellner.

»Natürlich ist das Zuchtfisch.« Erna schüttelte den Kopf. »Ihr macht Reklame mit ökologischen Smoothies und serviert Zuchtforelle aus Peru? Gibt es bei euch auch lokal produzierte Lebensmittel?«

»Ich frag mal nach«, sagte der Kellner und verschwand erneut in der Küche.

»Und vergiss die Suppe!«, rief Erna ihm hinterher. Dann drehte sie sich zu Jokke um und runzelte die Stirn. »Dumm, das mit dem Forscher. Ich gehe davon aus, dass es nicht geplant war?«

»Forscher?«, fragte Jokke. »Welcher Forscher?«

»Der bei dem Brand gestorben ist.«

Jokke öffnete langsam den Mund und ließ ihn auf. Von seiner Unterlippe tropfte Speichel aufs Tischtuch, ohne dass er es bemerkte.

»Du warst das doch mit der Lippfischstation, oder?«

Jokke nickte langsam, noch immer mit offenem Mund.

»Eine Freundin von mir hat mit ihm zusammengearbeitet. Du kannst dich damit trösten, dass er es verdient hat. Er war ein Arschloch.«

Jokke sah sich um, als fürchte er, entdeckt zu werden. Dann lehnte er sich vor und flüsterte: »Wer war er?«

»Ein amerikanischer Forscher. *Baaab.*« Sie sprach den Namen mit gekünsteltem Südstaatenakzent aus und lachte verächtlich. »Er war offenbar auf dem Sofa im Büro eingeschlafen, hatte keine Chance.«

Jokke starrte entsetzt ins Leere. »Verdammte Scheiße«, flüsterte er weinerlich.

»Nimm's nicht so schwer. Er war ein Drecksack. Niemand wird ihn vermissen.«

Jokke schlug die Hände vors Gesicht.

»Im Krieg muss man mit Verlusten rechnen«, sagte Erna und lächelte.

»Wir müssen uns der Polizei stellen.«

»Red keinen Unsinn.«

»Aber wir haben einen Menschen getötet.«

»Die Polizei hier oben heißt Einar Vega.«

»Können wir nicht auf eine andere Polizeiwache gehen, zum Beispiel in Bodø?«

»Die Schurken in diesem Fall seid nicht ihr.«

»Das soll die Polizei entscheiden.«

»An Einar kommst du nicht vorbei.«

Jokke sah verzweifelt aus.

»Du weißt, dass jeder vierte Lachs stirbt, bevor er Schlachtgewicht erreicht?«, sagte Erna.

»Das hat du bereits gesagt.«

»Sie behaupten, die Gehege seien so groß, dass die Lachse nur 2,5 Prozent des Platzes ausnutzen. Aber die Lachse schwärmen immer dort zusammen, wo die Temperatur optimal ist. Die Netze sind wie Konzentrationslager.«

»Sicher«, sagte Jokke.

»Wenn die Fische nicht stumm wären, könnten sie sie niemals so behandeln.«

»Ja.«

»Stell dir 200 000 Lachse vor, die vor Schmerz und Sauerstoffmangel schreien.«

Jokke schüttelte den Kopf.

»Sie pumpen Kohlendioxid ins Wasser, und es dauert fünf Minuten, bis die Fische betäubt sind. Das Gehege kocht, die Fische zappeln, springen und schwirren im Kreis, fühlen offenbar, dass sie erstickt werden.« Jokke lehnte sich über den Tisch und flüsterte: »Aber Fischen ist es schon immer ziemlich schlecht ergangen, oder?«

Der Kellner kam mit einem Teller aus der Küche, auf dem ein 25 Zentimeter langer Fisch, ein Klecks saure Sahne, zwei Kartoffeln und etwas Gurkensalat lagen.

»Deine Zuchtforelle kannst du wieder mitnehmen«, sagte Erna.

»Aber ich habe Hunger«, protestierte Jokke.

»Wir begnügen uns mit Getränken«, sagte Erna und sah ihn streng an. »Was möchtest du?«

Er zuckte mit den Schultern. »Kamillentee?«

Erna war in Kriegsstimmung, sie interessierte sich weder für Jokkes Gemütszustand noch für den armen Kellner, der sein Bestes tat. Sie wetterte über die bösen Menschen und bemitleidete die armen Tiere. Die Menschen, die sich vom Naturzustand entfernt hatten, konnten von den Tieren lernen, ja sie *mussten* es, wenn sie überleben wollten. Jokke sah, dass ihr Mund sich bewegte, aber die Worte kamen nicht bei ihm an. Ebenso hätte sie von Eisenbahnschwellen, Skilanglauf oder Rentengesetzen reden können. Eine seltsame Mischung aus guten und schlechten Gefühlen kämpfte in ihm und machte ihn wirr im Kopf.

»Kennst du die Vega-Brüder?«, fragte Erna.

»Ich habe von ihnen gehört, ja. Scheinen ziemliche Gauner zu sein.«

»Ich habe diese kranke Jagd bei der Polizei angezeigt. Aber das hilft nichts, solange der Sheriff Einar Vega heißt.«

»Welche Jagd?«

»Der jüngste Bruder Gunnar hat ein Rad ab. Er organisiert Jagden auf vom Aussterben bedrohte Raubtiere. Reiche Mannsleute aus aller Welt kommen zu ihm, um seltene Tiere zu schießen und als Trophäe an die Wand zu hängen.«

»Woher weißt du das?«

»Meine Freundin, die Kollegin von dem Amerikaner, hat es mir erzählt.«

»Sie verrät ihre eigenen Leute?«

»Was glaubst du, woher ich meine Informationen habe? Von ihr weiß ich alles über die Lachsfarm und das Genforschungslabor.«

»Bist du sicher, dass sie die Wahrheit sagt?«

»Ich habe es mit eigenen Augen gesehen. Sie haben ein Grundstück in Lillebørja mit einem drei Meter hohen elektrischen Zaun umgeben. In einer Scheune halten sie Raubtiere aus ganz Europa gefangen.«

Jokke schüttelte den Kopf. »Wo kriegen sie die Tiere her?«

»Keine Ahnung. Illegale Zucht, Zirkustiere, private Tiergärten, in Fallen gefangene Wölfe aus Østfold. Viele Tiere kommen aus Osteuropa, glaube ich.«

In Jokkes Kopf drehte sich alles.

»Vorige Woche lag ein widerlicher Drohbrief von dem bekloppten Gunnar in meinem Briefkasten. Die Vega-Brüder erinnern mich an die Verbrecher, die meinen Hund an die Tür genagelt haben. So etwas will ich nicht noch einmal erleben.«

»Sie haben deinen Hund an die Tür genagelt?«

»Vergiss es. Jedenfalls habe ich Angst.«

»Was stand auf dem Zettel?«

»Dass ich eine tote Frau sei und dass es keinen Zweck habe zu fliehen. Sie würden mich überall finden.«

»Weil du die Jagd angezeigt hast?«

»Offenbar.«

Jokke kratzte sich am Hinterkopf. Er bekam Lust, Tag und Nacht auf Erna aufzupassen, sie vierundzwanzig Stunden am Tag im Arm zu halten.

»Wie geht es dir da draußen in Storbørja?«, fragte Erna.

»Gut. Ich wohne bei einem Mann.«

»Ich dachte, Storbørja sei verlassen?«

»Nicht ganz.«

Als Jokke den Kamillentee und Erna den ökologischen Mango- und Passionsfruchtsmoothie ausgetrunken hatten, fragte sie, ob er mit zu ihr kommen und ihren Hamster kennenlernen wollte. Jokke wusste nicht, wie er das deuten sollte, und lehnte dankend ab. Nicht, dass er keine Lust gehabt hätte, den Hamster kennenzulernen, aber er war zu verwirrt, und sie war zu perfekt. Er wollte sie nicht mit tollpatschigen Annäherungsversuchen besudeln.

»Ich muss heim«, sagte er und stand auf.

»Nach Storbørja?«

»Wir telefonieren. Halte mich bitte auf dem Laufenden.«

»Soll ich die Nummer benutzen, von der du mich angerufen hast?«, fragte Erna.

»Ich muss dich anrufen. Im Fjordinneren gibt es kein Funknetz, dazu muss ich auf den Berg steigen. Aber du kannst mir eine SMS schicken.«

Sie blieben eine Weile schweigend stehen.

»Übrigens«, meinte Erna. »Liv sagte, der Besitzer von NorFish würde einen Typen schicken, der den Brüdern helfen soll, den Saboteur zu finden.«

Jokke riss die Augen weit auf. »Wen?«

»Bestimmt einen Gorilla. Oder einen Auftragskiller.« Erna kicherte.

Jokke trat einen Schritt zurück und schaute auf den Boden.

»Sorry«, sagte Erna. »Ich dachte, das solltest du wissen. Sei vorsichtig.«

Nachdem Erna sich mit einer zaghaften Umarmung von dem jungen Umweltkrieger verabschiedet hatte, spazierte sie im Nieselregen nach Hause. Vor ihrer Souterrainwohnung am Stadtrand blieb sie auf der Treppe stehen und wühlte in ihrer Tasche nach dem Schlüssel. Damit war sie leichte Beute für Luke Pettersen, der lautlos hinter ihr aus der Dunkelheit trat, ihr ein Stuhlbein über den Schädel zog und sie in einen weißen Lieferwagen zerrte.

20

Auf der Flughafentoilette spülte Leo drei Valiumtabletten mit lauwarmem Wasser herunter, ehe er die Maschine nach Brønnøysund bestieg. Erleichtert stellte er fest, dass niemand neben ihm saß. Nur eines war schlimmer als zwei Stunden Smalltalk, nämlich zwei Stunden lang dicht neben einem Fremden zu sitzen, ohne ein Wort zu sagen.

Warum in aller Welt hatte er Platou zugesagt?

Flugreisen waren eine gute Gelegenheit, um über sich selbst nachzudenken. Mit dem Absturztod vor Augen war es besser, mit sich im Reinen zu sein.

Warum war Axel so aufdringlich gewesen? Um ihn zu demütigen? Oder wollte er ihm einen Gefallen tun? Ein Tritt in den Hintern, damit er vom Fleck kam? Was konnte er schon für Axel tun? Warum sollte er, Leo Vangen, den Täter finden, wenn nicht einmal die berüchtigten Vega-Brüder dies schafften?

Irgendetwas war faul an der Sache, aber er wusste nicht, was.

Hingegen wusste er, dass er 250 000 Kronen auf seinem Konto hatte und Axel alle weiteren Ausgaben begleichen würde. Er gab es ungern zu, aber er brauchte das Geld. Vier Monate Sommerferien hatten an den Finanzen gezehrt.

Er bestellte eine kleine Flasche kalten Rotwein, füllte den Plastikbecher und trank in mikroskopischen Schlucken, um möglichst viel davon zu haben.

War »Privatdetektiv« eine geschützte Berufsbezeichnung, oder konnte sich jeder so nennen? Im Fernsehen hatte er neulich eine Sendung über eine ältere Dame gesehen, die behauptete, die einzige Privatdetektivin des Landes zu sein. Das war irgendwie trist: Abend für Abend saß sie alleine in einem alten Opel mit einem Fernglas in der Hand und wartete, dass irgendein untreuer Idiot aus der Wohnung seiner Geliebten kam. Er hatte sich so unangenehm an sich selbst erinnert gefühlt.

Ein passiver Beobachter. Bekannte Privatdetektive wie Ola Thune hatten ihre eigene Fernsehsendung. Sie kämpften für Recht und Ordnung, suchten Mörder und andere Verbrecher. Sie halfen Verzweifelten bei der Suche nach einem geliebten Menschen, zum Beispiel einem Mädchen in Spanien oder der Türkei. Sie waren echte norwegische Helden, die dort einsprangen, wo die korrupte oder unfähige Polizei versagte – und hinterher rekonstruierten sie den Fall für *TVNorge*.

Doch das Gegenteil kam sicher ebenso oft vor, nämlich dass Schurken Privatdetektive anheuerten. Darüber gab es keine Fernsehsendungen.

»Die Sache läuft aus dem Ruder«, hatte Axel gesagt. »Finde den Täter und bitte ihn aufzuhören, bevor es zu spät ist.«

Leo hatte die vage Vermutung, dass Rino Gulliksen mit dem Fall zu tun hatte. Rino hatte Übung in Sachen Brandstiftung. Noch war es pure Spekulation. Wie hatte Axel gesagt: »Der älteste Vega ist ein durchtriebener Fuchs und sein kleiner Bruder eine lose Kanone an Deck. Und der dritte ist Polizeichef von Brønnøysund. Er hält sich meist im Hintergrund.«

Als der Kapitän ankündigte, dass sie den Landeanflug begannen, rutschte Leo ans Fenster, um die Küste von Helgeland zu bewundern. Ein Gewirr aus kleinen Inseln, seichten Buchten, Sunden, perfekten Sandstränden und kristallklarem Wasser, alle Nuancen zwischen Blau und Türkis. Es sah so harmonisch und einladend aus wie die Bahamas an einem sonnigen Tag. Als wäre jede einzelne Bucht voller Meerforellen und jede Insel ein Paradies. Doch Leo wusste, dass der Schein trog. Das Wasser war auch im Sommer nicht wärmer als neun Grad, und an 300 Tagen im Jahr fegten Regen und Schlechtwetter vom Nordmeer heran und machten das Leben an der Küste zum ewigen Kampf.

Nachdem er seinen Koffer geholt hatte, mietete Leo einen französischen Kleinwagen. Er fuhr über eine Brücke, und ehe er sichs versah, war er im Zentrum, das aus einer Ansammlung niedriger Gebäude bestand, umgeben von imposanter Natur. Im Westen schäumte der Atlantik, in allen anderen Himmelsrichtungen glitzerten die Fjorde. Torghatten, der berühmte Berg mit dem Loch in der Mitte, lag viel näher, als er gedacht hatte, und hinter ihm ragten höhere, schneebedeckte Berge empor. Er schaltete das Autoradio ein und geriet mitten in »Take it Easy« von den Eagles. Seine Laune besserte sich schlagartig, und sein Selbstvertrauen kehrte zurück. Schön, dass es nicht mehr dazu braucht, dachte er.

Axel Platous Assistentin hatte ihm ein Zimmer im Corner Hotel gebucht, ein typisch norwegischer Betonbau für

Geschäftsreisende und Touristen, die nur eine Nacht dort verbrachten, ehe sie den Torghatten oder das Vega-Archipel besuchten. Die Hotelbar im Keller warb mit Versuchungen wie Cheeseburger, Nachos und Livemusik an Wochenenden.

Nach einer raschen Dusche in dem spartanischen Einzelzimmer zog er frische Jeans, ein weißes Unterhemd und einen hellblauen Pullover an, ging zur Rezeption und fragte, wo er zu Mittag essen könne. Der Rezeptionist zeigte auf die Treppe zur Kellerbar und streckte den Daumen in die Höhe.

Leo ließ sich an der Bar nieder und bestellte einen Hamburger mit Chinakohl, Thousand Island Dressing und Pommes, vor allem, weil es sonst nur Nachos gab.

»Auf dem Weg nach Vega?«, fragte der Barkeeper, ein kleiner Einheimischer mit Ziegenbart und intensiv blauen Augen. Es war derselbe Mann, der ihn vor drei Minuten die Treppe hinabgeschickt hatte.

»Sollte ich das sein?«

»Das Vega-Archipel ist UNESCO-Weltkulturerbe.«

»Was bedeutet das eigentlich?«

»Dass die Leute von der UNESCO finden, dass Vega ein verdammt feiner Ort ist.«

»Dann muss ich wohl mal dorthin«, sagte Leo.

»Das ist kein Zufall«, sagte der Mann. »Die Orte werden aufgrund ihrer besonderen kulturellen oder naturhistorischen Bedeutung für die Menschheit ausgewählt.«

»Beeindruckend.«

»Möchten Sie ein Bier, während Sie warten?«

»Ja, bitte«, sagte Leo.

»Was tun Sie hier?«, fragte der Mann, während er das Bier zapfte. »Wollen Sie zum Torghatten?«

»Geschäfte. Ich werde ein paar Tage hierbleiben«, sagte Leo stolz.

Der Barkeeper gab ihm sein Bier, setzte sich auf einen Hocker und spielte mit einem Zauberwürfel. Einen solchen hatte Leo seit den Achtzigerjahren nicht mehr gesehen.

»Sind Sie in der Lachszuchtbranche?«, fragte der Barkeeper.

»Nein«, sagte Leo. »Oder doch, indirekt.«

»Zum ersten Mal in Brønnøysund?«

»Jep.«

»Miese Stimmung in der Stadt.«

»Warum?«

»Erst dieser verdammte Brandanschlag, und jetzt die verschwundene Frau aus Oslo. So was sind wir nicht gewohnt.«

»Frau aus Oslo?«

»Ja, sie hat einen Laden hier. Ist sehr beliebt, weil sie immer freundlich und gut gelaunt ist. Sie haben ihr Boot draußen auf dem Fjord gefunden.«

»Ertrunken?«

»Sieht so aus.«

»Ich dachte, für euch Nordnorweger gehört es zum Alltag, Leute ans Meer zu verlieren?«

Der Barkeeper legte den Würfel hin und schaute auf: »Hier ist schon lange keiner mehr ersoffen. Die traditionelle Fischerei ist am Aussterben.«

»Warum?«

»Heute dreht sich alles nur noch um Fischzucht. Lachs. Aber bestimmt züchten sie bald auch Steinbutt, Heilbutt und Hummer.«

Leo nickte und schob die Unterlippe vor. »Wo hat es denn gebrannt?«

»Ein Gebäude am Hafen wurde abgefackelt, eine nagelneue Zuchtanlage für Lippfisch. Ein Ausländer ist dabei hopsgegangen.«

»Ich dachte, es war ein Unglück?«

Der Barkeeper drehte weiter an dem Würfel. »Das glaubt hier kein Mensch.«

»Was glauben die Leute denn?«

»Dass es Brandstiftung war.«

»Und wer soll das getan haben?«

»Wenn ich das wüsste, würde ich nicht hier stehen und Hamburger braten.«

»Sie braten ja gar keinen Hamburger«, sagte Leo und lächelte.

»Sorry, ich habe mich ablenken lassen.« Der Barkeeper sprang vom Hocker, öffnete die Tiefkühltruhe, nahm einen Burger heraus und briet ihn auf einer kleinen Kochplatte neben der Spüle. »Es geht das Gerücht, dass es Ökoterroristen aus Oslo waren, die etwas gegen die Lachszucht und die Vega-Brüder haben.«

Vom Hotel bis zu dem abgebrannten Gebäude war es nur ein kurzer Spaziergang. Das Zentrum war eine bunte Mischung aus neuen und alten Gebäuden in allen Farben. Eternit- und Backsteinfassaden und ein paar willkürlich gepflanzte Bäume säumten die engen, gepflasterten Straßen. Zwischen den großen Ketten gab es noch viele kleine Läden. Im Grunde war der Ort viel heimeliger, als Leo es sich vorgestellt hatte. Als Leo in braunen Schlaghosen, einer dunkelgrünen Sommerdaunenjacke mit Baseballmütze auf dem Kopf und Sonnenbrille auf der Nase über die Hauptstraße flanierte, dachte er an Johan Nilsen Nagel aus Knut Hamsuns *Mysterien*, der in einem kleinen Ort an Land geht und durch sein extravagantes Aussehen und exzentrisches Benehmen Aufsehen erweckt. *Ein merkwürdiger, eigentümlicher Scharlatan, der viele auffällige Dinge tat und genauso plötzlich verschwand, wie er gekommen war.*

Das Einzige, was Leo fehlte, war das Fläschchen Blausäure in der Westentasche. Er konnte nicht sicher sein, dass seine Mission nicht ebenso tragisch enden würde. Nun, auf jeden Fall würde er nicht denselben Fehler wie Nagel machen und sich tunlichst von der Pfarrerstochter fernhalten.

Es war nicht viel los in den Straßen. Die wenigen Passanten blickten starr aufs Pflaster oder schauten ihn kurz an und nickten. Manche sahen aus wie Zombies, andere standen in kleinen Grüppchen zusammen, unterhielten sich leise. Alle bewegten sich wie in Zeitlupe.

Brønnøysund trug Trauer.

Leo betrachtete die verkohlten Überreste des Gebäudes. Er dachte an den amerikanischen Forscher, der hier, am Ende der Welt, sein Ende gefunden hatte. Obwohl er ihn nicht kannte, fühlte er große Sympathie für den Mann. Er dachte an Axel Platou und Rino Gulliksen und fragte sich, was in aller Welt er hier am Hafen von Brønnøysund verloren hatte.

21

Torvald Vega stand in Clogs, engen Jeans und karierter Schildmütze auf dem kurz gemähten Quadrat am unteren Ende des Gartens und schlug mit einem Achtereisen Golfbälle ins Meer, als Gunnar mit seinem Schlauchboot um die Mole tuckerte. Torvald zielte auf ein leeres Netzgehege, das 120 Meter entfernt auf den Wellen schaukelte. Obwohl sein Abschlag ungelenk war und er selten traf, liebte er es, schweineteure Golfbälle im Meer zu versenken, sechzig Kronen pro Schlag.

Dass er verschwenden und verschmutzen konnte, was er wollte, gab ihm das tiefe, selbstbefriedigende Gefühl, es zu etwas gebracht zu haben.

Als er seinen kleinen Bruder sah, stellte er den Schläger ab und schlenderte zum Anleger. Er stellte wieder einmal erstaunt fest, wie durchtrainiert sein Bruder war. Es war wider Erwarten gut gegangen mit dem Wrack, das sie nach dem Tod ihres Vaters unter dem Bootshaus hervorgezogen hatten. Gunnar hatte echt Schwein gehabt, ohne seine beiden starken und normalen Brüder hätte er diese Welt längst verlassen. Vielleicht wäre es für alle besser gewesen …

»Warum zum Teufel schlägst du Golfbälle ins Wasser?«, fragte Gunnar.

»Weil ich es *kann*«, sagte Torvald. »Das hilft gegen Alltagsprobleme.«

»Das Problem ist aus der Welt geschafft«, sagte Gunnar stolz.

Torvald erschrak. »Was habt ihr getan?«

»Darüber musst du dein kluges, altes Köpfchen nicht zerbrechen«, sagte Gunnar.

Torvald holte tief Luft, als wolle er protestieren, doch dann sagte er nur: »Du hast vollkommen recht. Ich will es gar nicht wissen.«

»Zu dumm, wenn man sein Survival Suit vergisst«, sagte Gunnar. »Auf offener See, ganz allein. Bei dem Wetter. Manche Leute sind echt leichtsinnig.«

»In der Tat«, sagte Torvald.

»Typisch Stadtmensch, null Respekt vor den Naturgewalten.«

»Das ist wirklich schockierend.«

Gunnar grinste. Er war erleichtert und freute sich, dass Torvald mitspielte. Er trat auf eine leere Miesmuschel, die in tausend Scherben zerbarst, und fuhr sich mit den Händen durch das platinblonde Haar. »Was sagen wir Einar?«

»Nichts. Den Teufel werden wir tun.«

»Aber können wir ihm das verheimlichen?«

»Wenn wir es ihm nicht sagen, fällt es ihm leichter wegzuschauen.«

»Freust du dich gar nicht, dass wir sie los sind?« Gunnar grinste wieder. »Und was sagst du Platou?«

»Ich werde ihm sagen, dass unser kleines Problem aus der Welt geschafft ist.«

»Und sein Freund, der Schnüffler?« Gunnar schlug die rechte Faust gegen die linke Handfläche.

»Der wird gar nicht erst kommen, wenn das Problem gelöst ist«, sagte Torvald.

»Der hat hier nichts zu suchen.« Gunnar hob eine Muschel auf, warf sie in die Luft und holte zu einem Volleyballschlag aus. Er wollte eine Möwe treffen, die friedlich auf dem Wasser schaukelte, aber der Hieb ging in die Luft. »Und wenn er doch kommt?«

»Du machst dir zu viele Sorgen. Warum sollte er uns verdächtigen? Er ist doch auf unserer Seite.«

»Eine Umweltschützerin wird vermisst, die uns zufällig bei der Polizei angezeigt hat, und der Polizist ist zufällig unser Bruder. Und wir erzählen ihm, das Problem sei aus der Welt? Klingt ziemlich verdächtig, wenn du mich fragst.«

»Er ist kein Bulle. Er ist Platous Mann.«

»Was für ein Typ ist das?«

»Der König hat nichts über ihn gesagt.«

»*König*?« Gunnar zog die Nase hoch und spuckte ins Wasser. »Leute wie der haben ihr Geld geerbt, die mussten nie einen Finger krumm machen oder selbst was schaffen.«

Torvald kratzte sich am Kinn. »Platou hat ganz unten angefangen, soviel ich weiß.« Er verschränkte die Arme. »Apropos – wo wärst du ohne mich?«

Gunnar senkte den Blick und zertrat die nächste Muschel.

»Ein Mann darf nie vergessen, wo er herkommt, sonst verliert er sich selbst«, mahnte Torvald und grinste.

»Blöder Lackaffe«, sagte Gunnar, schlich gedemütigt zu seinem Boot und tuckerte davon.

22

Auf dem Heimweg im Boot erzählte Jokke Rino von dem toten Amerikaner. Der Exgauner kaute in aller Ruhe weiter an dem Hähnchenschenkel, den er vor dem coop-Supermarkt aus dem Müll geklaubt hatte. Der Tod des Wissenschaftlers schien ihm nicht sonderlich nahezugehen.

»Aber wir haben einen Menschen getötet!«, rief Jokke.

»Das ist bedauerlich.«

»Wir haben ihn umgebracht!«

»Das war keine Absicht.« Rino zuckte mit den Schultern.

»Na und? Er ist tot – wegen uns!«

»Es war ein Unglück.« Rino nagte systematisch weiter.

»Wir haben das Feuer in voller Absicht gelegt.«

»Ich sage ja nicht, dass wir es feiern sollten, aber solche Dinge geschehen.«

Im Licht der Abendsonne, die weit draußen im Meer versank, glitten sie leise an der Lachsfarm vorbei.

»Wie war Erna Solbakken? Hat sie deinen Erwartungen entsprochen?«, fragte Rino.

»Sie ist süß.«

»Worüber habt ihr gesprochen?«

»Über den Sinn des Lebens«, sagte Jokke, als wäre es eine Selbstverständlichkeit.

Als sie zwischen den Birken standen und das Boot so weit an Land zogen, dass die Flut es nicht erreichte, sagte Rino: »Es gibt Dinge im Leben, vor denen du fliehen kannst, und Dinge, vor denen du *nicht* fliehen kannst.«

Jokke ließ das Boot los, seufzte und stemmte die Hände in die Hüften. »Was willst du damit sagen?«

»Fahr heim nach Bærum, solange du kannst. Du hast das ganze Leben vor dir. Wirf es nicht hierfür weg.«

Jokke packte wieder mit an, und gemeinsam zogen sie das Boot an Ort und Stelle und versteckten es unter einer grünen Plane. Nach einer kurzen Pause fragte Jokke: »Und du, Rino? Was hast du vor?«

»Ich mache weiter. Ich habe nichts zu verlieren.«

»Wir haben einen Mann getötet«, sagte Jokke mit feuchten Augen. »Das war nicht so geplant.«

»Werd jetzt bloß nicht moralisch. Unser Ziel steht über der Moral. Du sollst nicht gut sein, sondern gut *für* etwas.«

Mit tief gerunzelter Stirn sah Jokke sein Gegenüber an. »Wer hat das gesagt?«

»Weiß ich nicht mehr«, antwortete Rino.

Er ging in die Hocke und schaute über den Fjord. Ein kalter Nordwind zog die Berge herab und brachte tiefe Wolken mit sich, die wie Schaum im Ausguss hängen blieben. Der Sommer war nur eine ferne Erinnerung, die Natur bereitete sich auf den Winter vor. Er atmete tief ein.

»Dinge geschehen. Die Natur geht ihren Lauf, egal, was wir Menschen tun.«

Jokke sah ihn an und neigte den Kopf.

»Die Sonne geht auf, Menschen werden geboren und rackern sich ab. Alles stirbt. Pflanzen sterben und verrotten, Tiere töten einander und fressen einander auf, die Sonne geht unter, es wird dunkel – alles geschieht zu jeder Zeit, vollkommen unabhängig von dir und mir.« Rino stand auf und streckte die Arme in die Höhe. »So ist es immer gewesen, und so wird es immer sein. Du glaubst, du wärst wer weiß wie wichtig, und dass alles mit dir steht und fällt.« Er sah Jokke tief in die Augen. »Aber das ist ein Missverständnis. Im Grunde kann dir alles egal sein, denn was du tust oder lässt, macht nicht den geringsten Unterschied.«

Jokke protestierte: »Aber mein eigenes Leben steht und fällt mit mir.«

»Das stimmt«, räumte Rino ein. »Aber wie wichtig ist das?«

»Vielleicht nicht so wichtig für die Menschheit, aber für mich!«

»Da hast du auch wieder recht«, brummte Rino. »Und das ist vielleicht genug.« Damit drehte er sich um und ging zur Hütte hinauf.

Jokke sah ihm hinterher, bis das Haus ihn verschluckte, dann ging er ans Ufer, setzte sich auf einen Stein und starrte ins Wasser. Dort unten herrschte reges Leben. Krabben, Meergrundeln, Wasserflöhe, Miesmuscheln, Schnecken und andere kleine Geschöpfe stoben umher und taten, wozu sie von Natur aus programmiert waren. Bald würde die Wassertemperatur sinken, und viele Kleintiere würden sich zum Überwintern in tieferes Wasser zurückziehen. Als Jokke eine grüne Strandkrabbe entdeckte, die sich unter einem Tangbüschel versteckte, krempelte er die Ärmel auf, griff ins Wasser und packte die Krabbe am Panzer. Zwischen Zeigefinger und Daumen hielt er sie hoch und betrachtete sie. Dann setzte er sie auf die Hand und drückte gerade so fest auf den Panzer, dass sie nicht davonkrabbeln konnte. Die Krabbe zwickte ihn, aber ihre kleinen Scheren konnten seiner Handfläche nichts anhaben. Jokke schloss die Hand und drückte zu, bis es krachte. Er öffnete die Hand und betrachtete geistesabwesend den braungrünen Schleim. Dann wusch er die Überreste im Wasser ab, stand auf und trottete zu ihrem Versteck.

23

Leo war mit dem jüngsten und dem ältesten der Vega-Brüder im »Heuler« verabredet. Es schien ihm der geeignetste Ort, um seine Recherchen zu beginnen und mit den Brüdern zu reden. Die Wände der Kneipe waren mit Bildern zweifelhafter Herkunft dekoriert, darunter ein verblichenes Portrait von König Harald und Königin Sonja in viel zu großen Strickjacken, wahrscheinlich bei der Olympiade 1994 in Lillehammer. Obwohl das Rauchverbot schon lange galt, roch es noch immer nach altem Rauch, vermischt mit Bier und Schweiß. Leo nippte an einem halben Liter und tat sein Bestes, entspannt zu wirken. Er fühlte sich, als wäre er in der Zeit rückwärtsgereist oder als gäbe es keine Zeitrechnung mehr.

Auch die beiden Männer, die ihm gegenübersaßen, wirkten wie aus einer anderen Zeit. Ihre Ausdrucksweise, Kleidung und Körpersprache – alles war irgendwie von gestern. Leo spürte instinktiv, dass er seine Zunge hüten musste.

Das Lächeln, das er von Torvald bekam, beruhigte ihn nicht. Ein dritter Mann namens Luke – nicht wie in Lucky Luke, sondern wie in Dachluke – hatte sich drei Tische weiter niedergelassen. Er trug eine abgewetzte schwarze Lederjacke mit halb offenem Reißverschluss, unter der nackte, tätowierte Haut zu sehen war. Leo atmete tief ein und aus.

»Das Problem ist aus der Welt«, sagte der Mann, der sich als Gunnar vorgestellt hatte.

Sein großer Bruder, offenbar der Boss, sah ihn streng an. »Er will sagen: Wir glauben nicht, dass es weitere Sabotageaktionen geben wird. Der Todesfall war ein Unglück.«

Er trank einen Schluck Bier, ohne den Blick von Leo abzuwenden.

»Aber ihr glaubt, dass es Brandstiftung war?«

»Das war eine Bande Ökoterroristen, die der Zuchtindustrie schaden wollte. Wir haben klargestellt, was beim nächsten Mal mit ihnen geschieht, da haben sie die Schwänze eingeklemmt und sind heim nach Oslo gefahren.«

»Ihr verschwendet offenbar keine Zeit mit Smalltalk.«

»Hier oben reden wir frei von der Leber weg«, sagte Gunnar.

Leo nickte und grinste. »Ökoterroristen, also? Wollt ihr sie einfach so davonkommen lassen? Das war Mordbrand!« Er war froh, dass er ein paar Tabletten geschluckt hatte.

»Sie sind ja schon weg«, sagte Torvald Vega.

»Was ist mit der vermissten Frau? Hat sie etwas damit zu tun?«

»Welche vermisste Frau?«, fragte Torvald.

»Die seit Mittwoch verschwunden ist«, erklärte Leo.

»Ach, die, die beim Angeln über Bord gegangen ist?«

Leo schloss die Augen und nickte.

»Darüber weiß ich nichts«, sagte Torvald und kratzte sich am Bart. »Sie haben ihr Boot im Velfjord gefunden.«

»Wo wurde sie zuletzt gesehen?«

»Keine Ahnung. Wir kannten sie nicht.«

»Ziemlich dumm, keinen Survival Suit zu tragen, wenn man da draußen alleine unterwegs ist«, sagte Gunnar und grinste.

Leo bemerkte, wie der große dem kleinen Bruder den Ellbogen in die Seite rammte.

»Ihre Leiche wurde nicht gefunden?«

»Sie ist wohl untergegangen«, sagte Gunnar. »Oder ein Schwertwal hat sie gefressen. Das Wasser ist schweinekalt hier, da überlebt man nicht lange. Sie war nicht von hier.«

»Was soll das heißen?«

»Sie war aus Oslo. Sie war keine von uns.«

»Uns?«

»Kein Velfjording.«

»Ist das eine eigene Rasse?«

»Wir mögen hier keine Leute aus Oslo.«

»Ich auch nicht«, sagte Leo. »Ich komme aus Bærum.«

»Gehört Bærum nicht zu Oslo?«, fragte Torvald.

»Ein weit verbreiteter Irrtum. In Wirklichkeit sind es zwei ganz unterschiedliche Kulturen.«

»Das wusste ich nicht«, sagte Torvald und hob das Glas zu einem halbherzigen Prost.

»Sie hat *Healing* betrieben«, sagte Gunnar.

Leo begriff rasch, dass die Brüder weit mehr über die junge Frau wussten, als sie zugaben. Wahrscheinlich hatten sie vorher abgesprochen, was sie über die Unruhestifterin aus der Stadt preisgeben wollten. Das waren knallharte, eiskalte Männer, durchtriebene Kriminelle. Leo hatte nicht den geringsten Zweifel, dass sie ihn längst nach draußen gezerrt und blau und grün geschlagen hätten, wenn ihn nicht Axel Platou persönlich geschickt hätte.

»Was sagt die Polizei?«

»Dass es ein Unglück war und sie wahrscheinlich ertrunken ist«, sagte Torvald. »Unser Bruder ist Polizeichef in der Stadt.«

»Dann seid ihr ja schön sicher.«

Die Brüder schwiegen.

»Was sagt er über den Brand?«

»Das es ein Unfall war«, sagte Gunnar.

»Aber ihr wisst doch, dass es kein Unfall war. Ihr wisst sogar, wer es war.«

»Nicht mit Sicherheit«, sagte Torvald und rückte die schwarze Baskenmütze zurecht. »Aber die Polizei hat es als Unfall abgeschrieben. Wir können nichts mehr tun.«

»Dummes Geschwätz«, sagte Leo, der langsam warmlief. Plötzlich war ihm egal, was er diesen Männern sagte, oder vielleicht wollte er sie nur beeindrucken. »Warum fordert euer Bruder keine Verstärkung an?«

»Das liegt bestimmt am Personalmangel«, sagte Torvald.

»Aber es hat zwei Tote gegeben!«

»Nur einen.«

»Und die Frau?«

»Die ist bloß vermisst«, sagte Gunnar grinsend. »Vielleicht taucht sie ja plötzlich wieder auf?«

»Was geschehen ist, ist geschehen«, sagte Torvald. »Platou will nicht mehr Aufsehen erregen als nötig. Er will es so. Sollten wir seinen Wunsch nicht respektieren? Du arbeitest doch auch für ihn?«

»Ja, das stimmt«, sagte Leo. Er konnte jederzeit aufstehen, seine Sachen packen und dem ganzen Fall den Rücken kehren. Sollten diese Verrückten doch tun, was sie wollten, es war nicht sein Problem.

»Bist du Privatdetektiv oder so?«, fragte Gunnar.

»Varg Veum? William Wisting? Harry Hole? Ich wette,

deine Vor- und Nachnamen beginnen mit demselben Buchstaben.«

»Harry Hole ist kein Privatdetektiv«, sagte Leo. »Er ist Polizist.«

»Haarspalterei«, sagte Gunnar.

»Willst du ein einfaches Ja oder Nein oder eine ausführliche Antwort?«

»Ausführlich.«

»Ich heiße Leo Vangen, ganz ohne Stabreim, und bin Rechtsreferendar.«

»Was zum Teufel ist das?«

»Das bedeutet, dass ich noch kein zugelassener Rechtsanwalt bin. Um sich Anwalt nennen zu dürfen, muss man drei Rechtssachen durchgeführt haben.«

Gunnar glotzte ihn mit leeren Augen an. Leo war entsetzt über so viel Dummheit und Arroganz. Leute wie Gunnar benutzen ihre Unwissenheit als Waffe gegen andere, dachte er.

»Die Sache ist die«, sagte Torvald und richtete sich im Stuhl auf. »Hier oben regeln wir die Dinge lieber selbst. Und alles deutet darauf hin, dass der Tod des Forschers ein Unglück war.«

»Aber der Brand war kein Unglück«, insistierte Leo. »Ein Mann ist gestorben, und ihr habt eine Anlage für viele Millionen verloren.«

»War nett, dich kennenzulernen!« Torvald sprang auf. »Übermorgen inspizieren die Behörden die Lachsfarm in Storbørja. Du kannst gerne mitkommen, dann bekommst du einen Eindruck von unserer Arbeit.«

»Ja, gern«, sagte Leo.

Gunnar rüttelte Luke wach, der über dem Tisch hing und

auf seinen Armen eingeschlafen war. Er schaute sich verwirrt um, rieb sich die Augen und schloss den Reißverschluss seiner engen Lederjacke. Bevor sie sich umdrehten und gingen, warf Gunnar seinem Bruder einen Blick zu, der Leo das Blut in den Adern gefrieren ließ.

Zurück im Hotel, ging Leo in die Bar, um ein letztes Bier zu trinken. Zufrieden registrierte er, dass er der einzige Gast war. Er setzte sich an die Theke, bestellte und rief Axel Platou an.

»Ich habe deine Freunde getroffen«, sagte Leo. »Torvald und Gunnar. Tolles Duo.«

»Warte nur, bis du Einar triffst. Im Trio sind sie noch besser, fast wie die Bee Gees.« Platou hustete. »Sie sind vielleicht nicht die charmantesten Gestalten der Welt, aber sie machen ihren Job gut.«

»Welchen Job – Leute in der Kneipe zu verschrecken?«

»Nein. Mit der Lachszucht Geld zu verdienen.«

»Ich habe den Fehler gemacht, mit ihnen wie mit normalen Menschen zu reden. Ich bat sie höflich zu erzählen, was geschehen ist, aber sie haben nichts verraten.«

»Von denen kannst du keine Hilfe erwarten. Sie sind Barbaren.«

»Sie behaupten, sie hätten die Saboteure verjagt, angeblich eine Bande Ökoterroristen aus Oslo.«

»Hast du mit Liv Kongevold geredet?«

»Nein, sie hat sich nicht gemeldet.«

»Dann ruft sie dich morgen an.«

»Das ist doch krank. Zwei Tote in einem kleinen Dorf, und keiner will herausfinden, was geschehen ist.«

»Vorsicht, Brønnøysund hat Stadtstatus.«

»Sorry. Zwei Tote in der kleinsten Stadt der Welt, und niemanden kümmert es?«

»Zwei? Ich dachte, es wäre nur der Amerikaner?«

»Eine junge Frau aus Oslo wird vermisst.«

Axel Platou dachte kurz nach und fragte: »Glaubst du, unsere Freunde haben etwas damit zu tun?«

»Das würde mich keineswegs wundern«, sagte Leo. »Alles andere wäre seltsam.«

Eine weitere Pause am anderen Ende. Platou trank irgendetwas. »Was glaubst du, was geschehen wäre, wenn Einar Vega diese Ökoterroristen geschnappt hätte? Glaubst du wirklich, das hätte geholfen?«

»Dann müssten sie sich wenigstens für ihre Taten verantworten.«

»Weißt du, was das für die Firma bedeuten würde? Eine Rechtssache wäre eine Katastrophe, nicht nur für NorFish, sondern für die gesamte Branche. Die Fundamentalisten würden jede Menge Mist behaupten, und die Presse würde es ausschlachten. Als Lebensmittelproduzent hängt alles von deinem guten Ruf ab.«

»Habt ihr so viel zu verbergen?«

»Wir sind gerade an die New Yorker Börse gegangen. In Oslo schnellt unser Kurs in den Himmel. Wir können es uns nicht leisten, die öffentliche Meinung gegen uns zu haben. Das Volk ist immer auf der Seite des kleinen Mannes, so etwas könnte uns zerstören.«

»Das bedeutet wohl, dass ich hier oben nichts mehr zu tun habe?«

»Bleib noch ein paar Tage. Ich glaube nicht recht an die Ökoterroristen-aus-Oslo-Theorie. Marina überweist 50 000 auf dein Konto.«

»Ich habe schon mehr als genug bekommen.«

»Ich habe noch nie jemanden getroffen, der Geld abgelehnt hat.«

»Gut, dann sagen wir 100 000«, sagte Leo und legte auf.

24

Jokke war siebenmal auf den Aussichtspunkt geklettert, um Erna Solbakken anzurufen. Er hatte ihr 10 SMS geschickt, aber sie hatte nicht geantwortet. Vielleicht war ihr Akku leer? Aber sie musste doch sehen, dass er angerufen hatte! Warum schickte sie nicht wenigstens eine SMS? Um ganz sicher zu sein, ließ Jokke sich für mehrere Stunden auf der Höhe nieder. Er saß im Müllsackponcho auf dem Felsvorsprung und klapperte mit den Zähnen, während er über das Nebelmeer schaute und auf ein Lebenszeichen von Erna wartete.

Vielleicht wollte sie nichts mit einem Mörder zu tun haben?

Als er wieder zur Hütte kam, saß Rino im Schein der Paraffinlampe am Küchentisch und schabte mit einem Schnitzmesser eine Tierhaut ab.

»Was machst du da?«, fragte Jokke und ließ sich im Schaukelstuhl nieder.

»Ich gerbe«, sagte Rino, ohne aufzuschauen. »Hast du sie erreicht?«

Jokke schüttelte den Kopf. »Welches Tier ist das?«

»Ein Reh.«

»Woher kommt es?«

»Ich habe es im April geschossen.« Rino hörte auf zu schaben und sah Jokke an. »Zuerst musst du alles Fleisch und Fett von der Haut schaben, dann legt man es einen Monat in Salzlake, um die Flüssigkeit zu entziehen. Dann wäschst du den ganzen Mist mit Schmierseife und reibst ihn mit einer Mischung aus Wasser, Mehl und Alaun ein. Die schabst du wieder ab, wenn es trocken ist, und fertig. Jetzt muss ich es nur noch gut durchkauen. Machst du mit?«

»Was willst du mit all den Rehfellen?«

»Man kann nie genug Felle haben.« Rino schabte weiter.

»Ich habe in meinem ganzen Leben noch kein Fell besessen«, sagte Jokke.

»Deshalb ist auch nichts aus dir geworden«, sagte Rino, ohne ihn eines Blickes zu würdigen.

»Ich fürchte, die Vega-Brüder haben Erna entführt«, sagte Jokke und streckte die Hände ans Feuer.

Rino legte das Messer in den Schoß. »Warum glaubst du das?«

»Es kann kein Zufall sein. Sie hat die Jagdfarm entdeckt, und sie haben sie bedroht. Erna hatte Angst um ihr Leben.«

»Sie werden doch Erna nicht als Bedrohung empfinden?«

»Was, wenn sie glauben, dass Erna das Netzgehege gesprengt und den Forscher getötet hat?« Jokke raufte sich die Haare und schwankte vor und zurück.

»Sie geht nicht ans Telefon, das ist alles«, sagte Rino und schabte systematisch weiter.

»Irgendetwas muss passiert sein«. Jokke stand auf und lief nervös umher. »Und ich bin schuld, ich habe angefangen. Sie haben nur reagiert.«

Schwere Regentropfen prasselten wie Murmeln auf das Wellblechdach der Hütte.

»Wie willst du das überhaupt wissen?«, fragte Rino.

»Ich muss nach Brønnøysund und herausfinden, was geschehen ist!«

»Vergiss es«, sagte Rino streng. »Wir dürfen jetzt nicht auffallen.«

Er legte die Haut und das Messer auf den Tisch, goss Wasser aus einem Plastikkanister in einen Topf und stellte ihn aufs Feuer. »Warum machst du dir so viele Sorgen um die Frau?«, fragte er. »Du hast sie doch erst einmal gesehen.«

»Hast du das noch nie erlebt?«, fragte Jokke aus dem Schaukelstuhl.

»Was?«

»Dass du eine Frau triffst und das Gefühl hast, dass ihr euch schon ein Leben lang kennt und zusammengehört?«

Nein, das hatte Rino noch nie erlebt. »Du meinst also, es ist Liebe auf den ersten Blick?«

»Viel mehr als das. Es gibt nicht den geringsten Zweifel. Ich konnte ihr alles über mich erzählen, brauchte nichts zu verbergen. Das kommt selten vor.«

Rino nickte nachdenklich und setzte sich wieder an den Tisch. Dann nahm er eine Ecke der Haut in den Mund und begann zu kauen. Zehn Minuten später nahm er sie heraus und sagte: »Du und sie … Dir ist doch wohl klar, dass das eine fixe Idee ist?«

»Wir sind füreinander geschaffen.«

»Natürlich«, sagte Rino und stopfte das Leder wieder in den Mund.

25

Am Morgen nach dem Gespräch mit den Vega-Brüdern stand Leo früh auf. Er war der einzige Frühstücksgast in dem großen Speisesaal, womöglich der einzige Hotelgast.

Cornflakes, Brot, Ziegenkäse, Leberpastete und Obst – nichts von den leckeren, ungesunden Dingen.

Zurück auf dem Zimmer stand er am Fenster und bewunderte die spezielle Mischung aus Natur und Kultur, von der er so viel gehört hatte. Die Sonne schien auf die schwarzen, runden Berge am Horizont, die blauen Müllcontainer und auf die Tankstelle unter ihm. Kleine weiße Wolken zogen wie Wollknäuel über den Himmel, und die Wellen auf dem Fjord trugen Schaumkronen.

Das Telefon riss ihn aus seinen Gedanken. Eine Frau stellte sich als Liv Kongevold, Meeresbiologin bei der Fjordlax AG und Bekannte von Axel Platou vor. Sie hieß ihn in der Stadt willkommen und fragte, ob er mit ihr im Café Havsmak mittagessen wolle.

Leo kam zu früh, setzte sich an einen Tisch am Fenster und bestellte einen Americano und einen Erdbeer-Bananen-Smoothie. Das Lokal war modern eingerichtet, minimalistisches Interieur in sanften Pastellfarben. Es roch nach frisch gemahlenem Kaffee und Gebäck. Eine Tafel an der Wand informierte über das kostenlose WLAN sowie das Tagesgericht, heute pochierter Lachs. Am Nebentisch lamentierten zwei ältere Damen darüber, wie die Politiker Norwegen zu Grunde gerichtet hätten. Alles sei so haarsträubend teuer geworden, und bald würden die Einwanderer das Land übernehmen. Am liebsten hätte Leo ihnen gesagt, dass sie sich schämen sollten und überhaupt keine Ahnung hätten, wie gut es ihnen ging, aber er begnügte sich mit einem schrägen Blick und schlürfte seinen Kaffee.

Um Punkt ein Uhr betrat eine junge, große Frau in Jeans und lila Daunenweste das Café. Auf dem Kopf trug sie eine gelb-grüne Schildmütze mit John-Deere-Logo. Sie schob die Sonnenbrille ins Haar und sah sich um. Leo winkte ihr zu, und sie kam näher. Mit einem reservierten Lächeln streckte sie die Hand aus. »Hei, ich heiße Liv. Du musst der mysteriöse Leo Vangen sein.«

»Stimmt«, sagte Leo. »Ich habe noch nichts zu essen bestellt. Was möchtest du?«

»Nur einen Smoothie, bitte.«

Sie setzte sich ihm gegenüber, ohne die Mütze abzunehmen. Breites Gesicht mit großem Mund, füllige, knallrot geschminkte Lippen und eine Stupsnase, die perfekt zu ihr passte. Aber ihre blauen Augen waren gerötet, als hätte sie gerade geweint. Sie sah viel jünger aus, als er gedacht hatte. Ein unschuldiges Mädchen, das sich in böse Machenschaften verstrickt hatte.

»Willkommen am Nabel der Welt«, scherzte Liv.

»Ich finde es erstaunlich schön hier.«

»Das wird sich bald legen.«

Leo nickte und trank den Kaffee aus.

»Du bist also hier, um den Saboteur zu finden?«

»Und du kommst schnell zur Sache.« Leo lächelte.

»Ich bin eben direkt.«

»Gut«, sagte Leo. »Ja, deswegen bin ich hier.«

»Hast du Torvald und Gunnar getroffen?«

»Ich habe gestern ein Bier mit ihnen getrunken. Sie ergänzen einander auf ganz besondere Weise.«

Liv lächelte, schniefte und musterte ihn mit ihren geröteten Augen. »Hast du einen Plan?«

Leo lächelte zurück. »Wenn ich ein bisschen herumschnüffele, finde ich vielleicht heraus, was geschehen ist.«

»Bist du Privatdetektiv oder so was?«

»Rechtsreferendar. Ich habe mich etwas übernommen.«

Liv nahm die Mütze ab, legte sie auf den Tisch und fuhr sich durch die kurzen Haare, Dann lehnte sie sich zurück und verschränkte die Arme. »Ich muss zugeben, dass ich einen ganz anderen Typen erwartet habe.«

»Was für einen Typen denn?«

»Na ja, ich hätte eher ein Muskelpaket erwartet, einen Gorilla oder so.«

»Enttäuscht?«

»Angenehm überrascht.«

Leo grinste. »Um ganz ehrlich zu sein: Ich habe keinen blassen Schimmer, was ich hier soll.«

»Aber du arbeitest für Axel Platou?«

»Wir sind Kindheitsfreunde. Ich will ihm bloß einen Gefallen tun.«

Liv nickte, zog die Mundwinkel nach unten und kniff die traurigen Augen halb zu.

»Du kennst ihn?«, fragte Leo.

»Ich habe ihn nur ein paar Mal getroffen.« Liv rutschte

auf dem Stuhl hin und her. »Wenn du Hilfe oder Informationen brauchst, musst du es nur sagen. Ich kann dir die Stadt zeigen, das dauert nicht lange.«

»Danke, ich komme schon zurecht. Heute gehe ich Meerforellen angeln, und morgen zeigt Torvald mir die Lachsfarm.«

»Meerforellen?« Liv runzelte die Stirn. »Na dann viel Glück!« Sie stand auf und setzte die Mütze auf.

»Hast du einen Verdacht, wer die Anlage sabotiert haben könnte?«, fragte Leo.

»Sicher jemand, der die Vega-Brüder hasst. Sie haben viele Feinde.«

»Warum?«

»Du hast sie doch getroffen.« Sie schob die Sonnenbrille auf die Nase. »Dann sehen wir uns vielleicht morgen bei der Lachsfarm«, sagte sie und verließ mit langen Schritten das Lokal, als wüsste sie genau, wohin sie wollte.

Nach dem Mittagessen, das aus einem Stück Zuchtlachs bestand, schlenderte Leo durch leere Straßen zurück ins Hotel, ging auf sein Zimmer und holte die viergeteilte Fliegenrute der Klasse sechs, die Hardy-Marquis-Rolle aus den Achtzigerjahren und die Umhängetasche mit allem Zubehör. Dann setzte er sich in den Leihwagen und fuhr zum Storelva in Tosbotn, einem bekannten Lachsfluss zwanzig Minuten südöstlich von Brønnøysund.

Als er an der Tankstelle einen Angelschein kaufen wollte, schüttelte der alte Mann hinter der Theke den Kopf und sagte, er solle sein Geld nicht zum Fenster hinauswerfen. In der ganzen Saison seien erst zwei Wildlachse und eine Meerforelle im Fluss gefangen worden. Außerdem seien die Flussmündung und der untere Flusslauf voll mit grotesken Fünf-Kilo-Zuchtlachsen ohne Flossen. Leo fragte, ob die Fische von der Farm in Storbørja stammten, worauf der Alte nur hämisch grinste. »Hier hat keiner einen Massenausbruch angezeigt«, sagte er.

Sie plauderten eine Weile über die guten alten Zeiten des Fliegenfischens. Leo imponierte es, wie alte Leute sich jeden Morgen zum Aufstehen motivierten, mit krummem Rücken weitermachten und den Sinn des Lebens in den kleinsten Dingen fanden. Wie sie ignorierten, dass sie lebendige Beweise für die Gnadenlosigkeit der Natur waren und in wenigen Jahren oder gar Monaten unter der Erde liegen würden.

Trotz der Warnung steckte Leo die neun Fuß lange Rute an der Flussmündung zusammen und ging den Pfad am Ufer entlang. Er konnte sich einfach nicht zurückhalten. An der ersten Vertiefung versuchte er es zweimal mit einer gelbgrünen Lachsfliege und Doppelhaken. Beim dritten Wurf hatte er einen dicken Brocken am Haken, der sich wie ein echter Raubfisch benahm und den Fluss hinabfloh. Doch schon nach wenigen Minuten war sein Kampfwille gebrochen, er legte sich auf die Seite und ließ sich willig einholen. Es war ein hässlicher, aufgedunsener Zuchtfisch voller Wunden und Narben, mit zerfledderten Flossen. Leo schlug ihm einen Stein auf den Kopf und warf ihn hinter sich ins Gebüsch. Dann ging er in der Abendsonne weiter den Fluss hinauf. Die Luft war kühl, eine leichte Brise wehte, aber im Schutz der Bäume war es angenehm. Außer ihm war kein Mensch unterwegs, nur ein paar Kühe grasten auf den unteren Weiden. Auf der anderen Seite des Flusses folgte ihm ein neugieriger Nerz, zwei Enten flogen vorbei, und weiter oben, wo die Wildnis begann, heulte ein Fuchs. An jedem potentiellen Forellenstandplatz schwang Leo die Rute und ließ eine trockene Humpy Größe 12 über dem Wasser schweben. Es war ein perfekter Abend, obwohl er nicht einen einzigen Wildlachs und auch keine Forelle erblickte. Als die Sonne tiefrot im Meer versank und ihre Strahlen den Himmel rosa färbten, packte Leo die Rute ein und fuhr zum Hotel zurück.

In dieser Nacht schlief er so gut wie lange nicht mehr.

Am nächsten Morgen wollte Torvald ihn in Hommelstø mit dem Boot abholen. Auf dem Weg dorthin kam Leo an einer Unfallstelle vorbei. Ein osteuropäischer Trailer voll Lachs war frontal mit einem deutschen PKW zusammengestoßen und hatte den Norwegenurlaub der Deutschen vorzeitig beendet. Die Feuerwehr war noch dabei, Benzin, Lachse und Blut von der Fahrbahn zu entfernen. Leo musste zwanzig Minuten warten, bis ein Mann mit Leuchtweste ihn passieren ließ. Zum Glück wartete Torvald noch, als er den Anleger erreichte.

Im Boot erklärte Torvald offen, dass Fjordlax normalerweise Unbefugte von Storbørja fernhielt. Nur einmal im Jahr mussten sie einen Typen vom Veterinäramt reinlassen, der prüfte, ob der Läusebefall und die Anzahl der Lachse pro Netzgehege nicht die zulässigen Obergrenzen überschritt. Das Problem sei glücklicherweise gelöst, informierte ihn Torvald, eine Timeshare-Wohnung und die Mitgliedschaft in einem Golfclub sorgten dafür, dass er dichthielt, aber die jährliche Inspektion mussten sie der Form halber trotzdem durchziehen.

Torvalds Offenheit verwirrte Leo, der Mann schien noch stolz auf den Betrug zu sein. Er gab zu, dass sämtliche Kontrollen von staatlicher Seite nichts als schöner Schein waren, weil das System auf freiwilligen Meldungen beruhte. Theoretisch waren sie verpflichtet, jede Woche Läuse zu zählen, aber alle wussten, dass nur sie selbst entschieden, wann eine offizielle Behandlung mit Wasserstoffperoxid in Transportbooten nötig wurde.

Es gab nicht den geringsten Zweifel, dass der bärtige Mann vom Veterinäramt, der Leo die Hand schüttelte und sich als Fredd Wisløff – »mit zwei d« – vorstellte, den Vega-Brüdern hörig war. Seine Augen flackerten, seine Hand war klamm, die Anwesenheit eines Außenstehenden war ihm sichtlich unangenehm. Sein hellblaues Jeanshemd hatte große Schweißflecken unter den Achseln. Er besaß keinerlei Autorität und machte keine Anstalten, irgendetwas zu kontrollieren. Stattdessen nickte und grinste er ohne Unterlass und lachte sich über alles krank, was Torvald sagte. Schließlich verschwanden die beiden in der Hütte, um unter vier Augen miteinander zu reden.

Da sein Gastgeber offenbar keine Lust hatte, ihn herumzuführen, erkundete Leo die Lachsfarm auf eigene Faust. Er spazierte über die Schwimmstege zwischen den Netzgehegen und beobachtete die Fische. Die Gehege waren viel größer, als er gedacht hatte. Ihr Durchmesser betrug mindestens 60 Meter, und bestimmt waren sie 40 Meter tief. Eines von ihnen war leer. Das Netz, das angeblich Ökoterroristen aus Oslo gesprengt hatten. Die anderen waren voller Lachse in allen Größen. Ungefähr alle zehn Minuten spuckte die Fütterungsmaschine eine Ladung Pellets aus, und sofort brodelte das Wasser von hungrigen Fischen, die sich um das Futter balgten. Irrsinnig viele Fische, die ewig im Kreis schwammen.

Leo versuchte sich ein Leben als Zuchtlachs vorzustellen.

Es war bestimmt monoton und beschränkt, aber auch sicher und gut. Immer in der Nähe von Freunden und Verwandten, keine großen Überraschungen, keine hohen Erwartungen an sich selbst oder das Leben.

Torvald und Fredd kamen wieder aus der Hütte, und Leo hörte Torvald fragen: »Wie war's an der Algarve?«

»Super«, antwortete Fredd Wisløff. »Das Bier ist dort noch billiger als in Spanien.«

»Und wie lief das Golfen?«

»Lass uns lieber über was anderes reden.«

Torvald lachte und simulierte einen ungeschickten Abschlag. Dann trotteten er und Wisløff zu einem anderen Gehege, wo sie mit einer Gestalt in einem rot-schwarzen Overall redeten. Als die Gestalt sich umdrehte und winkte, erkannte Leo Liv Kongevold. Er hörte nicht, worüber sie sprachen, aber er sah, dass Liv wenig sagte. Torvald hingegen gestikulierte wild, ergriff einen Bootshaken und simulierte einen weiteren misslungenen Golfschlag. Wisløff stützte sich auf den Knien ab und lachte sich scheckig, als wäre Torvald Vega der lustigste Mann der Welt.

Als Torvald und der Beamte ein zweites Mal in der kleinen roten Hütte verschwanden, kam Liv zu ihm. Leo streckte die Hand zum Gruß aus, und sie ergriff sie dankbar. Ihre Hand war kalt und feucht, und Leo begriff sofort, dass sie einiges auf dem Herzen hatte. Ihre Augen waren noch immer rot und geschwollen.

»Danke für gestern«, sagte er.

Liv versuchte ein Lächeln, das eindeutig misslang.

»Hast du etwas gefangen?«, fragte sie.

»Einen ausgerissenen Zuchtlachs. Wahrscheinlich von euch. Aber es war trotzdem ein schöner Abend.«

Liv trat von einem Fuß auf den anderen. Ihre Augen flackerten, sie sah sich um, als fürchte sie, entdeckt zu werden, dann trat sie dicht an ihn heran und flüsterte: »Ich muss mit dir reden. Können wir uns morgen Abend um acht an der Hotelbar treffen?«

»Gern«, sagte Leo wie aus allen Wolken gefallen. »Welches Hotel?«

»Deins. Im Kred Pub.«

»Woher weißt du, wo ich wohne?«

»Dies ist eine kleine Stadt.« Liv lächelte traurig. »Dann bis morgen um acht.«

Sie ging zu einem kleinen Schlauchboot mit viel zu großem Außenborder, das am Schwimmsteg vertäut war, sprang hinein und raste über die Wellen in Richtung Brønnøysund.

26

Polizeichef Einar Vespasian Vega wohnte ein paar Kilometer entfernt von seinen Brüdern auf der anderen Seite von Nevernes. Sein Haus stand ganz für sich am Waldrand, mit freiem Blick auf den Heggfjord. Es war 2004 im funktionalistischen Stil aus Glas, Stahl und lokalen Materialien von einem Architekten aus Mosjøen erbaut worden und fügte sich gut in die Landschaft. Das Gebäude war wesentlich kleiner und bescheidener als die seiner Brüder, jedoch immer noch ziemlich überdimensioniert und luxuriös für einen Angestellten im öffentlichen Dienst.

In schwachen Momenten, das hieß jeden Abend, nachdem seine Frau Beate und ihre drei Kinder schlafen gegangen waren und er allein mit seinen Gedanken war, schenkte sich Einar Vega einen dreifachen Jack Daniels ein, legte Bruce Springsteens *Nebraska* auf und schaute mit leerem Blick übers Wasser. Wie gerne hätte er das offene Meer und einen freien Horizont vor sich gehabt, aber der verdammte Fjord war zwischen steilen Bergen und dichten Nadelwäldern eingezwängt. Wie so oft, wenn er melancholisch gestimmt war, hörte er zehnmal hintereinander seinen Lieblingssong »Highway Patrolman«. Springsteens Held saß im selben Boot wie er:

I catch him when he's straying
like any brother would
Man turns his back on his family,
well he just ain't no good

Als Einar erfahren hatte, dass Erna Solbakken vermisst wurde, befürchtete er sofort, dass Gunnar durchgeknallt war. Sein zweiter Gedanke war, dass er es hätte verhindern können.

Er hatte es einfach geschehen lassen.

Nun war es zu spät. Die Lage erforderte deutlich mehr als Bourbon und den Boss.

Er war in ihrer Wohnung gewesen und hatte seine Pflicht getan, es gab keine Spuren eines Kampfes oder sonstige Hinweise auf eine Entführung. Zwar hatte er die Wohnung nicht *extrem* gründlich durchsucht, aber trotzdem. Zuletzt war sie im Café Havsmak gesehen worden, wo sie mit einem jungen Mann mit Schiebermütze und Brille geredet hatte. Zeugen hatten beobachtet, dass sie lange und intensiv miteinander gesprochen hatten. Außerdem hatte sie den Kellner heruntergeputzt und das Essen zurückgehen lassen. Kurz darauf wurde Ernas Boot führerlos im Velfjord gefunden.

Einar hatte im Register geforscht, aber die einzige Person namens Erna Solbakken in Norwegen war 92 Jahre alt und wohnte in Hokksund. Bis jetzt hatte er dies noch verschwiegen.

Wenn sie einen falschen Namen benutzte, erhöhte das die Wahrscheinlichkeit, dass sie tatsächlich hinter der Sabotage steckte.

Er stand aus dem Sessel auf, drückte auf »Repeat«, ging zu seinem Retro-Barschrank und füllte das Glas erneut mit Eiswürfeln und Bourbon.

Sein Bruder war außer Kontrolle geraten. Was würde geschehen, wenn er ihn damit konfrontierte?

Es war wohl besser, den Kopf einzuziehen, bis es vorüber war, und zu tun, als ob nichts wäre, den ganzen Mist mit Hochprozentigem und amerikanischem Sozialrealismus zu ertränken. Bruce sang, und Einar sang mit:

Well if it was any other man
I'd put him straight away.
But when it is your brother
sometimes you look the other way.

Vielleicht war es damit ja überstanden. Wenn Erna Solbakken tatsächlich hinter den Anschlägen steckte, war dies vielleicht die beste Lösung. Aber wäre sie wirklich dazu imstande?

In schwachen Augenblicken hatte Einar Vega Lust, alles hinzuschmeißen, seinen Job zu kündigen, das Haus und seine Anteile an Fjordlax zu verkaufen und mit der Familie ein neues Leben in Oslo, Trondheim oder einer anderen Stadt zu beginnen. Ehrlichen Menschen bei alltäglichen Problemen zu helfen, Schurken zu verhaften, Gutes für Menschen zu tun, die es verdienten.

In starken Augenblicken hatte er Lust, Gunnar in den Knast zu werfen und den kleinen Drecksack in Stücke zu reißen. Es klingelte an der Tür. Niemand klingelte hier, schon gar nicht um elf Uhr abends. Einar stellte das Whiskyglas ab und spürte seinen Herzschlag. Er drehte die Musik leise und schlich zur Tür. Draußen stand ein jugendlich gekleideter Vierzigjähriger, der sich als Leo Vangen vorstellte.

»Entschuldigen Sie die späte Störung«, sagte Leo.

»Kein Problem«, antwortete Einar. »Worum geht es?«

»Können wir reden?«

Einar zögerte. Ein Gespräch mit Axel Platous Schnüffler war das Letzte, wozu er in diesem Moment Lust hatte.

»Kommen Sie rein«, sagte er. »Hat Axel Platou Sie geschickt?«

Einar führte ihn durch einen langen Gang mit warmen schwarzen Steinfliesen. An der Wand hing ein Arsenal von Taschen und Allwetterjacken, die in allen Farben glänzten. Sie kamen an einem Raum vorbei, in dem ein Billardtisch und ein Golfsimulator standen. Leo blieb stehen und guckte in das weiß gestrichene Zimmer mit dem orangen Teppichboden. »Spielen Sie Golf?«

»Kann ich nicht wirklich behaupten«, sagte Einar und stemmte die Hände in die Hüfte. »Ich hacke mich ab und zu über den Platz. Aber es tut ganz gut, einen Sport auszuüben, in dem man auch in meinem Alter nur besser werden kann.«

»Viele behaupten, Golf sei kein Sport«, sagte Leo.

»Wer das sagt, hat nie Golf gespielt.«

Leo lächelte. »Wie oft spielen Sie?«

»Nicht so oft. Mein Bruder ist ein eifriger Golfer. Er hat einen hässlichen Abschlag, steif wie ein Stock, und schummelt meistens. Aber er ist eifrig dabei. Spielen Sie auch?«

Leo nickte. »Nicht mehr so oft wie früher, aber ich spiele noch.«

»Wie oft?«

»In der Hochsaison maximal viermal pro Woche.«

Einar lächelte ebenfalls. Er hatte freundliche, wässrige Augen und den dichtesten, gepflegtesten Bart, den Leo je gesehen hatte. Leo folgte ihm die Treppe hinauf in ein Zimmer mit offener Küche und fantastischer Aussicht über den Fjord.

»Schön haben Sie es hier«, sagte Leo.

»Ich kann nicht klagen.«

Leo setzte sich auf ein beiges Ledersofa und kam direkt zur Sache: »Dieser Brand … Was glauben Sie, ist da geschehen?«

»Sieht aus wie ein Unglück.« Einars Ton war mit einem Mal formell, als hätte er die Polizeimütze aufgesetzt.

Leo fragte sich, ob Einar seinen rabenschwarzen Bart färbte. »Glauben Sie, es war derselbe Täter, der das Netzgehege gesprengt hat?«

»Es gibt nichts, das auf eine kriminelle Handlung hindeutet.«

»Haben Sie alle Möglichkeiten untersucht?«

»Wir haben alle Routineuntersuchungen durchgeführt.«

»Wie lange sind Sie schon bei der Polizei in Brønnøysund?«

Einar musste nachdenken. »Ich habe 1992 hier begonnen und bin seit 2004 Polizeichef.«

»Wie viele Leute haben Sie?«

»Ist das ein Verhör? Sollte das nicht eher umgekehrt sein?« Einar grinste.

»Sorry«, sagte Leo und streckte die Arme in die Luft, ehe er das Verhör fortsetzte. »Sind Sie auch Teilhaber am Geschäft der Familie?«

»Ich besitze nur einen kleinen Anteil. Mit dem eigentlichen Betrieb habe ich nichts zu tun.«

Leo sah sich um, schob die Unterlippe vor und nickte. »Sieht aus, als würden Sie nicht schlecht verdienen.«

»Und was ist mit Ihnen? Sind Sie Schuldeneintreiber oder Privatdetektiv?«

»Ich bin Rechtsreferendar.«

»Warum nur Referendar?«

»Ich bin ein bescheidener Mensch. Manche sagen, ich sei nicht ehrgeizig genug.«

»Und Axel Platou hat Sie hier raufgeschickt?«

Leo nickte. »Ich glaube, er befürchtet, dass Ihre Brüder auf dumme Ideen kommen könnten. Beunruhigt Sie das gar nicht, Einar?«

Einar stand auf, ging zum Barschrank, schenkte zwei Gläser voll Bourbon und bot eines dem lästigen Besucher an.

»Nein danke, ich muss noch fahren«, sagte Leo, obwohl er große Lust hatte, sich für mindestens eine Woche ins Koma zu trinken.

»Darüber machen Sie sich mal keine Sorgen. Ich bin der Einzige im Umkreis von 50 Kilometern, der Sie wegen Alkohol am Steuer anhalten könnte.«

»Dann nehme ich ein Glas«, sagte Leo und lächelte den Polizisten an. »Sie glauben also nicht, dass ein und dieselbe Person hinter dem Anschlag auf die Lachsfarm und dem Feuer am Hafen steckt?«

»Wie gesagt: Das Feuer war offenbar ein Unglück.«

»Ihre Brüder sagen, die Sache sei vorbei. Die Täter hätten ein Angebot bekommen, dass sie nicht ausschlagen konnten.«

»Davon weiß ich nichts.« Der Polizeichef verschränkte die Arme und zog sich in seinen imaginären Panzer zurück.

Leo trank einen Schluck. Als das amerikanische Maisdestillat über seine Zunge floss, fiel ihm ein, dass er Bourbon eigentlich nicht mochte. Ihm war klar, dass Einar Vega in einer Zwickmühle steckte, er wollte jetzt nicht aufgeben. »Keiner glaubt, dass es ein Unfall war. Weder Ihre Brüder noch Axel Platou.«

»Ich glaube, sie irren sich.«

»Sie meinen also, dass sie lügen?« Leo war erstaunt, wie ruhig er blieb.

»Das kann ich nicht beurteilen.« Einar schlug die Beine übereinander und strich sich durch den Bart. Sein Gesicht war ausdruckslos, aber seine Augen verrieten, dass er viel getrunken hatte. Leo ahnte, dass der Mann gerade lieber ganz woanders wäre.

»Was ist mit der Sabotage, können Sie dazu was sagen? Wer könnte es getan haben?«

»So kommen wir nicht weiter. Solange niemand Anzeige erstattet, können wir nichts tun.«

»Gehören Sie nicht auch zu den Geschädigten?«

»Solche Dinge entscheidet der geschäftsführende Direktor. Ich habe, wie gesagt, mit dem Betrieb der Anlage nichts zu tun.«

»Was ist mit der verschwundenen Frau? Könnte sie es gewesen sein?«

»Meinen Sie die Vermisste, die ohne Rettungsweste mit dieser Nussschale rausgefahren ist, noch dazu im Dunkeln und bei hohem Wellengang?«

»Das war also auch ein Unglück?«

»Es gibt keinen Grund, etwas anderes anzunehmen.«

»Natürlich nicht …« Leo wurde langsam sauer.

»Höre ich da Sarkasmus?«, fragte Einar Vega.

»Das dürfen Sie selbst entscheiden.«

»Wie nett, dass ich das in meinem eigenen Haus selbst entscheiden darf.«

Einar wartete auf eine Antwort. Als sie ausblieb, stand er auf, ging zum Fenster und sagte: »Ich glaube, es ist besser, wenn Sie jetzt gehen.«

Leo hatte Einar Vega durchschaut. Er erkannte, dass hinter der starren Fassade im Grunde ein guter Kerl steckte. Es schien, als wolle Einar gern reden, seine Sünden bekennen und einen neuen Weg gehen, aber er steckte in seiner Rolle fest. Leo fragte sich, warum der Polizist überhaupt nicht wissen wollte, was er in Brønnøysund suchte und welches Mandat ihm Axel Platou gegeben hatte.

»Wir sehen uns bestimmt«, sagte Leo und stand auf.

»Das ist nicht ausgeschlossen«, sagte Einar Vega.

»Ich finde alleine raus.«

»Sind Sie sicher?«

27

Um kurz nach acht kam Liv Kongevold in den Kred Pub gerannt. Sie zog die Jacke aus, hängte sie über den Arm und ging mit ausgestreckter Hand auf Leo zu.

Auf der kleinen Bühne in der Ecke saß ein einsamer Troubadour aus Osteuropa und misshandelte »Hotel California« exklusiv für Liv und Leo.

»Was möchtest du essen?«, fragte Leo. »Hier gibt es beides.«

»Beides?« Liv setzte sich auf den Barhocker neben ihn.

»Ja, Nachos und Burger.«

»Den Burger würde ich nicht anrühren. Vor zwei Monaten habe ich mir hier eine Lebensmittelvergiftung geholt. Die Nachos sind ganz okay.«

Leo sah sie an. Derselbe knallrote Lippenstift, nasse Haare. Ihre großen Augen sahen noch immer traurig, aber weniger verweint aus.

»Ich höre immer auf den Rat von Einheimischen.«

»Ich begnüge mich mit einem Bier«, sagte Liv.

»Ich auch«, sagte Leo, obwohl sein Magen knurrte. Es gab nichts Schlimmeres, als allein zu essen, wenn ein anderer zuschaute.

»Ich habe gehört, dass du gestern mit Einar geredet hast. Du hast offenbar einen guten Eindruck hinterlassen.«

»Wie meinst du das?«

»Er sagte, du seist ein feiner Kerl.«

»Wirklich? Seid ihr Freunde?«

»Das wäre übertrieben, aber er ist der einzige der Brüder, mit dem ich reden kann.« Liv versuchte, die Aufmerksamkeit des Barkeepers auf sich zu ziehen. »Einar ist eigentlich ein guter Mann. Er ist nur … ein bisschen festgefahren.«

»Er lässt seine Brüder gewähren?«

»Ich glaube, sein Leben ist ein einziges moralisches Dilemma.«

»Der Arme«, sagte Leo ironisch.

Liv sah ihn vorwurfsvoll an. »Er hat eine richtig nette Familie. Eine tolle Frau und drei Kinder. Ich glaube, er ist nicht gerade stolz auf seine Brüder.«

»Aber er tut nichts, um sie zu stoppen?«

Liv schüttelte den Kopf.

»Du hast etwas auf dem Herzen?«

»Hast du von der vermissten Frau gehört?«

Leo nickte.

»Sie ist eine gute Freundin von mir. Erna Solbakken.«

»Sie war aus Oslo?«

»War?« Ihre Augen wurden sofort wieder feucht.

»Entschuldigung«, sagte Leo. »*Ist*.«

»Wenige Tage vor ihrem Verschwinden hat sie einen Drohbrief bekommen. Sie vermutete, dass er von dem verrückten Gunnar kam, dem jüngsten der Vega-Brüder.« Liv tippte den Zeigefinger an die Stirn. »Erna hatte Angst um ihr Leben.«

»Warum haben sie sie bedroht?«

»Gunnar und sein Gehilfe Luke arrangieren Jagden auf bedrohte Raubtierarten in einem eingezäunten Gelände tief in Lillebørja. Reiche Säcke aus ganz Europa kommen zu ihnen, um Trophäen zu schießen. Erna hat davon Wind bekommen und sie angezeigt.«

»Bei Einar Vega?«

»Ja. Sie war früher eine bekannte Tierschutz-Aktivistin.«

»Willst du damit sagen, dass die Vega-Brüder sie wegen der Anzeige umgebracht haben?«

Liv schluckte. Eine Träne rann ihr über die Wange. »Nicht nur deswegen, glaube ich.«

»Weswegen noch?«

»Vermutlich glauben sie, dass Erna ihr Gehege gesprengt und das Labor angezündet hat.«

»Du meinst die Lippfischzuchtstation?«

»Das war nie eine Lippfischzuchtstation. Hat dein Freund dir das nicht gesagt?«

Leo schüttelte den Kopf und trank einen großen Schluck Bier. »Was habt ihr dort getrieben?«

»Genmanipulation. Wir wollen eine Lachsart züchten, die doppelt so schnell wächst.«

»Ist das nicht streng verboten?«

»Strengstens, ja.«

»Der Amerikaner war also Genforscher?«

»Das ist gar nicht so schrecklich, wie du denkst. Es gibt viel Schlimmeres.«

»Was zum Beispiel?«

»Die Emissionen. Kloake und Chemikalien, Lachsläuse und Krankheiten, die auf Wildfische übergreifen.«

Leo nickte und brummte: »Hm, das passt ins Bild.«

»Wie meinst du das?«

»Wenn sie glauben, dass Erna die Saboteurin ist, ihr Labor niedergebrannt und den Forscher getötet hat, ist es kaum verwunderlich, dass sie zurückschlagen. Rache nennt man das. Ist in vielen Kulturen beliebt.«

Liv lächelte ihn mit feuchten Augen an. Leo starrte fasziniert die markante Lücke zwischen ihren Schneidezähnen an. »Aber sie war es nicht?«, fragte er.

Liv schüttelte den Kopf. »Sie hat nichts damit zu tun.«

»Wer war es sonst?«

»Erna hatte Kontakt zu einem jungen Aktivisten, dem sie von der Lachsfarm und dem Labor erzählt hat. Sie wusste das alles von mir. Sie meinte, er hätte sich am Telefon so süß und naiv angehört, dass sie ihm vertraute. Ich wollte wissen, was für ein Typ das war, aber mehr hat sie nicht verraten.«

»Woher kennst du Erna Solbakken?«

»Wir haben uns auf einer Fotoausstellung kennengelernt. Schwarz-Weiß-Bilder von einer stillgelegten Fabrik. Wir waren die einzigen Besucher. Die Leute sind nicht so kunstinteressiert hier.«

»Das kann ich mir lebhaft vorstellen«, sagte Leo.

»Ich kann sie verstehen.«

»Die Lokalbevölkerung?«

»Nein, die Umweltaktivisten. Wenn ich nicht so ein Feigling wäre, hätte ich dasselbe getan.«

»Was hält dich davon ab?«

»Ich bin nicht mutig genug. Ich traue mich nicht.«

»Was weißt du über den Ökoterroristen?«

»Nicht viel. Erna hat nur gesagt, dass er aus Bærum kommt. Aber ein Freund von mir hat Erna am Samstag mit einem jungen Mann mit Schiebermütze und Hornbrille im Havsmak gesehen. Das muss er gewesen sein. Am selben Tag wurde der junge Mann zusammen mit einem Typen gesehen, den wir den Weihnachtsmann nennen. Ein alter Sonderling, der draußen in Storbørja wohnt.«

»Der *Weihnachtsmann*?« Leo stellte sein Glas auf die Theke und richtete sich auf dem Hocker auf. »Erzähl mir mehr über diesen Weihnachtsmann!«

»Ich habe ihn immer nur von Weitem gesehen. Er fährt ab und zu in einem weißen Boot an der Lachsfarm vorbei, immer im Dunkeln ohne Licht, frühmorgens oder spätabends. Er fährt auf der Nordseite dicht am Ufer entlang, als wolle er nicht entdeckt werden. Er sieht aus wie ein Obdachloser. Langer grauer Bart, zerrissene Kleidung, immer einen gelben Südwester auf dem Kopf.«

»Und er wohnt am Ende des Fjords?«

»Auf jeden Fall ist er viel dort. Ich war noch nie so tief drinnen, der Fjord ist verdammt lang.«

»Ist er groß? Hat er Tätowierungen?«

»Ja, er ist riesig. Ob er tätowiert ist, weiß ich nicht, so dicht war ich noch nie an ihm dran.«

»Wissen die Vega-Brüder von ihm?«

»Alle kennen ihn. Ein alter Mann, der auf altmodische Art angelt und jagt.«

Leo trank mehr Bier und wechselte die Stellung auf dem Hocker. »Erzähl mir mehr von den Vega-Brüdern.«

»Das ist alles so krank«, sagte Liv kopfschüttelnd. »Und ich habe es mitgemacht.«

»Ich muss wissen, wovon du sprichst, wenn ich helfen soll.«

»Was willst du tun? Du bist doch kein Polizist.«

»Aber ich kenne viele Polizisten. Erzähl mir, was die Brüder treiben.«

Liv hatte recht – es war krank. Sie erzählte alles, was sie

wusste, die Geschichte sprudelte aus ihr heraus. Am Schluss sagte sie: »Diese Lachszüchter haben Fischerblut in den Adern. Wenn sie etwas im Meer glitzern sehen, werfen sie das Netz aus und raffen so viel wie möglich und so schnell wie möglich zusammen, ohne an die Zukunft zu denken.«

»Ist das nicht in allen Branchen so?«, warf Leo ein.

»Sie sind Neureiche. Ihnen fehlt die natürliche Skepsis der alteingesessenen Bauern. Ihre Abenteuerlust wird unser Grab, unsere Fjorde sind so gut wie zerstört.«

»Ist es wirklich *so* schlimm?«, fragte Leo.

»Noch viel schlimmer. Wenn die Verantwortlichen nicht auf der Stelle radikale Maßnahmen ergreifen, ist in ein paar Jahren alles beim Teufel.«

Diesmal kam sich Leo nicht alt vor, im Gegenteil, er fühlte sich fit und lebendig. Die Art, wie sie ihn ansah und mit ihm redete, drückte Vertrauen und Respekt aus, vielleicht sogar ein gewisses Interesse. Er schlug vor, das Gespräch auf seinem Zimmer fortzuführen. Liv zögerte kurz, dann nickte sie und trank in einem Zug ihr Bier aus. Als sie aufstanden, zwinkerte der Barkeeper Leo zu und streckte beide Daumen in die Luft.

»Ich habe Erna alles erzählt«, sagte Liv, als sie das kleine Zimmer betraten. »Und sie hat es dem Aktivisten verraten. Zuerst war ich deswegen sauer, aber jetzt bin ich froh darum.«

Liv setzte sich auf die Bettkante.

»Du willst also, dass alle wissen sollen, was die Brüder machen, aber selbst traust du dich nicht, sie damit zu konfrontieren?«

»Ich bin nicht entschlossen genug.« Sie ließ den Kopf hängen. »Als ich Erna traf, war ich tief beeindruckt. Sie ist ein Profi und hat keine Angst. Sogar den Vega-Brüdern hat sie die Meinung gesagt.«

»Sieht aus, als wäre das keine gute Idee gewesen.«

Liv sah Leo an. Ihre Haare waren getrocknet, aber ihre Augen waren noch immer feucht. Leo entschuldigte sich, ging ins Bad, schluckte eine blaue Pille und richtete die Frisur vor dem Spiegel. Dann atmete er mehrmals tief ein und aus.

Als er wieder ins Zimmer kam, saß sie auf dem Bett und schaute aus dem Fenster. Er blieb stehen, wusste nicht, was sie von ihm erwartete. Schließlich setzte er sich auf den Stuhl neben dem kleinen Kühlschrank, bückte sich und nahm zwei Flaschen Bier heraus.

»Warum in aller Welt arbeitest du für diese Bande?«

Sie antwortete nicht gleich, aber dann sagte sie wie aus der Pistole geschossen: »Weil sie gut bezahlen.«

»Nur deshalb?«

In diesem Moment begriff sie, wie schwach sie war und wie sehr sie gewollt hatte, was Axel Platou und Torvald Vega ihr gaben. Für Männer wie sie war sie eine leichte Beute. Liv schämte sich. Wie hatte sie glauben können, sie sei stärker als Platou und die Vega-Brüder?

»Und weil ich Angst vor ihnen habe. Wer weiß, was sie tun, wenn ich sage, dass ich aussteigen will?« Sie stand auf, aber in dem kleinen Zimmer konnte sie nirgendwo hingehen, deshalb blieb sie mit der Bierflasche in der Hand am Fenster stehen und starrte in die Dunkelheit. »Ich weiß nicht, es ist einfach so gekommen, ich hab das nicht so gewollt.«

»Du hast also Angst zu kündigen?«

Sie setzte sich wieder aufs Bett und schaute Leo mit traurigen Augen an. Es sah aus, als wollte sie sich ihm anvertrauen. Doch stattdessen sagte sie: »Du siehst auch nicht aus, als würdest du für den zynischsten Geschäftsmann Norwegens arbeiten.«

»Mache ich auch nicht. Ich tue ihm nur einen Gefallen.«

»Du bist also kein Berufsschnüffler?«

»Nein, ich bin Rechtsreferendar. Ein-Mann-Geschäft.«

»Wer sind deine Mandanten?«

»Meistens Asylbewerber und Gastarbeiter, die Ärger haben.«

»Echt? Wie interessant!«

»Du musst mir nicht schmeicheln.«

»Aber ich finde das wirklich interessant.« Sie trank einen Schluck Bier.

»Warum wolltest du mit mir reden?« Leo sah ihr tief in die Augen.

»Weil ich Angst habe. Und weil es mir leidtut. Die Schweine haben vielleicht meine Freundin umgebracht.«

»Aber warum ich?«

»Bei unserem ersten Gespräch habe ich gemerkt, dass du ein anständiger Typ bist.«

»Woher willst du das wissen?« Leo machte Augen wie ein Labrador.

»Vielleicht hoffe ich einfach nur, dass du der Märchenprinz bist, der auf seinem weißen Pferd kommt, um mich zu retten.«

»Vielleicht hast du ja recht«, sagte er, lehnte sich zu ihr und hob den Kopf so weit, dass sein Mund genau auf ihren passte. Sie küssten sich innig, doch er hielt sich zurück, um zu signalisieren, dass er noch nicht den Kopf verloren hatte. Er wollte nicht wie ein Idiot dastehen, falls sie sich zurückzog.

Aber das tat sie nicht.

Sie roch nach Blumen und schmeckte süß, Leo tat sein Bestes, um Schritt zu halten, bis sie sich schließlich doch zurückzog.

»Ich glaube, ich will jetzt nicht mit dir schlafen«, sagte sie. »Noch nicht.«

Sie stand auf, nahm ihre Jacke, beugte sich über Leo und küsste ihn auf beide Wangen. Dann drehte sie sich um und verließ das Zimmer. Ihre Augen waren noch immer traurig.

Aus dem Nebenzimmer tönte leise »Love Don't Bother Me« von den Stage Dolls, den Pudelrockern aus dem Trøndelag, die in den USA als »Twenty feet of Norwegian rock« gepriesen wurden.

28

Der rechteckige Felsvorsprung vierhundert Meter über dem Fjord diente seit Jahrhunderten als Ausguck. An klaren Tagen sah man bis zur Fjordmündung, sodass die Späher Räuberpack, Missionare, Steuereintreiber und andere Eindringlinge ausmachen konnten, lange bevor sie in Storbørja ankamen.

Vom Felsen aus konnte Rino die sechs Kilometer entfernte Lachsfarm gut beobachten, und in klaren Nächten sah er die Lichter von Brønnøysund in der Ferne flackern.

Er verbrachte viel Zeit dort oben. Wenn er nicht mindestens einmal am Tag hinaufkam, wurde er unruhig und spürte das alte Kribbeln zwischen den Schulterblättern. An seinem Lieblingsplatz hatte er alles im Griff und sah die Dinge aus der richtigen Perspektive. Außerdem prüfte er täglich nach, ob der Riss im Stein größer wurde. Im Lauf des letzten Jahres hatte er sich um mehrere Zentimeter verbreitert.

Rino setzte die riesige Damensonnenbrille mit den achteckigen Spiegelgläsern ab, legte sie neben sich auf den Fels und schaute durchs Fernglas.

Tagsüber war fast immer jemand auf der Lachsfarm beschäftigt.

Er schwenkte den Blick langsam über den Fjord und

nahm das gegenüberliegende Ufer ins Visier. Dort beobachtete er oft Meeressäugetiere wie Seehunde, Schwertwale oder Schweinswale. Einmal hatte er einen Hirsch gesehen, der sich bis ans Wasser verirrt hatte. Wie war das Tier den steilen Felshang hinabgekommen, und was wollte es dort? Für einen Hirsch gab es dort nichts zu holen, kein Süßwasser, kein Gras, keinen Grund, sein Leben zu riskieren.

Er verweilte kurz an Jokkes altem Lagerplatz. Dort lag noch etwas Müll, er durfte nicht vergessen, ihn wegzuräumen. Vor der Hütte erblickte er Jokke, der auf dem Holzstapel saß und schnitzte. Falsch herum, natürlich, zum Körper hin, wie ein Fünfjähriger, der zum ersten Mal ein Messer in der Hand hält. Der Junge ließ den Kopf zu sehr hängen. Er hatte sich in etwas verwickelt, das viel größer und hässlicher war, als er es sich vorstellen konnte.

Und es war noch nicht vorbei. Noch lange nicht.

Rino wusste, wozu die Vega-Brüder imstande waren. Typen wie sie hatte er in seinem früheren Leben oft genug getroffen. Er gestand sich ein, dass er den zarten Jungen lieb gewonnen hatte, und überlegte, wie er ihn aus der Sache herausziehen konnte, bevor es zu spät war.

Plötzlich sah er auf der anderen Seite des Fjords eine Bewegung. Es war ein Festrumpfschlauchboot mit zwei Außenbordern, eines der kleineren Boote aus dem Fuhrpark der Vega-Brüder. War das Einar am Steuer? Rino erkannte den Mann nicht. Hatten sie ihn schließlich gefunden? Der Lenker des Bootes kam ihm irgendwie bekannt vor, aber woher, zum Teufel? Der Mann im Boot drehte sich um, nun sah er ihn direkt an. Rino stand auf, klopfte Erde und Moos von der Tarnjacke, schob den Südwester zurecht und eilte den Berg hinab.

Leo Wangen war nie zuvor in einem verlassenen Fjord gewesen, aber das klaustrophobische Gefühl kam ihm bekannt vor. Das Gefühl, sich nirgendwo verstecken zu können.

Still, tot und majestätisch.

Die Blätter der kleinen Laubbäume an den Steilhängen hatten ihre Farbe verloren, sie waren braun, grau oder blassgelb.

Rino Gulliksen hatte gesagt, dass er zurück nach Storbørja wollte. Vielleicht hielt er sich an dem Ort versteckt, an dem er aufgewachsen war: am äußersten Ende des Fjords. »Weihnachtsmann« war eine gute Beschreibung. Leo konnte sich Rino lebhaft mit grauem Vollbart und Südwester vorstellen.

Kurz vor seiner Reise hatte Leo gelesen, dass das *National Geographic Traveller Magazine* die norwegischen Fjorde zu einem der drei schönsten Reiseziele der Welt erkoren hatte. *The fjords*. Das Inbild Norwegens und UNESCO-Weltnaturerbe. Dramatische Fjorde. Die Bedingungen zur Erhaltung dieses Titels waren streng, doch offenbar nicht streng genug, da die Lachsfarmen die Meeresarme weiterhin verschmutzen durften.

Doch *the fjords* stand eigentlich als Synonym für die berühmten Fjorde Westnorwegens. Sie waren breiter, heller, wärmer und idyllischer, gesäumt von gepflegten Höfen und Häusern mit blühenden Obstgärten und bewohnt von hübschen blonden Menschen mit charmanten Dialekten.

Hier oben in Nordland war es öde. Dunkel, kalt, feucht und eng. Kein Mensch im Umkreis von vielen Kilometern. Niemand kümmerte sich um die Fjorde hier oben.

Am Ende des Fjords sah Leo ein paar alte Gebäude. Der Barkeeper hatte gesagt, sie seien unbewohnt und die letzten

Bewohner vor über vierzig Jahren verschwunden. Er fuhr auf eine verfallene Holzkonstruktion zu, die einmal ein Anleger gewesen war, und schaltete die Außenborder ab. Mit einem Mal war es totenstill, nur der Fluss rauschte leise in der Ferne.

Er sprang an Land und vertäute das Boot an einem morschen Pfahl. An Land bemerkte er, dass der Schlamm voller Fußspuren war. Riesige Stiefelabdrücke.

Ganz öde war der Ort also nicht. Eine frische Spur führte zu einem Bootshaus, eine andere zu einer zwischen zwei Bäumen gespannten Plane. Auch zu dem blaugrünen Fluss, der wenige hundert Meter weiter in den Fjord mündete, und zu den alten, halb verfallenen Häusern führten frische Spuren.

Leo ging auf das nächste Haus zu. Hohes gelbes Gras wiegte sich im Wind. Hier hatte seit vielen Jahren kein Tier geweidet.

Er hörte seinen eigenen Herzschlag.

Rino würde ihm nie etwas antun, aber was, wenn er ihn nicht wiedererkannte, oder wenn ein anderer hier wohnte?

»Hallo?«, rief er. »Ist hier jemand?«. Er fühlte sich wie das nichtsahnende Opfer in einem Horrorfilm.

Er kletterte auf den Holzstapel vor einem Fenster und schaute hinein, konnte aber nichts erkennen. Es sah aus, als wären die Fenster von innen vernagelt. Leo schirmte das Licht mit den Händen ab, und in diesem Moment stürmte eine Gestalt aus dem Schuppen nebenan und brüllte: »Hände hoch!«

Leo konnte sich gerade so auf dem Holzstapel halten. Er drehte sich so ruhig wie möglich mit erhobenen Händen um. Vor ihm stand ein junger Mann und fuchtelte mit einer

Jagdflinte. Nein, kein junger Mann, ein Junge. Schiebermütze, Steppjacke und Hornbrille. Helle Hosen, unten in die Bergstiefel gestopft. Das musste der Aktivist sein, von dem Liv erzählt hatte. Leo spürte, wie die Angst wich.

»Was tun Sie hier?«, schrie der junge Mann.

»Immer mit der Ruhe«, sagte Leo. »Ich will dir nichts tun.«

»Sind Sie einer von Vegas Leuten?« Der Junge zitterte am ganzen Körper, was Leo etwas beunruhigte, da er nun einmal mit einem Gewehr auf ihn zielte.

»Nein«, sagte Leo. »Ich gehöre nicht zu den Vega-Brüdern. Mein Name ist Leo Vangen.« Er sprach ruhig und klar.

»Woher soll ich wissen, dass Sie die Wahrheit sagen?«, fragte der Junge.

Leo blickte in den Lauf der Flinte. »Vorsicht mit dem Ding da!«

»Es ist nicht geladen.«

»Warum stehst du dann da und zielst auf mich?«

Der Junge suchte offensichtlich nach einer passenden Antwort, aber es fiel ihm nichts Besseres ein als: »Halt's Maul!«. Er kommandierte Leo vom Holzstapel herunter in den Schuppen und auf das klapprige Bett. Jedes Mal, wenn Leo versuchte, eine Frage zu stellen, befahl ihm sein Gegenüber zu schweigen.

Nach der längsten Viertelstunde seines Lebens hörte Leo Schritte vor dem Schuppen.

»Hier drinnen!«, rief der Junge.

Jokke hielt dem Eindringling noch immer die Flinte vor die Nase, als Rino den Schuppen betrat. Durch den Türspalt fiel das Licht direkt auf das Gesicht des Mannes, den Rino sofort wiedererkannte. Es war der Anwalt aus Snarøya, der ihn nicht angezeigt hatte, obwohl er es gekonnt hätte. Einer der wenigen Menschen, die wussten, wo er sich versteckte.

»Leonard Vangen!«, sagte Rino mit einem breiten Lächeln. »Was zum Teufel treibst du hier?«

»Ich genieße die Natur«, sagte Leo, noch immer mit erhobenen Händen.

Die Tür fiel zu, nur das spärliche Licht der Paraffinlampe beleuchtete den Schuppen.

»Im Ernst?«

»Ich schnüffele ein bisschen herum.«

»Hat dich diese Polizistin geschickt, um mich zu finden?« Rino ging zu Leo und streckte die Hand aus.

»Nein, nein, nein«, sagte Leo, der immer noch die Arme hochhielt. »Mit der ist schon lange Schluss.«

»Schluss? Warst du mit ihr zusammen?« Rino blieb mit ausgestreckter Hand stehen.

»Wir haben fast zwei Jahre lang zusammengewohnt.«

»Warum habt ihr euch getrennt?«

»Ich fühle mich alleine wohler.«

»Du hast sie also verlassen?«

»Das habe ich nicht gesagt.« Leo sah den Jungen mit der Flinte an. »Kann ich jetzt die Hände runternehmen, um deinen Freund zu begrüßen?«

Rino bat Jokke, die Waffe zu senken. Er schüttelte dem Gast aus Bærum die Hand und forderte Jokke auf, das Gleiche zu tun, was der Junge widerwillig tat.

»Willst du Rhabarberwein?«, fragte Rino. »Das muss gefeiert werden.«

»Zu einem Glas Wein sage ich nie Nein.«

Rino nahm Einmachgläser aus dem Schrank, füllte sie

mit dem sauren Wein und reichte sie seinen Gästen. »Was in aller Welt führt dich hierher?«

»Ein alter Freund hat mich angeheuert, um herauszufinden, was hier oben vor sich geht.«

»Wer denn?«

»Axel Platou. Der Lachszuchtkönig.«

Rino warf einen Seitenblick auf Jokke, der hustete und verlegen auf den Boden schaute.

»Der Hauptaktionär von NorFish«, fuhr Leo fort. »Der sympathische Millionär, der so gerne Kunst im öffentlichen Raum sponsert.«

»Du hast also deine Seele an den Teufel verkauft?«, sagte Rino und grinste. »Hoffentlich bezahlt er dich gut?«

»Ich gehe davon aus, dass ihr beiden hinter der Sabotage steckt?«

»Das gesprengte Netz war Jokkes Werk, der Brand war meins.«

Rino ging ohne ein Wort zur Tür hinaus, nur um eine halbe Minute später mit einer toten Möwe in der Hand wieder hereinzukommen. In aller Ruhe setzte er sich in den Schaukelstuhl und begann den Vogel zu rupfen. »Ich hoffe, es stört dich nicht, wenn ich das Abendessen vorbereite?«

Leo sah den Mann mit dem toten Vogel im Schoß an. »Hier versteckst du dich also?«

»Ich bin damals sofort nach Norden gefahren. Bestimmt dachten alle, ich wäre in Brasilien oder Vietnam. In Bodø habe ich für 300 000 Kronen ein Boot gekauft und bin damit hierhergefahren. Es hat ein paar Monate gedauert, bis ich das Haus wieder bewohnbar gemacht hatte.«

»Und wie ist das Leben hier oben so? Lange Winter?«

»Beschissen lang. Ich versuche, in Bewegung zu bleiben.«

»Und keiner weiß, dass du hier wohnst?«

»Kein Schwein. Nur ihr beiden.«

Leo machte ein kurze Pause. »Ihr wisst, dass bei dem Brand ein Mann umgekommen ist?«

Jokke hustete laut.«Das war keine Absicht«, sagte Rino.

»Ach, dann macht es ja nichts«, meinte Leo.

Rinos Grinsen war verschwunden. »Das lässt sich nicht ändern.«

Leo stand auf, ging zu dem zugenagelten Fenster und schaute durch einen Spalt zwischen den Brettern, dann drehte er sich um und fragte: »Was ist hier los? Warum seid ihr so wütend?«

Rino zeigte mit einer Möwenfeder auf Leo. »Fjordlax und NorFish vergewaltigen tagtäglich die Natur. Unsere Natur.«

»Seit wann liebst du die Natur so sehr? Als ich dich das letzte Mal sah, hast du dich nur um Geld, Amphetamine und Anabolika gekümmert.«

»Ich habe meine Berufung gefunden.«

»Lohnt es sich, dafür zu töten?«

Rino kitzelte sich mit der Feder an der Nase. »Ja, das finde ich.«

»Meinst du das ernst?«

Rino trank einen Schluck Wein. »Ich wollte niemanden töten, aber irgendjemand muss die Vega-Brüder und die monströse Lachszucht aufhalten. Wenn die Aufrichtigen nicht handeln, siegt der Teufel.«

»Wer hat das gesagt?«

»Weiß ich nicht, habe ich irgendwo gelesen.«

»Wusstet ihr, dass die sogenannte Lippfischzucht in Wirklichkeit ein Genlabor war?«

»Natürlich«, sagte Rino.

»Sie wollten den Zuchtlachs genmanipulieren.«

»Genau deshalb haben wir das Labor in Brand gesteckt!« Jokke stieg ins Gespräch ein.

»Eine junge Frau wird vermisst«, sagte Leo. »Ihr Boot wurde mitten auf dem Fjord gefunden. Liv Kongevold, die Meeresbiologin der Vega-Brüder, war eng mit der Vermissten befreundet. Sie befürchtet, dass Gunnar Vega und sein haarloser Freund sie umgebracht haben.«

Jokke riss entsetzt die Augen auf und drehte sich zur Wand.

»Habt ihr sie gekannt?«, fragte Leo, obwohl er die Antwort bereits kannte.

»Warum sollten die Vega-Brüder sie entführen?«, fragte Rino.

»Du meinst sie ermorden«, sagte Jokke und schluckte.

»Weil sie glauben, dass sie hinter der Sabotage steckt«, antwortete Leo.

»Willst du damit sagen, dass wir daran schuld sind?«, fragte Rino und warf die gerupfte Möwe auf den Tisch.

Leo rümpfte die Nase. »Das habe ich nicht gesagt. Aber extreme Taten haben oft unvorhersehbare Konsequenzen.«

»Und was ist mit deinen Taten?« Jokke drehte sich um. »Glaubst du etwa, die hätten keine Konsequenzen? Du arbeitest für Don Corleone!«

»Ich habe von alldem nichts gewusst.«

»Jetzt weißt du es«, sagte Rino und beobachtete Leo aus dem Augenwinkel, um seine Reaktion zu sehen.

Jokke schenkte sich mehr Rhabarberwein ein. »Verdammte Schweine«, murmelte er.

»Piano«, meinte Rino. »Jetzt müssen wir vor allem einen klaren Kopf bewahren.«

»Die Vega-Brüder sind gefährlich«, warf Leo ein. »In einem offenen Krieg habt ihr keine Chance.«

»Der Krieg ist schon ausgebrochen«, sagte Rino. »Wir haben den Amerikaner getötet, und jetzt haben sie die Tierschützerin.«

»Was, wenn ich in die Stadt fahre und Platou die Zusammenhänge erkläre? Vielleicht kann er sie zur Vernunft bringen?«, schlug Leo vor.

»Das hilft überhaupt nichts«, sagte Jokke und trank. »Dein Freund ist nämlich der Oberschurke.«

»Wie das?«, fragte Leo.

»Er verdient das wirklich große Geld. Die Vega-Brüder sind nur seine Laufburschen.«

»Ich kenne ihn seit über dreißig Jahren. Er hört auf mich.«

»Er hört auf niemand anderen als sich selbst!«

»Woher willst du das wissen?«

Jokke hob das Einmachglas zum Mund und leerte es in einem Zug.

»Weil er mein Vater ist.«

29

Torvald träumte von dem Luchs, der in aller Ruhe über die menschenleere Hauptstraße des kleinen Dorfes auf Vega trottete. Das Dorf, in dem Torvald aufgewachsen war. Die Menschen öffneten ihre Haustüren und sahen dem Wildtier hinterher. Auf Vega war noch nie ein Luchs gesichtet worden, aber am Schwarzen Strand hatte ein Haufen toter Eiderenten gelegen, und ein Dutzend Schafe war kürzlich gerissen worden. Trotzdem holte keiner die Jagdflinte aus dem Schrank, alle betrachteten fasziniert das majestätische Tier, das mitten in der Zivilisation spazieren ging. Es schnupperte an einem Traktor und blieb vor einem Garten stehen, in dem ein angebundener Hund lauthals kläffte. Der Luchs hatte keine Angst.

Torvald war sieben, als der Luchs ins Dorf kam. Er wusste nicht, ob die Traumbilder aus seiner eigenen Erinnerung oder aus den vielen Geschichten stammten, die darüber erzählt wurden. Die Leute meinten, der Luchs wäre vom Festland herübergeschwommen und vor Hunger verrückt geworden. Sie setzten ihre Kinder auf die Schultern, damit sie die Riesenkatze bewundern konnten.

Zwei Tage später erlegte eine Jagdgesellschaft den Luchs mit dreißig Schüssen an einem Strand im Westen der Insel.

Sein perforierter Pelz wurde für wohltätige Zwecke auf dem Kirchenbasar versteigert.

Torvald träumte auch von der Löwenjagd in Südafrika, der Bärenjagd in Alaska und der Damenjagd in Murmansk, wo er zwei auf einmal fing und alles mit ihnen trieb.

Aber am intensivsten träumte er von dem Luchs auf Vega. Seit er in den frühen Achtzigerjahren von der Insel geflohen war, hatte er sie nicht mehr betreten. Deshalb glaubte er, dass der Traum eine Art Warnung war. Irgendetwas würde geschehen.

In diesem Moment klingelte es an der Haustür. War es Teil seines Traums, oder stand dort draußen jemand?

Nachdem er das Boot am Steg vor Torvalds Haus vertäut hatte, ging Leo den betonierten Weg zum Haus hinauf, vorbei am Abschlagplatz, dem überwucherten Tennisplatz und dem grauen Springbrunnen mit den vier nackten Frauen, die auf riesigen Karpfen ritten. Er klingelte an der Tür, um sich bei Torvald für die Ausleihe des Bootes zu bedanken.

Außerdem hatte er noch ein paar wichtige Fragen.

Torvald öffnete ihm im Bademantel, blinzelte mit geschwollenen Augen und fragte, ob Leo nach dem kühlen Ausflug auf dem Fjord Lust hatte, im römischen Dampfbad ein wenig aufzutauen. Leo sagte ja, obwohl er lieber in die Zivilisation zurückgekehrt wäre, ohne Torvald nackt zu sehen.

Torvald stieg auf den Segway und führte Leo durch dunkle, leere Räume. An der Treppe zum ersten Stock parkte er und führte Leo in die Bäderetage, die an die Marmorterrasse anschloss.

In der Garderobe nahm Leo zwei blaue Pillen aus einer

Dose in der Jackentasche und steckte sie hinter Torvalds Rücken in den Mund. Dann beugte er sich über das Waschbecken, füllte die hohlen Hände mit Wasser und spülte die Pillen hinunter. Sofort fühlte er sich ruhiger – der unterschätzte Placeboeffekt.

»Wir beginnen mit einer Dusche«, sagte Torvald. Er zog den weißen Seidenbademantel mit den gelben Säumen aus und ging nackt in eine der Duschkabinen. »Tropischer Regen. Herrlich!«

Leo betrachtete den ausgestopften Nasenaffen in der Ecke der Garderobe, ehe er zögerlich mit Unterhose in die benachbarte Duschkabine stieg. Der Duschkopf hatte einen Durchmesser von einem halben Meter, sodass man ganz im Regen stand.

Nach wenigen Minuten streckte Torvald seinen großen Kopf mit dem breiten Backenbart um die Ecke, musterte Leo von Kopf bis Fuß und rief aus: »Jesses, trainierst du?«

Leo antwortete unter dem Wasserfall: »Ich versuche, mich ein bisschen fit zu halten, ja.«

»Bist du verklemmt?« Torvald grinste.

Leo zog die Unterhose aus.

»Bereit fürs Dampfbad?« fragte Torvald.

Leo hatte sich ein Handtuch um die Hüfte gewickelt und versuchte, Torvald nicht anzusehen, der nackt dicht neben ihm saß. Sein ganzer Körper war von einer spärlichen Haarschicht überzogen, als hätte er eigentlich ein Fell und litt unter Haarausfall. Seine Hüften waren breit, fast weiblich. Leo starrte die Wände an, während Torvald ihm seinen Traum erzählte.

»Ich wünschte, ich hätte solche Träume«, sagte Leo, als

Torvald fertig war. »Ich falle immer nur rückwärts eine Treppe hinunter.«

»Was glaubst du, bedeutet das?«

»Keine Ahnung, ich vermute mal, dass nicht alles wie am Schnürchen läuft.«

»Vielleicht hast du dich nicht unter Kontrolle?« Jedes Mal, wenn Torvald die Stellung wechselte, machten seine dicken Pobacken ein schmatzendes Geräusch.

»Das bedeutet wohl irgendwas in der Richtung, dass ich mich übernommen habe. Manchmal laufe ich im Traum ganz normal durch die Stadt und entdecke plötzlich, dass ich nackt bin.«

»Das bedeutet nur, dass du mit offenen Karten spielst. Und das stimmt ja. Du erzählst mir Sachen, die andere nicht verraten würden. Deshalb erzähle ich dir auch Dinge, die ich nicht jedem sage.«

»Aber ...« Leo wusste nicht, wie er sich ausdrücken sollte. »Warum haben sie den Luchs am Ende doch erschossen?«

»Als er die Zivilisation wieder verließ und in die Natur zurückkehrte, war er wieder ihr Feind. Seine Rolle als spannender Exot war vorbei.«

»Denkst du dasselbe über mich?«

Torvald klopfte sich auf die Brust. »Der Luchs war auf der Suche nach Nahrung. Warum du hier bist, müssen wir noch herausfinden.«

»Um Axel Platou einen Gefallen zu tun.«

»Das ist in Ordnung. Aber was nun?«

Leo wischte sich den Schweiß von der Stirn. »Was glaubst du?«

»Ich weiß nicht, ob ich deinen Tonfall mag«, sagte Torvald.

»Und ich weiß nicht, ob ich dich mag«, sagte Leo.

Torvald lachte und klopfte sich auf den Schenkel, dass der Schweiß spritzte. »Wie gefällt dir das Boot?«, fragte er und grinste jovial.

»Super. Danke fürs Ausleihen.«

»Geht gut ab bei Vollgas, nicht wahr?«

»Weiß nicht«, sagte Leo. »So schnell bin ich nicht gefahren.«

»Warum nicht?« Die Haut unter dem dünnen Pelz glänzte und war mit Schweißperlen bedeckt. Er biss sich auf die Unterlippe. Als Leo nicht antwortete, fuhr er fort: »Wo warst du?«

»Ich bin nur ein bisschen in der Gegend rumgefahren.«

»Gunnar sagt, dass du in Storbørja warst.«

»Hat er mir hinterherspioniert?«

»Er weiß gern, was hier geschieht.«

»Ich bin bis ans Fjordende gefahren, ja.«

»Warum? Zum Angeln?«

»Der Barkeeper im Hotel hat mir den Tipp gegeben. Er sagte, es sei so schön dort. So friedlich und unberührt.«

Torvald sah Leo an, als hätte er Unsinn verzapft. »Hast du den Weihnachtsmann gesehen?«

»Den *Weihnachtsmann*?«

»So nennen wir ihn. Ein alter Knacker, der seit ein paar Jahren alleine als Jäger und Sammler dort lebt.«

Leo kratzte sich im Nacken. »Ich habe niemanden gesehen.«

»Ich glaube, er bildet sich ein, keiner wüsste von ihm.«

Leo nickte und wischte sich mit dem Handrücken den Schweiß aus der Stirn.

»Wusstest du, dass bis vor vierzig Jahren eine ganze Dorfgemeinschaft dort lebte? 200 Menschen.«

»Davon habe ich gehört. Warum sind sie weggezogen?«

»Wahrscheinlich hatten sie Angst, sich zu Tode zu langweilen. Und wegen Storhella.«

»Storhella?«

»Ein riesiger Felsblock, der jederzeit in den Fjord stürzen und eine vierzig Meter hohe Flutwelle auslösen kann.«

»Wie damals im Tafjord?«

Torvald zog die Augenbrauen hoch. »Dass du das weißt – alle Achtung. Stell dir einen Tsunami in einem engen Fjord vor. Über vierzig Menschen sind damals gestorben.«

»Ist es nachts geschehen?«

»Du liegst friedlich im Bett und ahnst nichts Böses, und im nächsten Augenblick wirst du von schäumenden Wassermassen weggefegt, wie in einer riesigen Waschmaschine.«

»Wurde der Felsen nicht von Geologen überwacht?«

»Kaum. Damals war das noch nicht üblich. In den Fünfzigerjahren gingen dort ein paar Lawinen ab, das haben die Leute als Warnung gesehen. Die Feiglinge trauten sich nicht, dort wohnen zu bleiben.«

»Wovon lebten sie?«

»Fischerei und Landwirtschaft. Sie sind gerade so über die Runden gekommen.« Torvald kratzte sich am Sack, lehnte den Rücken an die glühend heißen Fliesen und schloss die Augen. Sein aufgedunsenes Gesicht glänzte rot.

»Was ist mit den anderen Dörfern in der Gegend? Was hält die Leute hier?«

»Was glaubst du? Fjordlax, natürlich! Ohne uns wären diese Orte längst verlassen.«

»Ihr opfert euch also für die große Sache?«

»Licht in den Häusern!« Wieder kratzte sich Torvald am Sack. »Wir schaffen Arbeitsplätze, sorgen für Wachstum und

Hoffnung und beweisen, dass es auch heute noch möglich ist, auf dem Land zu leben.«

»Wie viele Arbeitsplätze habt ihr geschaffen?«

»Mindestens zwanzig. Die meisten in der Lachsfabrik in Stangvik.«

»Wie viele davon sind Gastarbeiter?«

»Keine Ahnung, vielleicht zehn. Filipinos, Portugiesen, Senegalesen. Wir nehmen, was wir kriegen können.«

»Wie großzügig von euch«, sagte Leo. Er sah Torvald in die Augen und begriff, dass der Sarkasmus an ihm vorbeiging.

»Manche von ihnen schuften wie verrückt, das muss man ihnen lassen.«

»Weißt du, wie viele in der gesamten Branche angestellt sind?«

»Viele Tausend.«

»Insgesamt vielleicht fünftausend, wovon die Hälfte Gastarbeiter sind. Das ist nichts im Vergleich mit anderen Industrien. Dafür sind ungefähr 300 Leute wie ihr und viele Investoren unverschämt reich geworden, das muss man *euch* lassen.«

»Die Lachszucht ist extrem wichtig für die Wirtschaft der Küstenregionen.«

»An einigen Orten ja, aber im Großen und Ganzen ist das ein Mythos. Daraus könnt ihr nicht das Recht ableiten, so mit den Ressourcen der Allgemeinheit umzugehen.«

»*Ressourcen der Allgemeinheit*«, äffte Torvald Leo nach. »Lass uns einen Deal machen: Wenn ihr uns die Ressourcen hier oben in Ruhe verwalten lasst, könnt ihr Hauptstädter eure Ressourcen – Drogen, Huren, Schwule und Neger – für euch behalten. Wir mischen uns nicht ein, und ihr mischt euch nicht ein.«

»Deal«, sagte Leo. »Morgen früh fliege ich zurück nach Bærum.«

Die Schweißperlen folgten der Schwerkraft und liefen über Torvalds rotes Gesicht. Seine nasse Körperbehaarung bildete interessante Muster auf der weißen Haut. Er schnaufte und keuchte wie ein gestrandeter Wal. »Was sagst du Platou?«

»Dass er sich keine Sorgen machen soll. Dass die Gefahr vorüber ist. Dass ihr alles im Griff habt.« Leo warf Torvald einen Blick zu, der leicht misszuverstehen war. »Ihr habt doch alles im Griff, oder?«

Torvald wischte sich über die Halbglatze. »Da kannst du deinen Schwanz drauf wetten.«

Leo stand auf und nahm das Handtuch von den Lenden, sodass sein Geschlechtsorgan nur einen halben Meter vor Torvalds Kopf hing. »Dein Großvater war bestimmt ein armer Fischer, der gute Gründe hatte, die Leute aus der Großstadt zu hassen«, sagte Leo. »Aber das gilt nicht für dich. Du nutzt das Leid anderer Menschen, um deinen eigenen Scheiß zu rechtfertigen, du Feigling.«

Torvald lehnte sich an die Wand und grinste. Er öffnete und schloss die Fäuste, als erwäge er, eine Dummheit zu begehen.

»Ich muss zurück ins Hotel«, sagte Leo. »Mein Flug geht morgen früh. Ich finde alleine raus.«

»Verpiss dich. Ich hoffe, wir sehen uns nie wieder«, sagte Torvald.

»Du solltest wirklich Sport treiben«, sagte Leo. »Du siehst aus wie ein Wildschwein.«

30

Am frühen Morgen um drei Uhr, noch im Stockdunkeln, stahl Rino sich mit der Taschenlampe in der Hand und der alten Golftasche über der Schulter aus dem Haus. Jokke lag im Schuppen und schlief tief und fest nach zwei Einmachgläsern Rhabarberwein zu viel. Er hatte sich geweigert, gemeinsam mit Leo Vangen nach Oslo zurückzukehren und seinen Vater zu treffen. Er wollte sich nicht mit ihm aussprechen, wie Leo vorgeschlagen hatte. Selbst Rinos Warnung vor den Vega-Brüdern hatte er in den Wind geschlagen. Es sei nur eine Frage der Zeit, bis sie zu Besuch kämen, hatte Rino gesagt. Jokke jedoch wollte in Storbørja bleiben, im Einklang mit der Natur leben, literweise Rhabarberwein trinken und durchhalten. Er habe vor niemandem Angst, meinte er.

Unter einem klaren Sternenhimmel schlich Rino zum Schlauchboot, entfernte die grüne Plane und schob das Boot ins spiegelblanke Wasser. Er ruderte die ersten zweihundert Meter, dann warf er den Außenborder an und fuhr den Fjord hinaus. Der Mond schien aufs Wasser und machte die Navigation fast leichter als tagsüber.

Eine halbe Stunde später zog er das Boot auf den Steinstrand am Rand des Espenwaldes, der Gunnar Vegas Grundstück umgab, und pirschte am Ufer entlang auf das Wohnhaus zu. Die Vega-Brüder hatten Erna Solbakken garantiert umgebracht. Er hatte nur nicht das Herz, Jokke das zu sagen. Es herrschte Krieg, nur offene Konfrontation würde ihnen weiterhelfen. Auf den Jungen konnte er nicht mehr zählen, er war gebrochen, völlig unbrauchbar. Es lag nun in seiner Verantwortung, die Aggression der Brüder zurückzuzahlen und ihnen zu zeigen, dass sie sich mit dem Falschen angelegt hatten. Das Einzige, was Drecksäcke von ihrem Kaliber verstanden, waren Taten.

Rino sprang über den niedrigen Lattenzaun beim Anleger und schlich hinter Büschen zur Vorderseite des Hauses. Gunnars gelber Hummer stand in der Auffahrt. Er huschte von Fenster zu Fenster und schaute hinein, trampelte in Blumenbeete, bis er endlich das Schlafzimmer fand. Gunnar und Luke lagen unter schwarzer seidener Bettwäsche in einem riesigen Doppelbett und schliefen.

Er schlich zurück zur Auffahrt, zog Hammer und Meißel aus der Tasche und begann so leise wie möglich Gunnars Büste zu bearbeiten. Der Wind war ihm behilflich, und so fügte sich das Hämmern und Kratzen fast harmonisch in sein Rauschen und Rascheln ein.

Dank einer Mischung aus Kraft, Geduld und Technik bekam er den Kopf der beleuchteten Büste schließlich los und verstaute ihn in der Tasche. Dann klebte er eine Nachricht für Gunnar an die Brust der kopflosen Büste: *Um acht Uhr auf der Lachsfarm. Komm allein. Gruß, David Hasselhoff.*

Rino schwang die bleischwere Tasche über die Schulter, lief durch den Garten, kletterte wieder über den Zaun und ging zurück zum Boot.

Es wurde langsam hell. Perfekt.

Er warf den Motor an und fuhr quer über den Velfjord zur Lachsfarm, wo er den dreißig Kilo schweren Kopf auf der Schwimmbrücke vor der roten Hütte abstellte. Dann sprang er wieder ins Boot, fuhr an das westliche Fjordufer und verbarg das Boot hinter einem Busch. In der Nähe fand er eine geeignete Deckung mit guter Stütze für die Jagdflinte. Jetzt musste er bloß noch warten.

Gegen halb sieben war es hell. Vom Meer her zogen tiefe Wolken auf, aber die 200 Meter entfernte Lachsfarm lag perfekt in seinem Sichtfeld.

Als Luke mit einem gelben Zettel in der Hand in die Küche gerannt kam und schrie, David Hasselhoff habe die Büste geköpft, hielt Gunnar das zuerst für einen Scherz. Aber Luke machte nie Scherze, es musste stimmen – abgesehen von David Hasselhoff.

Das war die ultimative Erniedrigung. Er fühlte sich, als wäre er selbst geköpft worden. Und diesmal hieß der Henker nicht Erna Solbakken, das war ausgeschlossen. Das hieß, dass sie sich schändlich geirrt hatten und dort draußen noch die eigentlichen Täter herumliefen.

Gunnar überlegte kurz, ob er Torvald anrufen sollte, aber es war ihm einfach zu peinlich, diese Demütigung vor seinem eigenen Haus, während er fünfzig Meter entfernt geschlafen hatte.

Die Morgensonne versuchte vergeblich, durch den Dunst zu dringen, als Gunnar in Survival Suit und Skibrille zum Anleger rannte und auf seinen Jetski stieg. Auf der wilden Fahrt über die kurzen Wellen fiel ihm auf, dass er schon lange nicht mehr auf der Lachsfarm gewesen war, denn eigentlich hasste er Fisch. Er war Fleischesser und würde es immer bleiben. Außerdem war er eine Landratte. Auf dem Wasser fühlte er sich immer nackt, und ihm wurde schnell übel.

Schon von Weitem sah er den leuchtend gelben Gegenstand auf der Anlegebrücke vor der Hütte. Er fuhr näher heran und erkannte den Kopf der Statue mit einem gelben Südwester. In diesem Moment ertönte ein scharfer Knall. Eine großkalibrige Kugel schlug vorne in die Karosserie des Jetski ein. Der nächste Schuss kam Sekunden später und traf den Tank. Ein dünner Strahl Benzin spritzte in den Fjord. Die dritte Kugel legte den Motor lahm. Gunnar legte sich flach auf den Sitz und versuchte verzweifelt, das Fahrzeug wieder zu starten. Als die nächste Kugel in die Karosserie einschlug, sprang er ins Wasser und ging hinter dem umgestürzten Jetski in Deckung.

Zwischen den Wellenbergen und dem demolierten Fahrzeug erblickte Gunnar eine Gestalt, die in ein rotes Schlauchboot sprang und in den Fjord hineinfuhr.

31

Während Gunnar Vega im eiskalten Wasser um sein Leben kämpfte, landete Leo Vangen in Gardermoen. Er nahm den Schnellzug nach Lysaker, wo Kjartan auf ihn wartete.

»Schönes Auto«, sagte Leo, als sie an der Mündung des Lysakerelva die Schnellstraße unterquerten.

»Danke«, sagte Kjartan. »Ich finde, alle sollten Elektroautos fahren.«

»Woher hast du das Geld? Hast du eine Statue verkauft?«

»Elektroautos sind gar nicht so teuer.« Kjartan streichelte das gepolsterte Lenkrad.

»War dir das so wichtig?«

»Ja, ich hab mir schon immer eins gewünscht.«

»Ich dachte, Künstler würden sich nicht um solche Dinge scheren.«

»Du glaubst, Künstler scheren sich nicht um Geld?«

»Wie, du hast es gekauft, weil es billig war?«

»Ich verdiene jetzt quasi am Autofahren.«

»Und ich dachte, der Umweltaspekt wäre wichtiger.«

»Ach, das macht ungefähr so viel aus, wie ins Meer zu pinkeln. Für mich ist es vor allem billiger. Ich spare jede Menge Steuern und Benzinkosten und darf in der Rushhour die Busspur benutzen.«

Leo lag so vieles auf der Zunge, aber er schluckte es herunter.

Zuhause setzten sie sich mit einer Flasche Chardonnay auf die Terrasse. Es lag noch immer ein Rest Sommer in der Luft, und auf dem Wasser waren noch Boote. Hier im Süden ließ der Herbst etwas länger auf sich warten. Kjartan stellte präzise Fragen über Leos Nordlandreise, bekam ausführliche Antworten, äußerte konstruktive Kritik und machte kreative Vorschläge.

Es war schön, wieder sicher daheim zu sein.

Am nächsten Tag war es an der Zeit, Axel Platou einen Besuch abzustatten.

Leo hatte Platous Haus unzählige Male vom Boot aus gesehen, aber noch nie aus der Nähe. Es war ein großes, funktionalistisches Gebäude aus den späten Fünfzigern, am inneren Oslofjord gab es weitaus prunkvollere Bauten. Leo fand es sympathisch, dass Axel nicht protzte. Er hatte das Haus nicht von innen gesehen, war nie eingeladen gewesen – und hätte Axel ihn eingeladen, hätte er wahrscheinlich abgelehnt. Auch heute kam er ungeladen, aber er hatte Axel per SMS vorgewarnt.

Durch die Sprechanlage an dem massiven Tor tönte Axels Stimme: »Komm rein, das Tor ist offen, ich komme gleich runter.«

Ein ätherischer Duft schlug Leo entgegen, als er den Flur betrat. Dunkles Schiffsparkett mit hellen Teppichen und weiße Wände, an denen große Fotografien alltäglicher Gegenstände hingen – eine offene Konserve, eine Möhre, eine unordentliche Küche, ein Mann auf einem Fahrrad. Im

Kamin brannte ein Feuer, das Haus war klinisch rein, nicht ein Staubkorn lag herum. Aus versteckten Lautsprechern erklang leise Musik von den Bee Gees.

Axel kam eine Treppe hinunter, die aussah, als würde sie in der Luft schweben. Er trug einen weißen Bademantel mit roten Punkten, hielt eine dampfende Teetasse in der Hand und lächelte freundlich. Leo bekam eine Umarmung, Axel setzte sich aufs Sofa und schlug die Beine übereinander.

Leo blieb an der schwebenden Treppe stehen. »Bee Gees?«, fragte er und runzelte die Stirn.

»Ja. Gute Musik, nicht wahr? ›*I've Gotta Get a Message to You*‹.«

Leo stutzte. »Ist das nicht ›Massachusetts‹?«

»Natürlich«, sagte Axel Platou und schnipste mit der rechten Hand. »1967, ihr erster Nummer-Eins-Hit in Großbritannien und Australien. Ich wusste gar nicht, dass du Bee Gees magst?«

»Doch, die frühen sind richtig gut«, sagte Leo. »Ich meine, bevor sie zu quietschen anfingen.«

»Dagegen muss ich Veto einlegen«, sagte Platou. »Ich finde, die Entscheidung war genial. Es hat sie einmalig gemacht. Ich liebe Barrys Falsettstimme. Weißt du, wie es kam, dass er so sang?«

Leo schüttelte den Kopf.

»Bei der Einspielung von ›*Nights on Broadway*‹ 1975 wollte der Produzent den Song etwas lebhafter. Er bat Barry, beim letzten Refrain so laut zu schreien, wie er konnte – im Falsett. Seitdem war es sein Markenzeichen.«

»Immer nur Barry. Was ist mit den anderen?«

»Maurice hat eine Soloplatte eingespielt, die nie auf den

Markt kam. Er hat viel mit Ringo Starr gefeiert und wurde Alkoholiker. 2003 starb er an Magenverschluss. Robin starb 2012, und der jüngste Bruder, Andy, ist schon seit 1988 tot. Die Familie Gibb hat viele Tragödien erlebt.«

»*Tragedy*!«, sang Leo im Falsett. Er konnte sich nicht zurückhalten.

Axel fand das gar nicht lustig.

»Entschuldige«, sagte Leo, der bereute, dass er vorher keine Pille genommen hatte. Sein Körper begann bereits, ein Eigenleben zu führen. »Jetzt ist also nur noch Super-Barry übrig?«

Axel nickte und bedeutete Leo, dass er sich setzen sollte. Leo ließ sich auf den türkisfarbenen Designerstuhl neben dem Sofa sinken. »Wo ist Lene?«, fragte er.

»Sie ist vor vier Jahren ausgezogen.«

»Geschieden?«

Axel lächelte und nickte.

»Das ist traurig.«

»Traurig?« Axel beugte sich nach vorn, stützte die Ellbogen auf die Oberschenkel und den Kopf auf die Hände. »Das war die beste Entscheidung, die ich in meinem Leben gefällt habe. Ihre Rolle war erfüllt, als die Kinder aus dem Haus waren.« Er lehnte sich zurück und fuhr mit der Hand durch die kohlschwarze Mähne. »Ich war nie glücklicher als jetzt.«

»Schön für dich«, sagte Leo. »Was ist mit Lene, ist sie glücklich?«

»Es war unmöglich, an sie heranzukommen. Zuerst dachte ich, sie sei nur geheimnisvoll, aber dann stellte sich heraus, dass sie unter Depressionen litt. In den letzten Jahren war sie immer wieder in der Psychiatrie.«

»Oh, scheiße«, sagte Leo.

»Wie ist es dort oben gelaufen?« Axel Platou wechselte abrupt das Thema. »Waren sie sehr gemein zu dir?«

»Du hast nicht mit offenen Karten gespielt«, sagte Leo.

Axel wedelte mit dem Zeigefinger. »Ich konnte doch nicht offen zugeben, dass ich ein Bee-Gees-Fan bin!«

»Das wusste ich schon immer. Ich spreche von deinem Sohn.«

»Du hast Joakim getroffen?« Axel verschränkte die Arme und streckte den Rücken. Leo bemerkte, dass er bewusst in den Bauch atmete. Er hatte die Würde eines Schauspielers und war von seiner eigenen Wichtigkeit überzeugt.

»Es wäre durchaus hilfreich gewesen zu wissen, dass dein Sohn der Hauptverdächtige ist.«

»Du durchschaust mich Leo, das hast du schon immer getan.« Ein selbstsicheres, etwas übertriebenes Lächeln. »Ich dachte, es wäre besser für alle, wenn du es nicht wüsstest.«

»Warum?«

»Sonst hättest du womöglich abgelehnt.«

»Du hast mich benutzt.«

»Ich bin nicht stolz darauf. Aber Ehrlichkeit lohnt sich nicht immer.« Axel streckte die Arme in die Luft.

»Warum sagst du den Vega-Brüdern nicht einfach die Wahrheit?«

»Das ist unmöglich. Dann wüsste es bald das ganze Land.« Zum ersten Mal zeigte Axel sich verwundbar. Er stand auf und starrte aus dem Fenster.

»Hältst du dich jetzt nicht für ein bisschen *zu* wichtig?«, fragte Leo.

»Ich habe alles um mich herum unter Kontrolle, aber mein eigener Sohn, diese Dumpfbacke, rächt sich an mir, indem er meinen Betrieb sabotiert.« Axel drehte sich um und sah Leo an. »Das ist so verdammt demütigend.«

»Warum hast du mich da reingezogen?«

»Als eine Art Puffer. Solange du da bist, würden sie ihm nichts tun, dachte ich.«

»Warum ist er so wütend auf dich?«

»Er hasst reiche Menschen.«

»Das kann nicht alles sein.«

»Ich war etwas zu hart mit dem Jungen, das gebe ich zu. Aber nur so schmiedet man aus weichem Metall Stahl.«

»Bist du überhaupt für ihn da gewesen?«

»Ich musste gewisse Aspekte unseres Vater-Sohn-Verhältnisses opfern, um aus dieser Qualle einen Mann zu machen.«

»Das hört sich nicht gut an ...«

»Das Einzige, was ihn interessierte, war Malerei, Musik und Origami.« Platou schüttelte den Kopf.

»*Origami*?«

»Japanische Papierfaltkunst.«

»Was ist denn an Papier falten verkehrt?«

»Und was zum Teufel ist an Fußball verkehrt?« Axel gestikulierte wild. »Weißt du, wie es sich anfühlt, einen unbeholfenen Taugenichts zum Sohn zu haben? Ein untaugliches Nervenwrack, der nie etwas Eigenes schaffen oder aufbauen wird?«

»Er scheint mir ein aufgewecktes Kerlchen zu sein. Er brennt für eine Sache, das kann man von den wenigsten Menschen sagen.«

»Das Einzige, wofür er brennt, ist, mir alles kaputtzumachen.« Axel schlug die Hände vors Gesicht. »Weißt du, was Churchill gesagt hat?«

»Der hat so einiges gesagt.«

»Es ist leichter, eine ganze Nation zu führen, als ein einziges Kind aufzuziehen.«

»Pompöser Bullshit«, sagte Leo. »Was wusste der alte Knacker schon von Kindern? Alle Menschen ziehen Kinder groß, und die meisten machen es ganz gut.«

Platou ließ die Arme sinken. »Genau. Aber ich habe es miserabel gemacht.«

»Siehst du das heute ein?«

»Natürlich. Ich war eine Katastrophe als Vater. Ich ...«

Seine Augen wurden feucht Er wischte sich mit dem Handrücken über den Mund und starrte mit leerem Blick vor sich hin.

»Es ist nie zu spät«, sagte Leo.

»Er hat sich wahrscheinlich geweigert, mit dir zurückzukommen?«

»Keine Chance.«

Leo sah den Kindheitsfreund an, der ihm plötzlich leidtat. »Dein Sohn schwebt in Lebensgefahr. Es ist nur eine Frage der Zeit, bis sie herausfinden, wer es war. Er hat einen Menschen getötet, wenn auch nicht mit Absicht. Die Vega-Brüder sind nicht ganz klar im Kopf.«

»Ich habe getan, was ich kann. Wenn er nicht will, dann will er nicht. Es ist seine Entscheidung.«

»Dein Sohn könnte umgebracht werden, und es kümmert dich nicht?«

»Man liegt in dem Bett, das man sich gemacht hat.«

»Du meinst: Wie man sich bettet, so liegt man?«

»Das ist doch dasselbe.«

»Nicht ganz.«

»Warum?«

»Wenn du ein Sprichwort falsch benutzt, konzentrieren

sich deine Gesprächspartner mehr auf den Fehler, und die Aussage geht verloren.«

Platou runzelte die Stirn. »Wo hält Joakim sich auf?«

»In einem halb verfallenen Haus am Ende eines verlassenen Fjords.«

Platou legte sich bäuchlings auf den Boden und machte laut zählend Liegestütze. Leo ließ ihn bis zwanzig in Ruhe.

»Aber es gibt noch mehr«, sagte Leo. »Ich habe dir von der jungen Frau erzählt, die vermisst wird? Vieles deutet darauf hin, dass Gunnar Vega sie umgebracht hat.«

Axel hielt mit gestreckten Armen ein. »Wieso glaubst du das?«

»Die Vega-Brüder glauben, dass sie die Anlage sabotiert und den Forscher getötet hat.«

Platou setzte die Liegestütze bis dreißig fort.

»Und jetzt hat dein Sohn ein schlechtes Gewissen, weil sie für ihre Taten bezahlen musste.«

»Ihre?«

»Joakim und ein militanter Umweltschützer. Ein älterer Typ aus Bærum. Sie wohnen zusammen.«

Axel setzte sich im Schneidersitz auf den Boden und legte die Hände auf die Knie. Er schloss die Augen und atmete mehrmals tief durch die Nase ein und durch den Mund aus.

»Ich glaube, dein Sohn hat sich in die verschwundene Frau verliebt«, sagte Leo.

»Er ist so gefühlsduselig.« Axel öffnete die Augen. »Wir haben ihn regelmäßig zum Psychologen geschickt, seit er acht war, aber es hat nichts geholfen.«

»Warum will er dein Lebenswerk zerstören?«

»Er hat nun mal was gegen Leute mit Geld.«

»Aber du bist doch sein Vater.«

Axel lächelte und schüttelte den Kopf. »Letzte Woche war ich zum Börsenstart von NorFish in New York. Nur sechs Jahre, nachdem wir wegen der Krankheitsprobleme in Chile beinahe Konkurs gegangen wären.«

»Ja, und?«

»Ich durfte die Glocke läuten.«

»Welche Glocke?«

»Die die Börse in New York einläutet. Um Punkt halb zehn. Das war ein unbeschreibliches Erlebnis. Wir hatten einen Fünf-Kilo-Lachs mitgebracht. Die Amerikaner haben etwas dumm geguckt, ich glaube, die haben den Ernst der Situation nicht verstanden. Als ich dort in der historischen Umgebung stand, fühlte ich, dass ich alle meine Ziele erreicht hatte. Ein einfacher Junge aus Bærum hat Amerika erobert.«

Leo räusperte sich.

»Noch dazu mit so etwas Besonderem und Genuinem wie norwegischem Lachs. Ich kann doch nicht riskieren, das alles wegen zwei rabiaten Brüdern in Nordland und einem Loser von Sohn zu verlieren.«

»Dein Sohn ist in Gefahr, von deinen eigenen Leuten umgebracht zu werden. Der einzige Freund, den er dort oben hat, ist ein alter Gauner namens Rino Gulliksen. Ist vielleicht gut, vielleicht auch nicht.«

»Mitgefangen, mitgehangen.«

»Es heißt mitge*gangen*, mitgehangen.«

»Seit wann bist du so ein Pedant?«

»Seit wann bist du so ein Zyniker?«

»Ich bin kein Zyniker, ich bin Pragmatiker.« Axel Platou runzelte die Stirn und erhob sich auf die Knie. »Nur die Stärksten überleben, so ist das nun mal.«

»Willst du nicht zur Polizei gehen?«

»Du meinst zu Einar Vega?«

»Du kannst dich an Bodø wenden oder gleich an die Kripo.«

»Dann weiß ja sofort die ganze Welt, was für ein mieser Vater ich bin. Außerdem wird Joakim dann womöglich wegen Totschlags verurteilt. Nein, das muss ich auf meine Art und Weise lösen.«

»Die da wäre?«

»Ich reise selbst hinauf.«

Leo stand auf und verschränkte die Arme. Vielleicht hatte er sich schon zu weit aus dem Fenster gelehnt, aber er fühlte sich stark und konnte sich nicht zurückhalten. »Die Meeresbiologin hat mir von eurer Genforschung erzählt. Was zum Teufel treibst du eigentlich?«

Axel sah Leo an. Aus seinen grünen Augen sprach eine Mischung aus Scham und Gedanken, die jeden Feind rückwärts aus dem Zimmer getrieben hätten. »Liv Kongevold? Hat sie das wirklich gesagt?«

»Jep.«

»Was ist das?« Axel sprang auf die Beine, hob die Hand und zeigte auf Leos Brust. »Du hast einen Fleck auf dem Pullover.«

Leo schaute auf den hellblauen Lammwollpullover, und tatsächlich, auf der linken Brust war ein kleiner, kaum sichtbarer Fleck.

»Du bist sehr aufmerksam«, sagte Leo.

»Genmanipulation ist die Zukunft«, sagte Axel, der sich wieder im Griff hatte. »Wusstest du, dass die sogenannte Bio-Landwirtschaft mehr Klimagase in die Umwelt pumpt als die konventionelle Landwirtschaft?«

»Warum redest du über Landwirtschaft? Ich fragte, warum du Genmanipulation betreibst.«

»Wenn du etwas erreichen willst, darfst du nicht so verdammt konventionell denken.«

»Lieber konventionell denken, als das Gesetz brechen.«

»Vielleicht solltest du etwas öfter das Gesetz brechen?« Nun verschränkte Axel die Arme. »Schau dich an. Du bist nichts. Niemand in der Welt weiß, wer du bist.«

Leo kniff die Augen zusammen. »Du spielst mit dem Leben deines Sohnes. Sie werden keine Sekunde zögern, ihn zu töten, wenn sie ihn finden.«

»Jetzt übertreibst du.« Platou hob das Kinn wie eine Echse und massierte sich die Kehle. Sein Blick war so archaisch, bar jeder Moral und ohne ein Anzeichen schlechten Gewissens, dass es Leo kalt den Rücken herunterlief.

»Dann ist meine Rolle hiermit erfüllt«, sagte Leo und stemmte die Hände in die Hüften. »Hier trennen sich unsere Wege.«

Axel stand dicht vor ihm und sah ihm tief in die Augen.

»War Liv Kongevold nett zu dir?«

»Wie meinst du das?«

»Sie kann sehr dankbar sein.«

»Was willst du damit sagen?«

»Sie wollte einen Job und war nicht sehr schwer zu überreden. Normalerweise hätte sie so etwas nie getan. Geschlechtsverkehr mit einem alten Sack wie mir. Sie ist ein anständiges Mädchen. Aber wenn die Belohnung groß genug ist, tun manche Leute alles.«

»Du tust mir echt leid«, sagte Leo.

»Können wir nicht Kontakt halten?« Platou kratzte sich im Nacken. »Ich brauche bestimmt mal wieder Hilfe bei irgendwelchen Kleinigkeiten. In Bærum wird der Müll nur einmal pro Woche geleert, vielleicht kannst du jeden Montag kommen und den Dreck wegfahren?« Er grinste wie ein kleiner Junge, der weiß, dass er etwas getan hat, wofür er bestraft werden wird. »Machst du auch Gartenarbeit? Ich brauche einen Gärtner. 200 Kronen die Stunde!«

Ohne Vorwarnung verpasste Leo Axel Platou einen rechten Haken, der ihn mit aller Kraft im Gesicht traf. Blut und Speichel spritzten an die schneeweiße Wand, und Axel fiel rückwärts auf das Sofa, wo er seltsam verdreht in seinem Bademantel liegen blieb.

Mit großen Augen sah er Leo an. Aus seiner Nase tropfte Blut auf das weiße Sofakissen. »Jesses, ich wusste nicht, dass du so schlagfertig bist.« Axel fuhr sich mit der Hand über den Mund und betrachtete das Blut. »Mein Angebot steht. 200 pro Stunde.«

Leo machte auf den Hacken kehrt und ging zur Tür hinaus, ohne sie hinter sich zu schließen.

32

Als Torvald am Montagmorgen zur Lachsfarm kam, fand er Gunnar in voller Montur auf dem Boden der Hütte. Sein kleiner Bruder saß mit einem gelben Südwester auf dem Kopf an die Wand gelehnt in einer Wasserlache und schnarchte. In seinem Schoß lag der Kopf der Büste. Als Torvald ihn an der Schulter packte und schüttelte, langte er zu einem halbherzigen Schwinger aus, der den großen Bruder am Kinn traf. Als der völlig dehydrierte Gunnar sich einigermaßen berappelt hatte, erzählte er zerknirscht, was geschehen war. Dass der Scharfschütze die Büste geköpft und den Jetski mit einer großkalibrigen Waffe versenkt hatte. Wie er mit Mühe und Not in aufgewühlter See die 200 Meter bis zur Anlage geschwommen war. Ohne den Survival Suit hätte er nie überlebt, meinte Gunnar.

»Genau deshalb tragen wir die Dinger«, brummte Torvald.

Gunnar jammerte, der Schütze habe mindestens zehn Löcher in den Jetski geschossen. Die Kugeln seien ihm so dicht um die Ohren gepfiffen, dass er den Luftdruck gespürt habe, und nun lag sein liebstes Spielzeug, das schwarz-gelbe Wassermotorrad mit den 260 Pferdestärken, am Grunde des Fjords.

Inzwischen saßen die Brüder im dampfenden Whirlpool auf Torvalds Terrasse mit je einem Glas Whisky in Reichweite. Sie schwiegen in der Gewissheit, dass man sie hereingelegt hatte. Dass jemand – schon wieder einmal – etwas aus ihrem Leben gestohlen hatte.

»Du weißt, was das bedeutet?«, fragte Torvald.

Gunnar sah ihn an, als hätte er ihm ein unlösbares Rätsel aufgegeben.

»Es bedeutet, dass Erna Solbakken unschuldig ist. Du hast einen unschuldigen Menschen getötet.«

»Wie kommst du darauf, dass ich sie umgebracht habe?«

»Zier dich nicht so.«

»Mich *zieren*? Was soll das heißen?«

»Alle wissen, dass du es warst.« Torvald klatschte die Handfläche mehrmals aufs Wasser. »Sie war unschuldig, verdammte Scheiße!«

»Niemand ist unschuldig. Sie wollte die Jagd anzeigen. Sie wollte mich auffliegen lassen.«

»Aber sie hat nichts mit der Sabotage zu tun. Das war ein anderer Verrückter, der nach wie vor frei da draußen rumläuft.«

»Woher sollte ich das wissen?«

»Wenn du das nächste Mal jemanden umbringst, frag vorher genauer nach. Könntest du mir diesen kleinen Gefallen tun?«

»Du hast doch zugestimmt.«

»Mein Fehler ist, dass ich mich auf dich verlassen habe. Wusstest du, dass Liv Kongevold und Erna Solbakken beste Freundinnen waren?«

Gunnar erhob den Zeigefinger. »Genau das habe ich euch gesagt. Aber auf Klein-Gunnar hört ja keiner.«

»Ich weiß nicht, ob wir uns noch auf Liv verlassen können«, sagte Torvald.

»Das habe ich noch nie getan. Scheißprinzessin. Soll ich mich um sie kümmern?«

Torvald runzelte die Stirn. »Du kümmerst dich um gar nichts!«

»Glaubst du, sie hat der Statue den Kopf abgesägt und auf mich geschossen?«

»Natürlich nicht. Wo kamen die Schüsse her?«

»Vom westlichen Ufer. Bei dem Geröllfeld am Fahrwasser, wo du mal den Acht-Kilo-Pollack gefangen hast.«

Ein Lächeln breitete sich in Torvalds Gesicht aus, die roten Wangen glühten vor Alkohol und Wärme. »Der hat fast zehn Kilo gewogen.«

Gunnar lachte und füllte den Mund mit Whisky Soda. »Nie im Leben!«

»Hast du gesehen, ob es einer oder mehrere waren?«

»Es war nur einer.«

»Wie sah er aus?«

»Keine Ahnung, war zu weit weg.«

Gunnar hielt sich die Nase zu, tauchte den Kopf unter und füllte den Mund mit heißem Wasser, das er in hohem Bogen auf Torvalds Schulter ausspuckte, als er wieder auftauchte.

»Weißt du nicht, dass das Wasser in einem Whirlpool voller Bakterien ist?«, sagte Torvald.

»Oh, der feine Herr hat Angst vor Bakterien.«

»Das hat nichts mit fein zu tun, sondern damit, dass ich erwachsen bin. Wann wirst du endlich erwachsen?«

»Du meinst, wann ich langweilig werde? Niemals! Ich werde niemals langweilig werden!«

Torvald verdrehte die Augen und leerte sein Glas.

»Was tun wir jetzt?«, fragte Gunnar.

»Das ist doch völlig klar. Du musst auf die Jagd gehen.«

Gunnar klatschte in die Hände. »Hurra! Ich liebe die Jagd!«

»Weißt du, wo du suchen sollst?«

»Der Scharfschütze ist in den Fjord reingefahren.«

»Richtung Storbørja?«

Gunnar nickte eifrig. »Dieser Wilde, der da lebt, vielleicht weiß der was?«

»Der Weihnachtsmann? Den habe ich schon lange nicht mehr gesehen.«

Gunnar stierte gedankenverloren ins Leere. »Ich verstehe diese Leute nicht. Was wollen die?«

»Das sieht mir fast nach persönlicher Rache aus. Ist es möglich, dass du irgendjemand Grund dazu gegeben hast, Gunnar? Verschweigst du mir etwas?«

»Ich verschweige nie etwas.« Gunnar grinste, dann hielt er sich erneut die Nase zu und tauchte unter. »Sollen wir Einar erzählen, dass jemand versucht hat, mich zu töten?«, fragte er, als er wieder auftauchte.

»Spinnst du? Wir erzählen Einar so wenig wie möglich.«

»Was ist mit Platous Freund?«

»Seltsamer Typ.«

»Arrogant.«

»Drogensüchtig.«

»Echt? Wonach?«

»Valium in großen Dosen. Sieht man an der Art, wie er sich bewegt. Als würde er durch Schlamm waten. Und man hört es an der Stimme.«

»Du musst ja wissen, wovon du redest.«

»Was soll das heißen, verdammt?«

Torvald schaufelte sich Wasser ins Gesicht. »Jetzt sind wir ihn jedenfalls los. Du weißt, was das bedeutet?«

»Freie Fahrt?«

»Genau. Der Große Bruder sieht uns nicht mehr.«

»Greif dir an die eigene Nase, Bruder«, sagte Gunnar und tauchte wieder unter.

33

Auf dem Flug nach Süden hatte sie lange überlegt, ob sie ihn anrufen sollte. Er war ein interessanter Typ, mit dem man gut reden konnte, aber er hatte auch schwierige Seiten. Er war misstrauisch und sarkastisch und landete oft Hals über Kopf in brenzligen Situationen.

Andererseits hatte sie der erste Eindruck bei Männern schon oft getäuscht. Das einzig Sichere war, dass sie Todesangst hatte, und der einzige Mensch, der den Grund dafür kannte, war dieser blasse Rechtsreferendar aus Bærum.

Als sie ihn anrief und sagte, sie stehe mit dem Koffer in der Hand in Lysaker, wirkte er angenehm überrascht und sagte, er würde sie gleich abholen. Eine halbe Stunde später umarmten sie sich herzlich.

Im Boot erzählte sie ihm, dass die Vega-Brüder von ihrer Freundschaft mit Erna erfahren hatten. Torvald habe sie zu sich zitiert und vage Drohungen ausgestoßen, und nun fürchte sie um ihr Leben.

Sie vertäuten das Boot am Anleger und gingen den Pfad zum Haus hinauf. Die Nachmittagssonne schien zwischen den schlanken Föhrenstämmen hindurch, die dunkle Streifen auf den weichen Waldboden warfen. Ein Schwan flog vom Wasser auf. Die Natur war harmonisch und einladend, nahm einen mit offenen Armen auf. Ganz anders als in Nordland.

»Was für ein Paradies«, sagte Liv.

»Warte nur, bis die Herbststürme kommen. Heute ist ein Postkartentag.«

»Dein Haus muss ein Vermögen wert sein.«

»Auf jeden Fall kostet es ein Vermögen, es instand zu halten. Keiner von uns kann es sich leisten, die anderen Erben auszubezahlen.«

»Du bist ein glücklicher Mann, Leo.«

»Es ist sehr exponiert. Wind und Wetter zehren heftig an der Substanz. Ich fühle mich wie Sisyphos, weil ich ständig renovieren muss.«

»Spinner«, sagte Liv und kicherte.

Sie aßen ein einfaches Abendessen, gegrillte, selbst geangelte Makrele, Salzkartoffeln und Gurkensalat. Leo zeigte ihr die Insel, und während die Sonne den Himmel und den Fjord immer roter färbte, schließlich verschwand und Blautöne den Himmel übernahmen, tranken sie zwei Flaschen Weißwein. Sie redeten über Nordland und alles, was geschehen war, über Erna Solbakken und Joakim Platou, und wie schön es war, von alldem wegzukommen. Sie tanzten auf der Terrasse zu einem Country-Lied, das im Radio lief, dann nahm Leo sie an der Hand und führte sie ins Schlafzimmer. Nachdem sie die Gardinen zugezogen hatte, standen sie vor dem Bett und küssten sich.

»Leo«, sagte sie. »Du küsst wie ein Wellensittich.«

»Ich bin nur ein bisschen nervös.«

Liv setzte sich aufs Bett, zog die weiße Bluse, den BH und die Jeans aus, dann schob sie die Fingerspitzen unter das Slipbündchen, zog ihn über die Hüften und ließ ihn fallen.

Leo zog sich auf der anderen Seite aus. Sie trafen sich in der Mitte. Sie drehte ihn sanft auf den Rücken, legte sich auf ihn, nahm seine Arme und drückte sie auf die Matratze. »Warum«, schmunzelte sie, »bist du so nervös, mein Junge?«

»Ich weiß nicht«, sagte Leo. Ihre weichen Brüste legten sich auf seine Rippen. Leo wollte den Rest seines Lebens in dieser Stellung verbringen. »Früher war ich nicht so.«

Sie sah ihn an, wie sie noch nie einen Mann angesehen hatte, las seine Gedanken, kontrollierte ihn mit ihren Bewegungen, beugte sich hinab, um ihn zu küssen wie ein kleines Kind. Am Ende fühlte sie, wie sein Körper sich anspannte und seine Beine zitterten. Sie rollte von ihm herunter und schmiegte sich eng an ihn. Er atmete rasch, seine Stirn lag warm an ihrer Wange. Nach einer Weile öffnete er die Augen, wie ein Mann, der in die Wirklichkeit zurückkehrt.

»Gibt es noch immer keine Spur von Erna Solbakken?«, fragte Leo.

Es dauerte ein paar Sekunden, bis Liv antwortete. »Nichts. Ich habe mich damit abgefunden, dass sie fort ist.«

Sie streichelte ihm durch die Haare.

»Ich habe gehört, dass du Axel Platou ziemlich gut kennst?«, sagte Leo.

»Wer hat das gesagt?«

»Ein Vöglein hat es mir ins Ohr gezwitschert.«

»Ich habe ihn ein paarmal getroffen.«

Die Worte blieben in der Luft hängen. Leo ließ es darauf beruhen. Liv setzte sich auf, zog die Beine unters Kinn und sagte: »Erzähl mir von dir, Leo!«

»Was willst du wissen?«

»Alles.«

»Bist du sicher?«

»Ganz sicher.«

»Okay.« Leo kratzte sich am Kopf. »Ich fühle, dass das Leben an mir vorbeizieht.«

»Warum das?«

»Ich habe immer nur auf Dinge reagiert, die um mich herum geschehen.«

»Tun wir das nicht alle?«

»Ich fühle mich nicht, als hätte ich gelebt. Ich habe nur überlebt.«

»Au weia. Vielleicht hast du einfach zu hohe Erwartungen?« Sie streichelte Leo mit dem Zeigefinger über die Wange. »Können wir das Leben nicht einfach genießen, solange es schön ist?«

»Immer, wenn es schön ist, denke ich, dass das nicht von Dauer ist. Irgendwann kommt die alte Scheiße garantiert wieder.«

»So darfst du nicht denken!«

»Freude ist nichts als die zufällige Abwesenheit von Schmerz.«

»Du selbstmitleidiger Spinner«, sagte Liv. »Es ist genau umgekehrt.« Sie legte sich hin und deckte sich zu.

»Umgekehrt?«

»Schmerz ist die vorübergehende Abwesenheit von Freude. Jedes Mal, wenn ich down bin, weiß ich, dass es bald vorüber ist und dass um die Ecke etwas Schönes auf mich wartet.« Sie zog die Decke bis unters Kinn. »Können wir nicht einfach für den Rest des Lebens hier liegen bleiben?«

»Von mir aus gerne«, sagte Leo.

»Andererseits wäre das dumm. Jetzt, wo du endlich etwas gefunden hast, wofür du kämpfen kannst.«

»Du meinst, *wogegen* ich kämpfen kann?«

»Nicht unbedingt, du kämpfst doch *für* die Umwelt.«

»Ich weiß nicht, ich kämpfe überhaupt nicht gern. Ich glaube, ich stehe lieber an der Seitenlinie.« Leo rollte auf den Bauch.

»Du bist zu gut, um an der Seitenlinie zu stehen.«

»Viele gute Leute haben dort gestanden.«

»Du kannst jetzt nicht einfach aussteigen. Du musst weitermachen.«

»Ich glaube, ich habe meinen Teil getan.«

»Kannst du nicht wenigstens die Polizei einschalten?«

»Das geht nicht. Dann verhaften sie Jokke und Rino. Das ist das Letzte, was ich will.«

»Du willst also einfach nur hier rumliegen?«

Leo antwortete nicht.

»Sowohl Rino als auch Platou junior schweben in Lebensgefahr, ist dir das klar?«

»Es war ihre Entscheidung. Ich habe keinen Einfluss auf sie.« Leo drehte sich um und setzte sich auf. »Ich mache mir fast mehr Sorgen um die Vega-Brüder. Rino Gulliksen auf dem Kriegspfad ist kein Zuckerschlecken.«

»Kannst du nicht wenigstens Einar anrufen und ihn ein wenig bearbeiten? Sag ihm, dass er seine Brüder in Schach halten muss, wenn er eine nordnorwegische Tragödie vermeiden will.«

»Das ist nicht meine Aufgabe, finde ich.«

»Einar Vega ist der Einzige, der den Wahnsinn stoppen kann. Rede mit ihm!«

»Magst du Sushi?«, fragte Leo und zog Liv zu sich. Sie legte den Kopf in seinen Schoß, er streichelte ihr über die Haare.

»Solange kein Lachs drin ist …«

»Du kannst stattdessen Scampi nehmen«, sagte Leo. »Du darfst bloß nicht daran denken, dass in Thailand Arbeiter wie Sklaven verkauft und wie Tiere auf Fischerbooten gehalten werden, um Futter für die Scampi-Industrie zu beschaffen.«

»So darf man nicht denken.«

»Oder vielleicht Thunfisch? Der ist voller Schadstoffe.«

»Rufst du Einar an?«

»Morgen.«

»Heute. Nicht morgen.«

»Ist es nicht ein bisschen spät?«

»Es ist erst neun.«

»Ich will die Leute nicht bei den Abendnachrichten stören.«

»Willst du dein Leben lang so bleiben?«

»Wie denn?«

»Dass du alles aufschiebst und nichts tust?«

»Ich schwöre, dass ich ihn anrufe. Ich will dich nur erst ein bisschen am Rücken kraulen.«

34

Rino lag seit dem frühen Morgen am Aussichtspunkt. Sein Frühstück, das aus einem halben Kilo Robbenspeck bestand, stieß ihm sauer auf.

Es war nur eine Frage der Zeit, bis sie kommen würden.

Er musste sie im Auge behalten.

Dem Jungen hatte er nicht erzählt, was er mit Gunnar Vega gemacht hatte. Es hatte keinen Sinn, ihn noch mehr zu beunruhigen. Jokke hatte die meiste Zeit im Bett verbracht, seit er von dem toten Amerikaner und Erna Solbakken erfahren hatte. Alle Energie war aus dem schmächtigen Körper gewichen, woran auch Leo Vangens Besuch und die Sache mit seinem Vater nichts änderten. Er wollte nur noch auf der schmutzigen Matratze liegen und P4 hören, den einzigen Sender, den sie halbwegs störungsfrei empfingen. Doch nach einem Triplett aus Tina Turners »We Don't Need Another Hero«, Chris Reas »The Road to Hell« und Nickelbacks »How You Remind Me« hatte er das kleine Transistorradio an die Wand gepfeffert, dass es in tausend Teile zersprang, und seitdem herrschte Stille im Schuppen.

Rino hatte versucht, den Jungen mit alten Räubergeschichten aus seiner Zeit als Gangster in Bærum aufzuheitern, aber nichts half. Auf die Frage, warum er so sauer auf seinen

Vater sei, hatte Jokke geantwortet: »Weil er alles um sich herum zerstört.« Dann hatte er sich die Nase geputzt, um seinen Gesichtsausdruck zu verbergen.

Der Angriff auf Gunnar Vega war wahrscheinlich das Dümmste, was Rino Gulliksen in seinem traurigen Leben je getan hatte. Kindisch und egozentrisch. Der alte Gauner in ihm war provoziert worden, wollte sein Revier vor anderen Verbrechern markieren und ihnen zeigen, dass sie nicht die Einzigen waren, die Gewalt als Mittel einsetzten.

Alles, was er damit erreicht hatte, war, die Aufmerksamkeit auf sich und den Jungen zu lenken.

Nun war es endgültig vorbei mit dem ruhigen Naturleben in Storbørja.

Er legte das Fernglas auf dem flachen Felsen ab, drehte sich auf den Rücken und schaute in den Himmel. Unter der grauen Wolkendecke kreiste ein Adler. Vielleicht war es auch nur eine Möwe, der Vogel war zu weit entfernt. Rino ärgerte sich, dass er Gunnar Vega nicht direkt kaltgemacht hatte, irgendetwas hatte ihn davon abgehalten. Vielleicht war er ja ein besserer Mensch geworden. Vor drei Jahren hätte er keine Sekunde gezögert, dem Idioten eine Kugel in die Stirn zu jagen.

Das Dumme war, dass der Schurke ihn gesehen hatte.

Während er dort lag und sinnierte, was aus ihm geworden war – oder eher, was aus ihm hätte werden können –, hörte er plötzlich ein lautes Summen wie von einer weit entfernten Wespe. Es kam rasch näher, und als ihm klar wurde, was es war, warf er sich herum und schnappte sich das Fernglas.

Ein Boot näherte sich in wilder Fahrt, es flog geradezu über das spiegelblanke Wasser. Hinter der Windschutzscheibe standen zwei Kerle in rot-schwarzen Survival Suits. In wenigen Minuten würden sie das Ende des Fjords erreichen.

Sein erster Impuls war, zum Haus hinunterzuspurten, aber er sah ein, dass er es unmöglich schaffen würde. Und was konnte er schon ausrichten, wenn er dort war? Warum in aller Welt hatte er die Flinte nicht mitgenommen? Er schwenkte das Fernglas auf das Haus und den Schuppen. Jokke saß garantiert im Schuppen.

Hundert Meter vorm Ufer drosselte das Schnellboot die Fahrt und glitt im Leerlauf an den steinigen Strand. Vielleicht hörte der Junge den Motor und brachte sich in Sicherheit, aber der Wind stand ungünstig. Wahrscheinlich hörte er nichts, besonders in seinem desolaten Zustand.

Die zwei furchteinflößenden Gestalten zogen das Boot bei der Flussmündung an Land. Sie handelten schnell und zielgerichtet, wie amerikanische Marines beim Einsatz in Beirut.

Als sie die Kapuzen abzogen, bestätigte sich Rinos Vermutung. Es waren Gunnar Vega und sein haarloser Freund. Sie pirschten sich an die Gebäude an und gaben einander Signale, als hätten sie etwas entdeckt. Am Haupthaus drückten sie sich dicht an die Wand. Einer hielt eine Pistole, der andere einen Bootshaken.

Da sah Rino Jokke. Er kam aus dem Schuppen, gähnte und streckte sich, glücklich unwissend ob der ihm drohenden Gefahr schlenderte er in Richtung Wasser. Rino wollte schreien und mit den Armen fuchteln, aber er wusste, dass es sinnlos war.

Die zwei Eindringlinge sprangen hinter der Hausecke vor, Jokke zuckte zusammen. Luke richtete die Pistole auf Jokke, der die Hände über den Kopf streckte. Gunnar kläffte ihn an, dann schlug er ihm mit voller Kraft mit dem Bootshaken auf den Bauch. Der Junge fiel zu Boden und wand sich im Schlamm.

Gunnar trampelte auf die Brille, die Jokke verloren hatte, trat die Überreste in den Matsch und schlug noch einmal zu, diesmal auf den Rücken. Dann beugte er sich über den Jungen, packte ihn am Schopf und küsste ihn. Es sah aus, als würde er seine Zunge in Jokkes Mund stecken, der vergeblich versuchte, sich loszureißen.

Die Gewalttäter packten Jokke an den Armen, schleppten die schmächtige Gestalt zum Schlauchboot und warfen sie wie einen Sack Kartoffeln hinein.

Rino beobachtete durchs Fernglas, wie sie mit voller Geschwindigkeit den Fjord hinausdonnerten. Als sie 400 Meter unter ihm vorbeiflitzten, sah Rino die Todesangst in Jokkes Gesicht. Im nächsten Augenblick stülpte Luke ihm eine schwarze Sturmhaube über den Kopf.

Sie fuhren um die Landzunge herum aufs offene Meer zu. Wahrscheinlich wollten sie es nicht riskieren, ihr Opfer im Fjord zu versenken.

35

Schon bevor der Kidnapper ihm die Sturmhaube vom Kopf riss, erkannte Jokke am Geruch und an den Geräuschen, dass er sich in einer Art Scheune befand. An den Wänden des spärlich beleuchteten Raumes befanden sich zwei Reihen mit je zehn Käfigen, der Boden war mit Sägespänen bestreut. Es roch streng nach Urin und Fäulnis.

Der Kerl, der Gunnar Vega sein musste, zeigte mit der Pistole auf ihn. Sein Kumpan fummelte am Vorhängeschloss eines Käfigs herum. Aus einem anderen drang markerschütterndes Brüllen. Jokke warf einen besorgten Blick in die Richtung und sah die Umrisse eines schwarzen Monstrums. Ohne Brille konnte er nicht erkennen, um welches Tier es sich handelte.

»Was zum Teufel ist das?«, fragte er.

»Ein kanadischer Schwarzbär«, antwortete Gunnar.

»Was wollt ihr mit einem kanadischen Schwarzbären?«

»Ein Immobilienmakler aus Bergen wird ihn schießen. Er bezahlt 250 000 Kronen dafür.«

Endlich bekam Luke Pettersen das Schloss auf, und sie stießen Jokke in den leeren Käfig. »Zieh dich aus«, befahl Gunnar mit der Pistole in der Hand.

»Es ist schweinekalt hier drinnen.«

»Tu, was ich sage!«

Jokke zog widerwillig alles bis auf die Socken und die Unterhose aus und warf die Kleider durch das Gitter.

»Bist du verklemmt?«, fragte Gunnar.

Jokke zog die Unterhose aus. »Bitte schön. Zufrieden?«

»Brav. Die Socken kannst du anbehalten. Ich bin ja kein Unmensch.«

»Was in aller Welt ist das da?« Jokke kniff die Augen zusammen und zeigte auf das riesige Schwein mit Hauern, das im benachbarten Käfig am Gitter lehnte und schlief.

»Ein Wildschwein von einem Hof in Schweden. Ein fetter Brocken, äußerst gefährlich.«

»Was wollt ihr von mir?«, fragte Jokke. Er saß in der Mitte des Käfigs im Schneidersitz und hielt die Hände vor die Genitalien.

»Am liebsten würde ich dich eigenhändig abmurksen, aber zufällig habe ich die Chance, einen Haufen Geld daran zu verdienen, dass andere das für mich tun. So schlage ich zwei Fliegen mit einer Klappe.« Gunnar grinste.

Jokke fiel keine vernünftige Antwort ein, schließlich wusste er genau, warum er hier war, und konnte sogar verstehen, dass die Brüder sauer auf ihn waren. Er hatte eines ihrer Gehege gesprengt, ihr Labor niedergebrannt und einen Kollegen getötet. Das Einzige, was ihn vielleicht retten konnte, war, diesen Idioten zu sagen, dass er Axel Platous Sohn war. Aber so tief wollte er nicht sinken.

So tief wollte er *niemals* sinken.

Das Wildschwein nebenan wachte auf, sah ihn mit schlaffen Augen an, gähnte, grunzte und kratzte sich mit dem Vorderfuß am Rüssel. Dann rollte es auf den Rücken, streckte alle viere in die Luft und gab seltsame Laute von sich.

»Halt die Fresse!«, brüllte Gunnar und trat gegen den Käfig, aber das fette Schwein reagierte nicht. Gunnar drehte sich zu Luke. »Ruf den Russen an und sag, dass der Ring frei ist. Er hat freie Auswahl.«

Luke grinste, zog die nicht vorhandenen Augenbrauen hoch, nahm das Handy aus der Hosentasche und ging hinaus.

Gunnar wandte sich wieder Jokke zu. »Warum zum Teufel hast du das getan?«

»Was?«

»Das Netz gesprengt, Bob umgebracht und dann auch noch versucht, mich zu töten.«

»Dich zu töten?«

»Es war reines Glück, dass du nicht getroffen hast und dass ich einen Survival Suit anhatte.«

»Trägst du den nicht immer?«

»Nur bei der Arbeit.«

Jokke kratzte sich am Kopf. »Ich habe es getan, weil es mir richtig erscheint.«

»Findest du das immer noch?«

»Ich hasse Umweltschweine«, sagte Jokke. »Und ich hasse reiche Idioten. Ich hab die Schnauze gestrichen voll von Typen wie euch.«

Jokke war selbst überrascht, wie lose sein Mundwerk in dieser hoffnungslosen Lage war.

»Du bist also bereit, für die Umwelt zu töten?«

»Das war ein Unglück.«

»Und die zehn Schüsse auf meinen Jetski, war das auch ein Unglück?«

Jokke sagte nichts.

»Bist du bereit, für die Umwelt zu sterben?«

»Natürlich. Es wäre mir eine Ehre.«

»Fein, dann brauch ich ja kein schlechtes Gewissen zu haben.« Gunnar drehte sich um und ging.

»Warum hast du mir die Zunge in den Mund gesteckt?«, rief ihm Jokke hinterher.

»Weil es mir richtig erschien.«

Als Gunnar das Licht ausgeschaltet und die Scheune verlassen hatte, hörte Jokke eine zarte Stimme, die ihm bekannt vorkam. »Erna?«

»Hei.«

Jokke sprang auf, hielt sich an den Gitterstäben fest und versuchte, etwas zu erkennen. Die einzige Lichtquelle war ein armseliger Lichtstreifen, der unter einem schwarzen Rollo durch das Fenster über der Tür drang.

»Du lebst! Wo bist du?«

»Hier drüben. Neben dem Luchs.«

»Ich kann dich nicht sehen. Sie haben meine Brille kaputtgemacht.«

»Aber ich sehe dich. Frierst du?«

»Geht schon. Wo sind wir? Was ist das für ein Ort?«

»Wir sind in Lillebørja, auf der illegalen Jagdfarm der Vega-Brüder.«

Eins der Tiere begann laut zu schnarchen, ein anderes hustete. Es war eine Kakofonie von fremden Lauten großer, gequälter Tiere.

»Das habe ich mir gedacht«, sagte Jokke. »Was haben sie mit uns vor?«

»Keine Ahnung. Das hier ist absurdes Theater.«

»Haben sie dich gut behandelt?«

»Es wäre übertrieben, das zu behaupten, aber sie haben mich nicht vergewaltigt, falls du das meinst.«

»Haben sie nichts gesagt?«

»Sie reden dauernd von irgendeinem Russen.«

»Ich kann verstehen, dass sie sauer sind.«

»Sie glauben, ich hätte das Netz gesprengt und das Labor angezündet.«

»Das hatte ich befürchtet.« Jokke setzte sich wieder. Er zitterte. »Aber jetzt wissen sie, dass ich es war.«

»Schön, dann können sie mich ja freilassen.« Erna lachte völlig natürlich, als säßen sie bei einer Sitcom vor dem Fernseher. Jokke versuchte vergeblich einzustimmen. Ein Tier stieß einen so hellen Schrei aus, dass es ihm eiskalt über den ohnehin schon kalten Rücken lief.

»Mein Gott, was war das jetzt?«

»Das ist nur der Schwarzbär. Ich glaube, er hat Heimweh.«

Obwohl Gunnar dem stinkreichen Russen gern den Wunsch erfüllt hätte, den echten Norweger auszustopfen und in seinen Palast vor Murmansk mitzunehmen, war er ein wenig stolz auf die Tatsache, dass auch er seine Grenzen hatte. Das konnte er dem Präparator in Bodø unmöglich zumuten.

Gunnar sah dies als sicheres Zeichen dafür, dass er *kein* Psychopath war. Das wichtigste Kennzeichen eines Psychopathen war, dass er keine Grenzen kannte, hatte er irgendwo gelesen. Menschenjagd war schon hart an der Grenze, aber da dieser dreiste, kleine Idiot ohnehin sterben musste, konnten sie auch ein bisschen Geld mit ihm verdienen. Letztendlich machte es keinen Unterschied, ob er in den letzten Minuten seines Lebens etwas mehr litt. Er bekam, was er verdiente. Sobald Luke und Gunnar den Lärm der Rotoren hörten, stürmten sie nach draußen, winkten mit beiden Armen und lotsten den kleinen Bell-Helikopter zum Landeplatz zwischen Scheune und Hütte. Die Tür ging auf, und ein Mann Mitte dreißig mit kurzen blonden Haaren und markantem Mittelscheitel sprang heraus. Er trug einen blauen Anzug, ein weißes Hemd, eine rote Krawatte mit blauen Punkten und schwarze blankpolierte Schuhe. Er sah aus wie ein gewöhnlicher Banker, Gunnar hatte ihn sich ganz anders vorgestellt.

Der Pilot, der ihm auf den Fersen folgte, trug schwarze Outdoor-Shorts, Cowboystiefel mit Schlangenmuster, ein langärmliges FC-Chelsea-Trikot sowie eine dicke Pelzmütze auf dem schulterlangen rabenschwarzen Haar. So stellte sich Gunnar eher einen Russen vor.

Der Mann im Anzug ging auf Gunnar zu und streckte die Hand aus. »You are Gunner?«

Gunnar nickte.

»Cool name! Weather good for hunting, Gunner?«

Gunnar schaute an den grauen leblosen Himmel und nickte. »Perfect.«

Er führte den Chef und seinen Piloten in die Blockhütte, wo er erklärte, wie die Jagd am nächsten Morgen ablaufen sollte. Der Russe schien nicht sonderlich interessiert und blätterte währenddessen durch die DVD-Sammlung von Jagd-, Angel- und Pornofilmen, die im Regal neben dem Kamin stand.

In gebrochenem Englisch versuchte Gunnar zu erklären, warum der Russe den Norweger leider nicht ausstopfen und mitnehmen konnte, während der Russe ungerührt eine DVD einlegte. *Wie man einen Elch zerlegt* von 1988 war ein Klassiker des norwegischen Jagdfilms. Der Russe lehnte sich in dem schwarzen Stressless-Sessel nach vorn und winkte Gunnar weg. Offenbar war er fasziniert, obwohl die Bildqualität elend war und er kein Wort verstand.

»It's okay«, sagte der Pilot. »We will like to be alone now.«

36

Nachdem die Kidnapper seines neuen besten Freundes außer Sicht waren, eilte Rino zum Haus zurück und stürzte einen Liter Rhabarberwein herunter. Dann rannte er wieder zum Aussichtspunkt hinauf und rief Leo Vangen an. Der Akku war fast leer, weil Jokke unzählige Male versucht hatte, Erna Solbakken zu erreichen. Er musste sich kurz fassen.

»Sie haben Jokke.«

»Wer?«

»Gunnar Vega und sein Kumpan. Ich habe gesehen, wie sie ihn entführt haben.«

Leo stieß ein paar Schimpfworte aus. »Was wollen sie mit ihm?«

»Ihn töten, nehme ich an.«

»Was soll ich tun?«

»Mein Akku ist fast leer, wir können jederzeit unterbrochen werden.«

»Axel Platou ist unterwegs.«

»Wann kommt er?«

»Heute Abend, glaube ich.«

»Dann ist es zu spät.«

»Was zum Teufel soll ich tun?«

»Ruf Platou an und sag ihm, dass sie seinen Sohn haben.«

In diesem Moment brach das Gespräch ab. Leo wusste nicht, ob Rinos Akku leer war oder ob er aufgelegt hatte.

Er wählte umgehend Platous Nummer. Da er nicht antwortete, schickte er eine SMS: *Krise. Sie haben ihn.* Dann wählte er Einar Vegas Nummer – der Polizeichef war seine einzige Hoffnung. Bei ihrem ersten Treffen hatten sie nicht den richtigen Ton gefunden, aber hinter dem Polizisten und loyalen Bruder ahnte er die Kontouren eines Menschen.

»Die Sache ist eskaliert«, sagte Leo. »Dein Bruder hat Jokke entführt.«

»Jokke? Wer in aller Welt ist Jokke?«

»Du kannst nicht mehr länger tatenlos zusehen!«

»Wovon redest du? Wer ist Jokke?«

»Joakim Platou. Dein Bruder und sein Kumpan haben den Sohn von Axel Platou entführt.«

Es folgten mehrere Sekunden Stille.

»Wie bitte? Sag das nochmal.«

»Es war Platous Sohn, der die Lachsfarm sabotiert und die Lippfischzucht angezündet hat.«

Wieder Stille.

»Das Ganze war ein Rachefeldzug gegen seinen Vater.«

Leo wartete auf eine Reaktion. Als sie nicht kam, sagte er: »Sie haben ganz sicher auch Erna Solbakken ermordet.«

»Warte kurz«, sagte der Polizeichef.

Leo hörte gedämpfte Kinderschreie und eine belegte Stimme, die die Kinder bat, still zu sein oder das Zimmer zu verlassen. »Wo waren wir?«

»Du kannst nicht länger zusehen und die Hände in den Schoß legen. Jetzt sind sie zu weit gegangen.«

»Ich höre, was du sagst«, antwortete Einar Vega.

Der Polizeichef klang nachdenklich.

»Platou ist auf dem Weg zu euch.«

»Verdammte Scheiße«, murmelte Einar.

»Wo würden sie Joakim verstecken – wenn er noch am Leben ist?«

»Ich habe keine Ahnung, was diese Idioten treiben.«

»Du musst ihn suchen!«

»Dazu brauche ich Hilfe.«

»Hast du keine Angestellten?«

»In die Sache kann ich keine Kollegen mit reinziehen.«

Mehr Kinderlärm im Hintergrund. Leo erinnerte sich, wie unerträglich Kinder im Haus waren, wenn man als Erwachsener Schwierigkeiten hatte.

»Um halb fünf geht ein Direktflug«, sagte Einar Vega. »Komm und hilf mir.«

Seine Stimme klang verletzlich, beinahe flehend. Es war die Stimme eines Mannes, der eine Entscheidung getroffen hatte und sich auf die Konsequenzen vorbereitete.

37

Nachdem Axel Platou mit seinem Privathelikopter auf dem überwachsenen Tennisplatz in Nevernes gelandet war, schlug Torvald als Erstes einen Saunagang vor. Platou lehnte höflich ab. Er sei erkältet, sagte er.

Der Hauptaktionär von NorFish war schon viele Jahre nicht mehr dort gewesen und schien Scheuklappen zu tragen, jedenfalls bemerkte er gar nicht, dass alle Möbel fehlten und das Haus wie eine leere Lagerhalle aussah. Auch den ausgestopften Tiger unter der Treppe sah er nicht.

Torvald führte ihn ins Büro, wo Platou sich im Massagesessel niederließ und dankend ein Glas Whisky Soda annahm. Nach ein paar Schlucken sagte er: »Und – habt ihr den Saboteur gefunden?«

»Was ist mit deinem Auge passiert?«, fragte Torvald von der anderen Seite des Schreibtisches.

»Ich bin gegen eine Tür gelaufen.«

Platous Ton und sein Blick machten Torvald nervös.

»Wir haben ihn gefunden«, sagte Torvald. »Es war ein junger Ökoterrorist aus Oslo. Der Fall ist gelöst.« Er stand auf, ging zum Garderobenständer und setzte einen schwarzen Borsalino auf. Dann zeigte er auf Platous Glas. »Der ist verdammt gut, ich glaube, ich nehme auch einen«, sagte er.

»Wie habt ihr den Fall gelöst?«, fragte Axel Platou.

»Lass uns einfach sagen: Das Problem ist aus der Welt.« Torvald schenkte sich großzügig ein.

»Wie habt ihr es aus der Welt geschafft?« Platou schaltete den Massagestuhl ein. Ein tiefes Summen erfüllte den Raum. Er hob und senkte die Augenbrauen. »Erzähl!«

»Ich sage es mal so: Er wird wohl nie wieder Sabotage betreiben.«

Platou verscheuchte eine Fliege, die ihm ums Gesicht flog. Ein massiver Ring blitzte im Licht der Stehlampe auf. »Willst du damit sagen, dass ihr ihn umgebracht habt?«

Torvald fummelte am Verschluss der Sodaflasche. »Gunnar hat sich seiner angenommen. Ich habe keine Ahnung, was er mit ihm angestellt hat.«

»Aber du sagst doch, das Problem sei aus der Welt. Was habt ihr mit ihm gemacht?«

»Da musst du Gunnar fragen. Damit habe ich nichts zu tun.« Torvald setzte sich wieder an den Schreibtisch.

Axel Platou schaltete den Massagestuhl aus und sprang auf. »Antworte mir. Das ist eine einfache Frage: Habt ihr ihn getötet?«

»Ich muss zugeben, dass es schwer war, Gunnar an die Kandare zu nehmen. Du weißt doch, wie er ist.«

Torvald bemerkte, dass der Big Boss nur physisch zugegen war, mit den Gedanken war er ganz woanders.

»Interessant«, murmelte Platou schließlich und trat ans Fenster. Draußen wurde es langsam dunkel. »Sehr interessant.«

Torvald leerte sein Glas in einem Zug.

»Wie sollen wir das jetzt lösen?«, fragte Platou.

»Es ist vorbei.«

»Du glaubst also nicht, dass ihn jemand vermissen wird? Seine Familie oder Freunde werden nach ihm suchen und die Polizei einschalten. Wie blöde kann man eigentlich sein?«

Torvald gestikulierte hilflos und öffnete den Mund, aber es kam kein Laut heraus.

»Kannst du mir einen Gefallen tun?«, fragte Platou.

»Natürlich. Was denn?«

»Ruf deinen Bruder an und sag ihm, er soll sich auf der Stelle hier einfinden.«

»Einar oder Gunnar?«

»Was glaubst du?«

»Gunnar.«

»Stimmt.«

Torvald nahm das Telefon und wählte Gunnars Nummer. »Axel Platou ist hier. Er will mit dir reden.«

Auf dem Weg vom Flugplatz erzählte Einar Vega die Geschichte seines kleinen Bruders: der Totschlag des Vaters, das Leben unter dem Bootshaus, Johnny Clausens Tod, die illegale Jagdfarm und Gunnars Rolle als Handlanger und Schuldeneintreiber der Firma Fjordlax. Im Grunde habe er nur darauf gewartet, dass irgendwann so etwas geschieht, sagte Einar, aber er habe immer wieder weggeschaut. Einar versuchte nicht, sich zu rechtfertigen oder seine Rolle zu beschönigen, im Gegenteil, er ging gnadenlos mit sich selbst ins Gericht.

Im Gegenzug erzählte Leo ihm von Rino Gulliksens Vergangenheit, dessen Jugend in Bærum und dass er polizeilich gesucht wurde, weil er seinen verrückten Freund erschossen hatte, um Leo das Leben zu retten. Er erzählte von Rinos Flucht und dem einfachen Leben in Storbørja. Rino hatte darauf bestanden, bei der Suche nach Joakim Platou zu helfen. Wahrscheinlich würde er schon am Anleger auf sie warten.

Einar sagte, er müsse zuhause noch etwas holen. Leo wartete im Flur, wo ein Fischhaken an der Wand hing.

»Darf ich den ausleihen?«, fragte Leo, als Einar mit einer Tasche über der Schulter die Treppe herunterkam.

»Klar«, sagte Einar und zwinkerte ihm zu. »Willst du nicht lieber einen Dreizack?«

»Passt schon«, sagte Leo.

Sie liefen zum Anleger hinab, wo Rino Gulliksen wie angekündigt auf sie wartete. Er war kaum wiederzuerkennen mit der braun-schwarzen Inkamütze auf dem Kopf. Rino berichtete, was er gesehen hatte, und sie beschlossen, mit zwei Booten nach Lillebørja zu fahren.

Leo und Einar sprangen in das 22 Fuß lange Polizeiboot und machten die Leinen los, Rino folgte dicht hinter ihnen in seinem Boot. Es wurde dunkel, der Wind nahm zu und drückte vom Atlantik her in den Fjord. Außer ihnen war kein Boot unterwegs. An Land blinkten vereinzelte Lichter von Häusern und Hütten wie Glühwürmchen in der schwarzen konturlosen Landschaft.

»Ich habe Gunnar hundertmal angerufen, aber er geht nicht ran«, sagte Einar. »Luke antwortet auch nicht.«

Leo nickte.

»Er will nicht mit mir reden. Das ist ein schlechtes Zeichen. So ist er immer, wenn er was angestellt hat. Er vergräbt sich.« Einar zog das Telefon aus der Tasche und wählte Torvalds Nummer.

»Also: Wie ist der Terrorist gestorben?«

Axel Platou sah Gunnar Vega an, der gegenüber am Tisch

saß und nervös an den Fingernägeln kaute. Seine Überheblichkeit war wie weggeblasen. Er musste sich rasch entscheiden, es war die letzte Chance, die Wahrheit zu sagen. Machte es noch Sinn zu verraten, dass der Junge noch lebte, dass er in Lillebørja in einem Käfig saß?

»Er ist ertrunken.«

»Wie?«

»Er hat versucht abzuhauen, ist ohne Schwimmweste ins Wasser gesprungen und wie ein Stein gesunken. Es war praktisch Selbstmord.«

Es wurde still. Platou gab nicht nach und sah Gunnar bohrend an. Gunnar schaute auf seine Hände oder zum Fenster hinaus.

In diesem Moment klingelte Torvalds Telefon. Er entschuldigte sich und ging hinaus.

»Gunnar ist durchgedreht«, sagte Einar am anderen Ende. »Weißt du, wo er steckt?«

»Was ist das für ein Lärm? Wo bist du?«

»Im Boot auf dem Velfjord.«

»Keine Ahnung, wo Gunnar steckt, hab ihn schon seit Tagen nicht gesehen.«

»Bist du daheim?«

»Ich habe hohen Besuch. Axel Platou ist hier.«

»Er ist Platous Sohn.«

»Wer?«

»Der Saboteur – der Bombenleger und Brandstifter – ist Axel Platous Sohn.«

Torvald schwieg. Sein Mund öffnete sich langsam, und das Blut wich aus den Wangen. Ihm wurde schwindlig, die Beine gaben nach.

»Platou weiß alles«, sagte Einar.

»Verdammte Scheiße«, murmelte Torvald und sank auf dem senfgelben Teppichboden auf die Knie.

»Hast du was von Gunnar gehört?«

»Verdammte Scheiße«, jammerte Torvald erneut.

»Wo ist Gunnar?«

Keine Antwort. Dann: »Was hast du gesagt?«

»Ob du weißt, wo Gunnar ist?«

»Versuch es in Lillebørja. Da ist er doch meistens.« Torvald beendete das Gespräch. Er rappelte sich auf, lehnte sich an die Wand und atmete mehrmals tief ein und aus.

Als er ins Büro zurückkam, wo die zwei anderen saßen, schwankte er direkt zum Barschrank und füllte sein Glas mit Whisky.

»Wer war das?«, fragte Gunnar. »Du siehst ganz blass aus.«

»Ein Lieferant.« Torvald warf einen Seitenblick auf Platou, der auf dem Sofa saß. »Lippfisch.«

Axel Platou saß wieder im Massagestuhl mit einem Drink in der Hand. »Wie ich schon zu Gunnar sagte: Jetzt gilt es, in die Zukunft zu schauen. Wir müssen diesen Unfug vergessen. Das Labor muss so schnell wie möglich wieder aufgebaut werden. Das ist das Einzige, was zählt.«

Torvald stand unschlüssig im Zimmer und ließ den Blick umherschweifen. Das Telefon fiel ihm aus der Hand, er bückte sich und hob es auf, während Platou weiterredete:

»Ich habe Gunnar gesagt, wie unglaublich irrational es von euch war, den Terroristen zu töten.« Platou trank einen Schluck. »Aber geschehen ist geschehen, wir können es nicht rückgängig machen. Nun müssen wir nach vorne schauen.«

Torvald setzte sich an den Schreibtisch und sah Platou verstohlen an. Er fror, obwohl es fünfundzwanzig Grad im

Zimmer waren. Ihm würde übel. Ein solches Maß an Zynismus hatte er noch nie erlebt. Er säuberte die Fingernägel mit einem Brieföffner und dachte an die sorglosen Tage in seiner Tankstelle.

Auf dem Sofa saß der glücklich unwissende Gunnar und hörte zu, wie Platou seine Zukunftspläne darlegte. Er redete von Fjordlax' zentraler Rolle im NorFish-Imperium, von der Börse in New York und vom Wiederaufbau der Lippfischzucht. Sie würden einen neuen Meeresbiologen einstellen und weiter Genforschung betreiben. Er redete von ihrem guten Ruf, Nachhaltigkeit, den Herausforderungen durch Krankheiten und Umweltschäden. Sie würden nicht zulassen, dass diese Probleme zerstörten, was wirklich zählte: die weltweite Vormachtstellung in der Lachszuchtbranche.

38

Einar hatte die Positionslichter ausgeschaltet. Gunnar und Luke sollten sie nicht kommen sehen. Rino, der dicht hinter ihnen war, fuhr sowieso immer ohne Licht.

Leo hasste es, im Dunkeln Boot zu fahren, fühlte sich extrem verletzlich. Es war, als irre er mit verbundenen Augen durch einen Raum voller spitzer Gegenstände. Selbst die Tatsache, dass der Skipper ein einheimischer Polizist war, konnte ihn nicht beruhigen.

Der Wind blies kräftig in den Fjord und trieb sie voran. Am Ufer türmten sich Felswände wie bedrohliche Wolkenkratzer auf, die gefühlte Temperatur lag weit unter den tatsächlichen fünf Grad.

Leo zog heimlich zwei blaue Tabletten aus der Innentasche und schluckte sie. Er bereute, dass er nur die dünne Regenjacke über den Pullover gezogen hatte und nicht die Daunenjacke. Er klammerte sich dicht hinter Einar an die Reling, der im schwachen rot-grünen Licht der Armatur stand. Leo hatte tausend Fragen, die er ihm gern gestellt hätte, aber er hielt den Mund. Einar würde kaum Lust haben, seine Lebensgeschichte ausgerechnet in diesem Moment zu erzählen.

»Warst du schon mal hier?«, fragte Leo.

Einar drehte sich halb um. »Nicht oft, vor langer Zeit. Das hier ist Gunnars und Lukes Spielplatz.«

»Was geschieht auf dieser Jagdfarm?«

Einar schüttelte den Kopf. »Ich habe getan, als würde dieser Ort nicht existieren.«

Sie spähten ins dunkle Nichts und strengten alle Sinne an, um Konturen und Formen zu deuten, als plötzlich am Ende des Fjords mehrere kräftige Scheinwerfer aufleuchteten. Es sah aus wie Flutlichter eines Fußballstadions in stockdunkler Umgebung.

Zwischen den Bäumen erkannte Leo ein großes und ein kleines Gebäude und etwas, das wie ein hoher Zaun aussah. Über das Wasser tönte von fern Musik. Zuerst hörte man sie kaum, doch sie wurde schnell lauter und vermischte sich mit dem Brummen eines Generators. Leo erkannte das Stück, das er ewig nicht gehört hatte: »September« von Earth, Wind and Fire:

Ba de ya, say you do remember. Ba de ya, dancing in September …

Dann hörten sie einen lauten Knall, der die Musik übertönte und an den Felswänden widerhallte.

»Ein Schuss«, sagte Einar und gab Gas.

Drei Minuten später schalteten sie die Motoren aus und glitten auf den steinigen Strand. Inzwischen waren der Sänger Maurice White und der Rest der Band bei »Fantasy« angelangt, das aus metallisch scheppernden Megafon-Lautsprechern dröhnte, die an dem hohen Zaun und an Bäumen aufgehängt waren.

Come to see victory in a land called fantasy …

»Das erinnert mich an *Apocalypse Now*«, bemerkte Leo.

»Den habe ich nicht gesehen«, sagte Einar Vega.

Einen Augenblick überlegte Leo, ob er dem Polizisten eine kurze Zusammenfassung des Films geben sollte, aber als er ihm in die Augen sah, ließ er den Plan fallen.

Ein weiterer Schuss hallte zwischen den Felswänden wider.

Die zwei Männer sprangen aus dem Boot. Leo stand bis zu den Waden im eiskalten Wasser, das mit jeder Welle bis in den Schritt stieg und ihn schier lähmte.

Einar sah aus, als würde er das ungastliche Element gar nicht bemerken. Sie packten das Boot am Dollbord und zogen es an Land, bis der Kiel über die Steine schabte und die Wellen es nicht mehr greifen konnten. Leo nahm die Trosse mit an Land und band sie um eine Birke. Dann watete er wieder zurück und holte den Fischhaken. Einar trug die Tasche und ein Gewehr.

Rino hatte sein Boot an einem kleinen Sandstrand in der Nähe an Land gezogen. Er schulterte seine Jagdflinte und kam auf sie zu.

»Was ist das?«, fragte Leo.

»Eine Mauser.«

»Wo ist dein Südwester?«

»Den habe ich einem deiner Freunde geschenkt«, sagte Rino und zwinkerte ihm zu.

Sie sprangen geduckt von Busch zu Busch und von Stein zu Stein, bis sie zu einer Blockhütte kamen, die knapp hundert Meter von der großen Scheune entfernt auf einer Anhöhe stand. Ein Generator in einem angrenzenden Verschlag brummte und klopfte wie verrückt. Sie drückten sich an die Wand, deren Duft Leo an endlose Sommertage in der Hütte während seiner Kindheit erinnerte. Durchs Fenster waren keinerlei Anzeichen von Leben im Inneren zu erkennen, nur einen Haufen leerer Flaschen und DVD-Hüllen auf dem Boden.

Als sie um die Hausecke lugten, wurden sie von einem Anblick überrascht, auf den sie nicht vorbereitet waren. Zu den Klängen von Earth, Wind and Fires »Boogie Wonderland« rannte ein splitternackter Mann im Zickzack über das hell erleuchtete, abgezäunte Gelände. Er sprang zwischen Büschen, Bäumen und Steinen im Matsch umher. In der Mitte der Arena befand sich ein überdachter Ansitz, aus dem jemand mit einem großkalibrigen Jagdgewehr blindlings auf den nackten Mann ballerte.

Dance! Boogie Wonderland!

Der Schütze war offenbar sturzbetrunken oder stoned, oder beides, denn zum Glück hatte Joakim Platou noch keinen Treffer abbekommen. Auf einer kleinen Tribüne, ungefähr fünfzig Meter entfernt, saß Gunnars Assistent Luke Pettersen neben einem Kerl mit Pelzmütze und Chelsea-Trikot und betrachtete das Drama. Sie klatschten im Takt mit der Musik, jubelten, lachten und tranken eine klare Flüssigkeit aus einer Anderthalbliter-Plastikflasche. Luke hatte sich ein rosa Handtuch als Stirnband umgebunden. Er trug seine Lieblingsjacke, die schwarze Lederjacke, die seinen glattrasierten Körper wie eine Wurstpelle umgab.

Leo sah Rino an, der die Zähne so fest zusammenbiss, dass seine Kaumuskeln die Wangen unter dem grauen Bart ausbeulten. Die Haut rund um seine schmalen Augen zog sich zusammen. Auch der Polizeichef sah aus, als müsse er die Eindrücke erst einmal verdauen. Er blickte verloren drein, als grübele er über Dinge nach, die er nie zu denken gewagt hatte. Leo wartete auf mögliche Anweisungen, aber als er sah, dass der Polizist regungslos da stand und den Kopf hängen ließ, riss er ihm das Gewehr aus der Hand und gab ihm stattdessen den Fischhaken. »Wird schon gut gehen. Komm mit.«

Leo und Rino schlichen mit den Gewehren in der Hand zur Tribüne, Einar wankte mit dem Fischhaken hinterher. Die Musik und der Wind übertönten alle anderen Geräusche, sie konnten sich problemlos von hinten an die zwei nichtsahnenden Zuschauer anpirschen. Als sie zehn Meter entfernt waren, hoben Rino und Leo die Gewehre, und Leo rief: »Hände hoch!«

Die Männer auf der Tribüne hoben die Arme, drehten sich vorsichtig um und starrten die Eindringlinge, die ihnen ausgerechnet jetzt den Spaß verdarben, enttäuscht an. Während Leo das Gewehr auf Luke und den verdrossenen Kerl im Trikot richtete und »Boogie Wonderland« langsam verklang, band Rino ihnen die Hände mit Plastikfesseln, die Einar vorsorglich mitgebracht hatte, hinter den Rücken. Dann holte er einen Strick aus Einars Tasche und fesselte die Drecksäcke an die Tribüne.

Earth, Wind and Fire sangen »Let's Groove«.

Let's groove tonight, share the spice of life ...

Ein weiterer Schuss aus der Arena übertönte die Musik.

Luke und der russische Pilot leisteten keinerlei Widerstand. Vielleicht schämten sie sich, oder sie waren einfach nur sturzbetrunken und müde.

Rino trat so dicht an Luke heran, dass er die Mischung aus Schweiß und billigem Deodorant roch, die sich in seiner Jacke festgesetzt hatte. »Was zum Teufel treibt ihr hier?«

»Das war nicht meine Idee.« Der Mann ohne Augenbrauen senkte verschämt den ohnehin verschleierten Blick. »Das war Gunnar.«

»Wo ist Gunnar jetzt?«, fragte Rino.

»Er ist vor ein paar Stunden zu Torvald gefahren und wollte dort übernachten.«

Leo sah Einar an, bekam aber keine Reaktion. Nachdem die beiden Männer gut verschnürt waren, stülpten sie ihnen umgedrehte Sturmhauben über den Kopf und gingen vorsichtig in die Arena. Der verwirrte Polizist blieb mit einem Gewehr auf der Tribüne zurück, um die Gefangenen zu bewachen.

Der Jäger hatte offenbar nichts von den Geschehnissen auf der Tribüne mitbekommen. Ungefähr jede Minute hallte ein neuer Schuss zwischen den Felswänden wider.

Leo öffnete das Tor im Zaun und drehte sich zu Rino um: »Gib mir Feuerschutz!«

Rino nickte, und Leo schlich mit dem Fischhaken in der rechten Hand zu den Klängen von »After the Love has Gone« auf den Ansitz zu. Er sah ein bisschen aus wie ein Reiher auf Froschjagd. Er fühlte sich stark, bereit zum Angriff.

Einer der Lautsprecher hing lose am Kabel und schlug in seinem eigenen Takt gegen einen Zaunpfosten. Auf halber Strecke, ungefähr fünfzig Meter vor dem Ansitz, stellte Leo sich hinter eine Birke, deren Stamm jedoch viel zu schmal war, um ihn zu schützen. Er sah den Gewehrlauf aus einer der Schießscharten ragen. Der Schütze hielt die Waffe nicht still, die Mündung wackelte hin und her.

Jokke lag nackt, verwirrt und zitternd hinter einem Stein im Schlamm. Als er Leo sah, flackerte Hoffnung in seinen rotgeränderten Augen auf. Leo nickte und legte einen Finger auf die Lippen. Er verließ das unbrauchbare Versteck und pirschte weiter an den Ansitz heran. Direkt an der

Wand wäre er aus dem Schussfeld heraus. Vielleicht konnte er das Gewehr sogar von außen packen und dem Schützen entreißen?

Er schaute hinüber zu Jokke, der sich so tief wie möglich in den Schlamm drückte, bekam aber keinen Augenkontakt. Als er sich wieder umdrehte, war der Gewehrlauf verschwunden.

Ehe er sichs versah, flog die Tür auf, und ein Mann im Anzug, der sich seinen roten Schlips um die Stirn gebunden hatte, stürmte mit dem Gewehr in der Hand heraus. Als er Leo erblickte, ging er in die Knie, schrie etwas in einer Sprache, die Leo nicht verstand – wahrscheinlich russische Schimpfwörter – und versuchte krampfhaft, die Waffe in Schussposition zu bringen. Er feuerte aus der Hüfte und traf einen Stein fünf Meter rechts von Leo, der mit erhobenem Fischhaken auf den Mann zustürzte. Er lief im Zickzack, um es dem Jäger schwer zu machen.

Leo erkannte, dass der Russe so betrunken war, dass er sich kaum auf den Knien halten konnte. Er versuchte erneut, das Gewehr zum nächsten Schuss anzusetzen, doch bevor er abziehen konnte, zerriss ein scharfer Knall hinter Leo die Luft, und eine großkalibrige Kugel traf den Russen mitten in die Brust und schleuderte ihn zwei Meter nach hinten.

Leo drehte sich um. Fünfzig Meter hinter ihm stand Rino mit steinernem Gesicht und der rauchenden Jagdflinte in den Händen.

Leo blieb in einer unnatürlichen Stellung stehen, mit gebeugten Knien und dem gesamten Körpergewicht auf dem linken Bein. Er schaute zu dem schwer verwundeten Mann, der wimmernd am Boden lag, während sein weißes Hemd und der blaue Anzug sich langsam rot färbten. Der Schlips war von seinem Kopf gefallen und lag neben ihm. Leo richtete sich auf, gewann das Gleichgewicht wieder und drehte sich zu Rino um, der das Gewehr sinken ließ und zu dem nackten Jungen lief. Earth, Wind and Fire waren mitten in ihrer lebhaften Version des Beatles-Songs »Got to Get You into My Life«.

»Kann jemand diese verdammte Musik abstellen?«, brüllte Leo zu Einar hinüber.

Rino Gulliksen kniete neben dem Jungen nieder, zog die Tarnjacke aus und wickelte die zitternde Gestalt behutsam darin ein. Dann zog er Jokke aus dem Schlamm, richtete ihn auf und klopfte ihm auf den Rücken.

Leo ging zu ihnen, aber er fand keine sinnvollen Worte.

Mit einem Mal stoppte das dröhnende Aggregat, die Musik verstummte, und das Licht ging aus. Es war stockdunkel und totenstill, nur der Wind peitschte weiter die Landschaft. Der Russe war verstummt, dafür schluchzte Jokke leise. »Danke«, stammelte er und weinte. Rino streichelte ihm über den Rücken und den Kopf wie ein kleines Kind. Sie saßen stumm in der Dunkelheit, bis der Lichtstrahl von Einars Taschenlampe sie traf. Er ging zu Leo und gab ihm eine zweite Lampe.

»Er hatte keine Wahl«, sagte der Polizist. »Ich habe es gesehen.« Einar Vega richtete den Lichtstrahl auf die leblose Gestalt, die dreißig Meter entfernt am Boden lag.

»Natürlich hatte er keine Wahl«, sagte Leo, schaltete die Lampe ein und richtete sie ebenfalls auf den Russen.

»Doch, ich hatte eine Wahl!«, sagte Rino Gulliksen. »Ich habe ihn absichtlich getötet.«

Alle vier betrachteten den toten Russen.

»Du hast mir das Leben gerettet«, sagte Leo. »Zum zweiten Mal.«

»Kommt«, piepste Jokke. »Wir müssen Erna befreien.«

»Erna?«, fragte Leo. »Ist sie hier?«

»Sie sitzt in einem Käfig in der Scheune.«

»Wirklich?«, fragte Rino. Seine Augen leuchteten auf.

Leo leuchtete Einar mitten ins Gesicht und fragte: »Kannst du das Aggregat wieder anstellen?«

»Was ist hier los?«, fragte Erna, als Leo die Scheune betrat. »Ich habe Schüsse gehört.«

»Das erklären wir später«, sagte Leo und richtete die Lampe auf sie. Erna saß im Lotussitz mit geschlossenen Augen mitten im Käfig, scheinbar unberührt von den Geschehnissen.

Nachdem Leo das Schloss geöffnet und Jokke das spärliche Licht eingeschaltet hatte, verließ sie ihr Gefängnis und warf sich Jokke um den Hals. Jokke hatte einen grünen Parka, eine rote Jogginghose und ein Paar grüne Gummistiefel angezogen, die sie in der Hütte gefunden hatten.

Leo ließ das Licht durch die Käfige auf beiden Seiten der Scheune schweifen. Bei der Antilope im äußersten Käfig verweilte er kurz. »Ein Gnu?«

»Krank, krank, krank«, sagte Einar und schüttelte den Kopf.

»Was geschieht mit den Tieren?«, fragte Erna, die noch immer an Jokkes Hals hing. »Die Armen können doch nichts dafür!«

»Wir finden schon eine Lösung«, sagte Leo. »Wir könnten einen Tierpark eröffnen und Kreuzfahrtschiffe in den Fjord locken. Touristen bezahlen gut.«

Rino war der Einzige, der lachte, die anderen lächelten nicht einmal. Plötzlich fühlte Leo sich alt, wie aus einer anderen Zeit. »Keine Angst, wir kümmern uns um sie.«

»Und wenn wir den ganzen Scheiß anzünden?«, schlug Rino vor.

»Die Tiere haben niemandem etwas getan«, protestierte Erna.

»Woher willst du das wissen?«

Da sein Chef tot war, befanden sie es für sinnlos, den russischen Piloten gefangen zu halten, obwohl er sicher auch einiges auf dem Kerbholz hatte. Leo hielt ihn mit der Flinte in Schach, während Einar unmissverständlich klarmachte, er solle die Leiche seines Chefs in den Helikopter packen und sich schleunigst aus dem Staub machen. »Wenn du noch einmal einen Fuß in dieses Land setzt, wirst du den Rest deines Lebens hinter Gittern verbringen.«

Als Leo einwarf, dass der Mann wohl kaum Norwegisch verstehe, scharrte Einar mit dem Fuß auf dem Boden.

»Get the fuck out of this country«, sagte Rino mit amerikanischem Akzent.

Der Pilot räusperte sich und spuckte einen Schleimklumpen aus, der fünf Zentimeter vor Leos Stiefeln landete. Der Russe tat sein Bestes, um einen Rest Coolness zu bewahren, obwohl ein Gewehr auf ihn gerichtet war, sein Boss tot war und der Alkoholrausch nachließ.

Er schleppte den leblosen Milliardär zum Helikopter, ließ sich von Einar helfen, ihn an Bord zu hieven, und setzte sich ins Cockpit. Der Motor startete mit einem Höllenlärm, der Luftdruck der Rotorblätter schüttelte Bäume und Menschen durch. Fast hätte es Erna Solbakken umgehauen, aber Jokke hielt sie fest, als der Helikopter aufstieg, in niedriger Höhe über den Fjord flog und in der Dunkelheit verschwand.

»Ich muss jetzt gehen«, sagte Rino Gulliksen und lächelte Jokke und Erna an.

»Wo willst du hin?«, fragte Jokke.

»Ich hab noch was zu erledigen.«

»Wann sehen wir uns wieder?«, fragte Leo.

»Schwer zu sagen«, antwortete Rino. »Passt aufeinander auf.«

Er schwang die Flinte über die Schulter und ging zu seinem Boot.

Die anderen begaben sich zum Polizeiboot, kletterten an Bord und nahmen Kurs auf Brønnøysund, diesmal langsam und mit eingeschalteten Scheinwerfern.

»Was machen wir mit Luke Pettersen?«, fragte Leo, als sie die Mitte des Fjords erreicht hatten.

»Ich kann ihn unmöglich auf die Wache bringen. Die Leute würden zu viele Fragen stellen.«

»Was hast du vor?«

»Gib mir etwas Zeit«, sagte Einar.

»Was ist mit Gunnar und Torvald?«

Einar starrte ins Leere. »Ich brauche etwas Zeit.«

Leo hätte noch viele Fragen gehabt, aber er ließ Einar in Ruhe.

Als sie den Velfjord erreicht hatten, bat Einar Leo, das Steuer zu übernehmen, und begab sich nach achtern, wo der gefesselte Luke saß. Seine Kleider und Schuhe waren vollgekotzt, es stank so sehr, dass Einar Abstand hielt. Luke saß vornübergebeugt und zitterte.

»Luke«, sagte Einar kopfschüttelnd. »Ich kannte deinen Vater.«

»Ich nicht«, sagte Luke, ohne den Blick zu heben.

»War er ein Trinker?«, fragte Einar.

Luke schüttelte den Kopf. »Nein. Er hat Pilze gesammelt. Er war immer nur im Wald, um Pilze zu sammeln. Pilze und Star Wars, das war sein Leben.«

Einar versuchte zu lächeln. »Ich dachte, Pilze gäbe es nur im Herbst?«

»Das haben wir irgendwann auch kapiert.«

»Was hat er den Rest des Jahres im Wald getrieben?«

»Wahrscheinlich wollte er einfach raus. Das Familienleben war ihm zu eng.«

»Lebt er noch?«

»Er starb vor fünf Jahren. Pilzvergiftung. Der einzige Norweger der Neuzeit, der an Fliegenpilzen gestorben ist.«

Einar sah ihn mit einer Mischung aus Abscheu und Mitleid an. »Was zum Teufel soll ich mit dir tun?«

Erna und Jokke sahen Luke mit zusammengekniffenen Augen an.

»Organisierte Menschenjagd, Beihilfe zum Mord, Jagd auf bedrohte Tierarten, Kidnapping, Freiheitsberaubung – im Grunde hast du ja kaum etwas getan …«, sagte Einar.

Luke schaute auf den Boden.

»Gunnar ist also bei Torvald?«, fragte Leo vom Steuer aus.

»Axel Platou war bei Torvald«, sagte Luke. »Gunnar ist vor ein paar Stunden aufgebrochen, um dort zu übernachten. Er ist nachts nicht gern allein im Haus.«

»Ich weiß«, sagte Einar. »Der große, starke Gunnar hat Schiss, allein daheim zu sein.«

»Das war alles nicht so geplant. Der Russe sollte erst morgen früh auf die Jagd gehen. Aber nachdem Gunnar weg war, wurde er ungeduldig. Er war besoffen und wollte nicht mehr warten. Er müsse zum sechzigsten Geburtstag seiner Schwiegermutter daheim sein, sagte er.« Luke sprach völlig monoton, er zeigte weder Wut noch andere Emotionen. Leo und Einar glaubten nicht, dass er in diesem Moment die Kraft zum Lügen hatte. »Ich hatte keine Wahl. Wenn ich mich geweigert hätte, hätten sie mich erschossen.«

»Wir haben immer eine Wahl, Luke«, sagte Leo und blickte in den schwarzen Nachthimmel. »Sogar Söhne von Vätern, die im April Pilze sammeln, haben eine Wahl.«

39

Nachdem der letzte Kanister Rhababerwein geleert war, ging Rino mit der Taschenlampe zum Verschlag neben dem Plumpsklo und wühlte dort im Schrott. Schließlich fand er die Machete, die sein Vater als junger Seemann im chilenischen Valparaiso gekauft hatte, und den großen Seitenschneider. Dann ging er zurück ins Haupthaus, um die Dinge einzusammeln, die er in sein weiteres Leben mitnehmen wollte. Ein paar Kleider, ein paar Bilder, die Bibel, Angelausrüstung und die drei Stangen Dynamit, die Jokke mitgebracht hatte. Es passte alles in zwei schwarze Müllsäcke. Zuletzt ging er in den Schuppen, holte den kleinen Koffer mit den viereinhalb Millionen Kronen unter den Dielen hervor und stopfte ihn in einen der Säcke.

Er sah sich in dem kleinen Raum seiner Kindheit um. Er stammte von hier, und doch empfand er nichts. Als die Familie den Ort verlassen hatte, war er drei Jahre alt gewesen, im Grunde erinnerte er sich an nichts. Was er von dem Ort wusste, stammte aus der Erinnerung seines Vaters, ein reines, unbesudeltes Fantasiebild. Sein Vater hätte nicht in die Stadt ziehen sollen, er hatte sich dort nie zurechtgefunden, wurde zum Clown und Verlierer und beendete seine Tage als verwirrter Trunkenbold in einem Keller in Skui.

Aber vielleicht wäre ja die einzige Alternative gewesen, seine Tage als verwirrter Trunkenbold im verlassenen Storbørja zu beenden?

Er würde es nie erfahren.

Rino stellte die zwei halbvollen Müllsäcke im Bootshaus ab. Der Westwind schüttelte Bäume und Büsche, drückte das Gras nieder und heulte zwischen den Felswänden. Er nahm die Machete und eine Werkzeugtasche aus den Säcken, zog einen Neoprenanzug an und darüber die Tarnjacke. Der Wind donnerte durch die offene Doppeltür am Wasser und fegte zwei Farbeimer aus dem Regal. Er band die Tür zu, schwang die Werkzeugtasche über die Schulter, stieg ins Boot und stieß es ab.

Der kräftige Gegenwind peitschte die Wellen gegen den Bug, er brauchte eine ganze Stunde bis zur Lachsfarm. Ohne Watstiefel fühlte er sich nackt, und er bereute, dass er den Südwester für den Scherz mit Gunnar geopfert hatte. Aber er musste sich daran gewöhnen. Sein neues Leben würde ein Leben ohne Watstiefel und Südwester werden.

Er legte am Schwimmsteg an und sprang hinauf. Die sich wie Spieldosen drehenden Fütterungsmaschinen knackten im Dunkeln und spuckten alle zehn Minuten eine Ladung Pellets für die dankbaren Fische aus. Er wusste genau, wo die Verankerungen saßen, weil er am Tag zuvor mit Liv Kongevold telefoniert und danach die Anlage ausgespäht hatte. Liv hatte sich auf Gåsøya bei Leonard Vangen in Sicherheit gebracht. Sie hatte ihm genau erklärt, wie die Gehege am Grund, am Schwimmsteg und miteinander vertäut waren.

Im schmalen Lichtstreifen seiner Stirnlampe fand er die relevanten Taue und Drahtseile. Sie waren dick, aber kein

Problem für den Seitenschneider. Rino arbeitete teilweise unter Wasser, mit Tauchermaske und Taucherlampe. Das Wasser war eiskalt, und der Wind peitschte ihm ins Gesicht, aber der Neoprenanzug hielt ihn warm. Er arbeitete so konzentriert, dass er die Kälte an den Händen und Füßen nicht spürte. Am längsten brauchte er für die vier Ketten, die er zuerst mit einer großen Feile und dann mit Hammer und Meißel bearbeitete.

Mehrere Stunden später hatte er ein Netzgehege komplett von den anderen gelöst. Es war das Gehege, das laut Liv Kongevold über 200 000 Ein-Kilo-Fische beherbergte. Er leuchtete ins Wasser und betrachtete die silbern glänzenden Fische. Sie wussten nicht, wie ihnen geschah. Als alles bereit war, manövrierte er sein Boot achtern an das Netz heran und band das Gehege mit einem kräftigen Tau an das Boot.

Er war sich nicht sicher, ob das kleine Boot den großen Lachskäfig bewegen konnte. Aber Rückenwind, günstige Strömung und der starke Motor bewirkten, dass es sogar schneller ging als gedacht. Für den ersten Kilometer brauchte er eine knappe Stunde, die beiden nächsten gingen noch schneller. Rino schaute an den grauen Himmel, der langsam aufbrach. Es dämmerte bereits. Nur noch knapp zwei Kilometer bis zum Fjordende, die restliche Strecke würde der Käfig ohne seine Hilfe weitertreiben.

Er kappte das Schlepptau, setzte die Fahrt mit Höchstgeschwindigkeit fort, manövrierte ins Boothaus und vertäute sein Boot zum letzten Mal. Ein paar Minuten blieb er daneben stehen, betrachtete es und strich zärtlich über das Führerhaus. Es hatte ihm gute Dienste geleistet. Zuverlässig und treu, ganz anders als die Menschen in seinem Leben.

Er pellte sich aus dem Neoprenanzug und warf ihn auf

den Boden. Auch den würde er nicht mehr brauchen. Eine Weile stand er nackt da und sog ein letztes Mal alle Düfte des Ortes ein: Teer, Salzwasser, Terpentin, verrotteter Tang. Er schloss die Augen, speicherte die Eindrücke und stand still, bis er vor Kälte zitterte. Dann zog er trockene Kleider an: lange Unterhose, Tarnhose, Militärjacke, Gummistiefel und die braun-schwarze Inkamütze, die sein Vater in Peru gekauft hatte. Rino schwang die zwei Müllsäcke über die Schulter und machte sich auf den Weg zum Aussichtspunkt.

40

Gunnar wachte früh auf, wie immer, wenn er im Sommer bei seinem großen Bruder übernachtete. Die Sonne schien direkt durch das östliche Fenster. Torvalds rachsüchtige Exfrau hatte alle Gardinen abgehängt und mitgenommen. Gunnar hatte sich vorsorglich einen Strumpf als Schlafmaske umgebunden, bevor er auf dem Feldbett im Eckzimmer unter dem Eberkopf einschlief, aber der war runtergerutscht und hing nun wie ein Schal um seinen Hals. Auch Platou war über Nacht geblieben, weil er nicht gern im Dunkeln mit dem Helikopter flog. Natürlich hatte Torvald dem Snob sein Wasserbett überlassen und sich mit dem Ledersofa im Fernsehzimmer begnügt.

Gunnar setzte sich auf die Bettkante und blinzelte in die Sonne. Er kratzte sich am Nacken, gähnte und versuchte, sein Spatzenhirn in Gang zu setzen. Als er die halbvolle Bierflasche sah, die er neben dem Feldbett abgestellt hatte, packte er sie gierig und leerte sie in einem Zug.

Er stand auf, rülpste und schlenderte in seiner gelben Unterhose zum Panoramafenster. Der Velfjord glitzerte in der Morgensonne, wild und scheinbar unberührt, wenn man es nicht besser wusste. Durch den Morgendunst sah er auf der anderen Seite die Lachsfarm liegen. Es sah aus, als würde die Anlage von einem großen schwarzen Schlund dahinter geschluckt – der Mündung der Storbørja. Irgendetwas stimmte hier nicht.

Er neigte den Kopf zur Seite.

Es hatte mit der Symmetrie zu tun.

Er schüttelte den Kopf und kniff die Augen zusammen.

Irgendetwas war nicht, wie es sein sollte.

Er zog seine Jeans an und ging barfuß mit nacktem Oberkörper hinaus auf die beheizte Marmorterrasse, an deren Geländer ein Teleskop zum Sternegucken befestigt war. Er richtete es auf die Lachsfarm und sah sofort, was nicht stimmte.

»Was ist los, verdammt?« Torvald wurde jäh aus dem Schlaf gerissen, weil Gunnar ihn mit klammen Händen, nacktem Oberkörper und wildem Blick rüttelte.

»Zieh dich sofort an. Das ist krank!«

Torvald setzte sich auf und rieb sich den Schlaf aus den Augen.

»Jemand hat uns ein komplettes Gehege gestohlen!« Gunnar war rot im Gesicht, seine Halsschlagader quoll sichtbar hervor.

»Was redest du da?«

»Sie haben uns 200 000 Lachse geklaut!«

Gunnar und Torvald fuhren in ihren Booten, Axel Platou raste auf dem Jetski hinterher. Er hatte darauf bestanden, bei der Bergungsaktion dabei zu sein, obwohl Torvald es ihm ausreden wollte. Platou meinte, er wolle gern persönlich sehen, wie die Menschen hier oben den harten Alltag meisterten. Worauf Torvald entgegnete, dass es alles andere als alltäglich sei, einen ganzen Netzkäfig voller Fische zu verlieren. Das sei das Werk der Ökoterroristen, und alles Mögliche könne geschehen. All das schreckte den Investor nicht ab.

Während Norwegens schnellstes und zweitschnellstes Schlauchboot und einer der raschesten Jetski über den Fjord donnerten, zeigte sich Nordland von seiner schönsten Seite. Der Wind hatte sich gelegt, und die Sonne brütete über der Landschaft wie im Juli. Die wenigen Wolken am Himmel standen still, ebenso die sich an die Felswände klammernden Bäume. Es war wie auf einem nationalromantischen Gemälde.

Von alldem registrierte Torvald Vega nichts. Mit Scheuklappen steuerte er auf die Lachsfarm zu und malte sich aus, wie sie den Täter bestrafen würden, wenn sie ihn fanden.

In der Mitte des Fjords fuhr Torvald an Platou heran, dem die wilde Fahrt auf dem Jetski offensichtlich Spaß machte. Um die Motoren zu übertönen, brüllte er, so laut er konnte: »Sag Bescheid, falls wir zu schnell fahren!«

Platous Mähne flatterte im Fahrwind. »Können wir die Fische retten?«, schrie er zurück.

»Wir bräuchten einen Schlepper!«

Platou nickte, als verstünde er das Problem.

Torvald fuhr etwas langsamer und legte das Boot neben Gunnars. Sein kleiner Bruder trug einen gelben Südwester, der mit einer Schnur unter dem Kinn befestigt war. »Der Boden der Käfige schlägt bestimmt gegen den Grund! Wir brauchen ein Schweineglück, um die Fische nicht zu verlieren!«

»Scheiß auf die Fische!«, schrie Gunnar. »Der Käfig ist viel wichtiger! Er kostet über zwei Millionen!«

»Was ist mit der Versicherung?«

»Deckt nicht die Käfige!«

»Was, du hast die Käfige nicht versichert?« Torvald legte den Zeigefinger an die Schläfe und ließ ihn kreisen.

Gunnar fuhr neben den Hauptaktionär. »Platou! Wie fühlt es sich an, ein ehrliches Stück Arbeit zu tun?«

Platou zog eine Grimasse. »Sagtest du nicht, der Terrorist sei tot?«

Gunnar grinste schräg. »Sieht aus, als gäbe es noch mehr Leute, die uns nicht mögen!«

Rino lag auf dem Aussichtspunkt und sah die kleine Armada in den Fjord hineinfahren, genau wie er es vorhergesehen hatte. Der einzige Unsicherheitsfaktor war, wer und wie viele von ihnen kommen würden. Nun waren es also drei Mann: Torvald und Gunnar Vega in ihren Schnellbooten und ein älterer Typ auf dem Jetski. Der Lachskäfig trieb am Ende des Fjords und schlug zweihundert Meter vom Ufer entfernt gegen den Grund.

Als die drei Fahrzeuge vierhundert Meter unter ihm vorbeirauschten, nahm Rino die drei Stangen Dynamit, die Jokke übrig gelassen hatte, aus dem Sack. Er stopfte sie in die Seitentasche der Tarnjacke, hängte das Kletterseil um die Schulter und begab sich auf den steilen Pfad zum Storhella, der hundert Meter tiefer lag. Kurz vor dem überhängenden Felsen band er das Seil an eine einsame Kiefer und um sich selbst und seilte sich fünfzehn Meter tief ab, bis er den Absatz neben dem Riss im Felsen erreichte. Er krabbelte bis zu dem Spalt, zog die zusammengeklebten Dynamitstangen vorsichtig aus der Tasche und steckte sie in die Ritze direkt unter dem überhängenden Felsbrocken.

Die Zündschnur war kürzer, als er dachte, er musste sie

anzünden und so schnell wie möglich verschwinden. Er dachte an nichts Spezielles, fühlte nichts, konzentrierte sich ganz auf seinen Plan.

Alles war bereit. Er zog ein Feuerzeug aus der Tasche und zündete die Lunte an. Dann kletterte er die fünfzehn Meter mit Hilfe des Seils nach oben. Er fühlte sich stark, voller Schwung und spurtete den Pfad zur Aussichtsstelle hinauf, wo er sich flach hinlegte und wartete. Er hatte keine Ahnung, wie lange die Zündschnur brauchte.

Durchs Fernglas beobachtete er die armen Teufel auf dem Fjord. Sie wirkten so lächerlich klein und hilflos. Rino bekam fast Gewissensbisse.

»Alles Fleisches Ende ist vor mich gekommen; denn die Erde ist voll Frevels von ihnen; und siehe da, ich will sie verderben mit der Erde«, murmelte Rino. Das Bibelzitat war ihm in den letzten Tagen nicht mehr aus dem Sinn gegangen. Wenn Gott das tun konnte, konnte er es auch. In Wirklichkeit war es die Natur, die zurückschlug. Er half nur ein wenig nach.

Das Trio hatte inzwischen den Lachskäfig erreicht. Torvald Vega, mit dem Cowboyhut auf dem Kopf, zeigte und fuchtelte mit den Armen und schrie irgendwelche Anweisungen, die Gunnar Vega offenbar kaltließen. Er saß in dem anderen Boot und trug seinen gelben Südwester. Ein Stück weiter weg dümpelte der Jetski, auf dem der ältere Typ saß. Er trug einen Fahrradhelm, kümmerte sich nicht um die anderen und bestaunte die Landschaft.

Rino hatte ihn noch nie gesehen. Vielleicht war es Axel Platou, Jokkes Vater. Leo und Luke hatten gesagt, dass er in der Gegend sei. Zu schade, dass Luke Pettersen nicht bei ihnen war, er verdiente einen grausamen Tod. Aber zwei

Vega-Brüder und Axel Platou – wenn er es war –, das war zu schön, um wahr zu sein. Es sah aus, als wollten die drei den Lachskäfig mit den Schlauchbooten abschleppen.

In diesem Moment knallte es.

Ein Donnergrollen erfüllte den Fjord. Es hallte zwischen den Felswänden hin und her, und die Erde bebte so sehr, dass Rino fürchtete, der ganze Berg würde in den Fjord stürzen. Das Fernglas fiel ihm aus der Hand, er schaute unter sich und sah, wie ein riesiger Felsbrocken sich von der Wand befreite und in einer Wolke aus Staub, Erde und Steinen auf den Fjord zustürzte.

Dann war der Lärm verhallt. Die Natur hielt inne. Die Steinmassen schwebten eine gefühlte Ewigkeit in der Luft, ehe sie aufs Wasser trafen.

Der Lärm kehrte zurück. Er sah den kohlschwarzen Felsbrocken mit Urgewalt auftreffen und ein schwarzes Loch ins Wasser schlagen. Ein mächtiges Klatschen, ein gigantischer Trichter, und dann eine Welle auf der spiegelblanken Oberfläche, anfangs nicht größer als eine gewöhnliche Welle, und sie bewegte sich langsam auf das Ende des Fjords zu.

Er hob das Fernglas auf und beobachtete die drei winzigen Menschen. Sie waren zu weit entfernt, um ihre Gesichter zu erkennen, aber ihre Körpersprache verriet, dass sie ahnten, was auf sie zukam. Sie standen mit hängenden Armen wie Salzsäulen da und starrten auf den Fjord hinaus.

Wieder bekam Rino Gewissensbisse. Er dachte an das höhere Ziel und redete sich ein, dass die Natur zurückschlug, oder Gott – was für viele ein und dasselbe war. Die Sintflut war auf dem Weg, um alles auszulöschen. Es war eine göttliche Strafe. Alle Sünder und Habgierigen bekamen, was sie verdienten.

Die drei Sünder starrten der Welle entgegen, die größer und größer wurde. Sie versuchten nicht zu fliehen, wussten offenbar, dass es sinnlos war.

Plötzlich kam Leben in den Mann auf dem gelben Jetski. Er ließ den Motor an und fuhr mit Vollgas auf die Welle zu. Sicher hatte er irgendwo gelesen, dass man Tsunamiwellen nur überleben konnte, wenn man ihnen entgegenfuhr und sie überquerte, bevor sie sich brachen.

Doch die Welle hatte sich schon zu einer massiven blauen Wand mit weiß schäumendem Gischtgipfel aufgebaut. Der Mann auf dem Jetski raste auf die Wand zu wie eine Ameise, die beschlossen hat, den Kampf gegen einen Menschen aufzunehmen, der sie zertreten will. Die Welle wälzte über den Jetski und seinen Fahrer, über die Schlauchboote und ihre Insassen sowie über den Lachskäfig. Sie wurde zu einer brausenden weißen Flut, die an Land fegte und alle Bäume und die alten Gebäude niedermähte. Sie machte Kleinholz aus seiner Kindheit und schob alle Trümmer in einem schäumenden Haufen vor sich her bis vor die Felswand.

Rino war aufgestanden. Er ließ die Arme hängen, fühlte sich klein und elend.

Es waren weder Gott noch die Natur, die zurückschlugen. *Er* war es.

Er hatte die Sünder mit einer Flutwelle bestraft. Hätte Rino Gulliksen die Verheerungen noch ein wenig durchs Fernglas beobachtet, hätte er bemerkt, dass die gierigen Wassermassen das meiste wieder in den Fjord spülten, als sie sich zurückzogen. Stattdessen schnappte er sich die zwei schwarzen Müllsäcke mit seinem ganzen Besitz, drehte Storbørja den Rücken zu und stieg den Pfad hinauf, der in die Berge führte.

41

Leo Vangen, Einar Vega, Joakim Platou und Erna Solbakken saßen auf Einars Terrasse in der Sonne und aßen Omelette mit Thunfisch, Zwiebeln und Tomaten. Leo versuchte, ein Gespräch anzustoßen. Über Fußball, Lokalpolitik, Ölbohrungen vor den Lofoten und alternative Methoden der Lachszucht, aber keiner der anderen schien sich dafür zu interessieren.

Die zwei Turteltauben Jokke und Erna waren damit beschäftigt, einander in die Augen zu sehen. Sie war mindestens zehn Jahre älter als er, aber sie passten gut zusammen. Einar war in Gedanken versunken, die Leo nicht mit ihm teilen wollte. Luke Pettersen saß an eine Tischtennisplatte gefesselt im Keller. Einar konnte sich nicht entscheiden, was er mit ihm tun sollte. Wahrscheinlich würde er ihn laufen lassen. Er konnte ihn nicht anklagen, ohne dass die gesamte Geschichte ans Tageslicht kam. Vielleicht konnte er ihm den klaren Bescheid geben, zu verschwinden und sich nie wieder in Brønnøysund blicken zu lassen, aber das hing davon ab, was mit Gunnar geschehen würde. Was in aller Welt sollte er mit Gunnar tun? Und mit Torvald? Luke behauptete, Torvald habe nichts von der Menschenjagd gewusst. Aber er wusste von Erna Solbakken, daran bestand kein Zweifel.

Er konnte Torvald und Gunnar nicht einfach so davonkommen lassen. Diesmal nicht. Nach dem Frühstück wollten sie Torvald einen Besuch abstatten. Das konnte interessant werden.

Um genau Viertel vor zehn hörten die vier ein gewaltiges Donnergrollen, obwohl keine Wolke am Himmel war. Sie sahen einander an, hoben die Augenbrauen und runzelten die Stirn. Dann wurde es still, bis auf ein leises Sausen, das sie eher bemerkt hätten, wenn sie unten am Wasser gesessen hätten.

»Am Velfjord finden Sprengarbeiten statt«, sagte Einar Vega.

Ungefähr acht Minuten später erreichte eine Welle Nevernes. Sie kam von Nordosten, und als sie sich am Ufer brach, war sie noch stark genug, um eines der Boote umzuwerfen, die an Gunnar Vegas Betonbrücke lagen, aber nicht mehr stark genug, um ernsthafte Schäden anzurichten. Und als sie um die Halbinsel herum in den Heggfjord rollte, war sie so klein geworden, dass keiner auf der Terrasse des Polizeichefs reagierte, obwohl sie übers Wasser schauten.

Eine halbe Stunde später klingelte Einars Telefon.

»In Storbørja ist eine Steinlawine abgegangen«, sagte ein Beamter auf der Wache in Brønnøysund. »Ich glaube, es wäre das Beste, wenn du rasch kommst.«

Einar Vega, Leo Vangen und zwei Polizeibeamte waren die Ersten am Tatort. Es sah aus wie nach dem Einschlag einer Atombombe. Überall Steine, Sand, Trümmer und Wrackteile. Sie fühlten sich wie auf einem fremden Planeten, einem grauschwarzen Ort ohne jedes Leben. Baumstämme und Bretter von alten Häusern ragten aus dem Geröll. Die Landschaft war glattgeschliffen, als hätte sie ein Riese mit Stahlwolle bearbeitet. Die wenigen Bäume, die noch standen, hatten kein Laub mehr an den Ästen. Viele steckten mit den Wurzeln nach oben im Schlamm. Jede Vegetation, alles Grün war verschwunden. Dem Erdboden gleichgemacht. Hundert Meter vom Ufer entfernt, fanden sie die Überreste eines Lachskäfigs auf einem kleinen Hügel. Keiner von ihnen konnte sich erklären, wie er dort gelandet war. In Storbørja gab es keine Lachsfarmen. Die runde Metallkonstruktion war mehrfach zerbrochen, das Metall in unnatürlichen Winkeln verbogen. Der einzige intakte Gegenstand, den sie fanden, war ein gelber Südwester, der sich um einen nackten Birkenstamm gewickelt hatte. Leo erkannte ihn sofort wieder. In einem unbemerkten Augenblick nahm er ihn und stopfte ihn unter die Jacke.

Die freiwilligen Rettungsmannschaften, die eine halbe Stunde später an Ort und Stelle waren, fanden keine Leichen, aber ein fast intaktes weißes Kunststoffboot weiter oben am Hang, fast dreihundert Meter vom Ufer entfernt. Nur das Führerhaus war abgerissen. Einar Vegas erster Gedanke war, dass es vielleicht einem Lachsfischer gehörte, der sich auf dem Fjord befand, als die Lawine abging. Aber vorläufig waren nur seine beiden Brüder und der Finanzakrobat Axel Platou vermisst gemeldet. Man nahm an, dass die drei Vermissten aus dem Fjord gespült worden waren, als die Wassermassen sich zurückzogen.

»Das reinste Ragnarök«, sagte Leo.

Er und Einar saßen auf zwei Steinen inmitten der Mondlandschaft.

»Wenn ich wüsste, was Ragnarök ist, könnte ich dir sagen, ob ich zustimme«, sagte Einar Vega.

»Der Weltuntergang in der nordischen Mythologie«, sagte Leo. »Nach der großen Schlacht zwischen den Göttern und den Riesen steigt die fürchterliche Midgardschlange aus den Tiefen des Meeres und verursacht eine große Flutwelle, die alles zerstört.«

»Und was geschieht dann?«, fragte Einar.

»Zwei Menschen überleben. Sie bauen eine bessere Welt auf. Grün und fruchtbar.«

»Dann besteht also Hoffnung?«

»Ganz klar«, antwortete Leo und dachte an Jokke und Erna. »Es besteht Hoffnung.«

Leo sah den Polizeichef an. »Du kommst verdammt billig davon, ist dir das klar?«

Der Polizeichef nickte.

»Diese Welle hat viele Probleme gelöst.«

»Ich weiß«, sagte Einar und kratzte sich am Kinn.

»Es bleibt dir erspart, deine eigenen Brüder anzuzeigen und dich für all die Scheiße zu rechtfertigen, die du mitgemacht hast. Und obendrein gehört die gesamte Firma jetzt dir.«

Einar nickte. »Ich schwöre, dass ich den Rest meines Lebens wohltätiger Arbeit widmen werde.« Er stand auf, lächelte und ging hinunter zum Polizeiboot.

Eine Schar Journalisten aus dem In- und Ausland, Geologen, Lawinenforscher und Schaulustige nahmen Brønnøysund in den folgenden Tagen ein. Alle Boote, die man auftreiben konnte, fuhren in den Fjord, um den Besuchern das Ausmaß der Zerstörung zu zeigen. Der Opportunist Luke Pettersen, der auf wundersame Weise der Strafverfolgung entgangen war, bot geführte Touren nach Storbørja für tausend

Kronen pro Person an, doch sein Aussehen verschreckte alle potentiellen Kunden.

Das Unglück galt als eine der schlimmsten Naturkatastrophen in Norwegen in moderner Zeit. Aber im Gegensatz zur Katastrophe von Tafjord, bei der vor achtzig Jahren vierzig Menschen ums Leben kamen, wurden in Storbørja nur drei Personen vermisst.

Was die drei Männer dort zu suchen hatten, blieb ein Rätsel. Gunnar Vegas persönlicher Assistent hatte der Presse gesagt, dass er glaube, sie seien zum Lachsfischen oder zur Entenjagd dort gewesen. Andere mutmaßten, dass die Vega-Brüder den Hauptaktionär der Firma auf eine Sightseeing-Tour mitgenommen hatten und ihm die spektakuläre Natur zeigen wollten. Vielleicht waren sie auch auf Walsafari gewesen. Andere wiederum meinten, sie seien dort gewesen, um die Voraussetzungen zur Ausweitung der Lachszucht zu prüfen.

»So ein unsägliches Pech«, hieß es. »Sie waren zur falschen Zeit am falschen Ort.«

Drei Tage nach der Flutwelle schlenderte Leo auf Gåsøya den Pfad zum Haus hinauf. Er war schon darauf vorbereitet, dass Liv nicht mehr dort war. Sie hatte seine Nachrichten nicht beantwortet und war seit dem kurzen Gespräch am Tag nach der Katastrophe nicht mehr ans Telefon gegangen. Trotzdem hegte er die vage Hoffnung, dass vielleicht nur etwas mit dem Telefon nicht stimmte und sie mit einem Glas Wein im Wohnzimmer saß und auf ihn wartete. Doch als er aus dem Wäldchen trat, lag das Haus völlig dunkel da.

Vielleicht war es besser so.

Sie war viel zu jung, hatte das ganze Leben noch vor sich.

Er hoffte, sie würde ihren Traum verwirklichen und nach Australien gehen, sich nicht mit Drammen zufriedengeben. Vielleicht fand sie ja an den Stränden von Queensland einen netten, großzügigen Rettungsschwimmer, der sich um sie kümmerte und ihr das Leben gab, das sie sich wünschte.

Er schloss die Tür auf, schaltete ein paar Lichter ein, machte Feuer im Kamin und briet sich ein Omelett, das er still verzehrte und mit einer Flasche australischem Rotwein herunterspülte.

Als er fertig war, nahm er das Telefon und wählte die Nummer von Hauptkommissarin Mariken Varden bei der Polizei von Asker und Bærum. Kurz und förmlich erzählte er, er habe den gesuchten Rino Gulliksen in Storbørja getroffen, wo er sich die letzten drei Jahre versteckt hatte, und dass er ganz sicher in der Flutwelle umgekommen war, die die ganze Nation erschüttert hatte.

Am Tag darauf korrigierten die Medien die Anzahl der Vermissten auf vier.

Drei Tage später betrat ein majestätisch aussehender Mann mit einer braun-schwarzen Inkamütze auf dem Kopf und zwei Müllsäcken über der Schulter im Zentrum von Mosjøen die Zivilisation. Keiner hatte gesehen, woher er kam, denn er war von den Bergen im Osten der Stadt abgestiegen und im Dunkeln durch die Wälder am Stadtrand gegangen.

Er bewegte sich erstaunlich gelassen und entspannt, als wüsste er, dass er das oberste Glied in der Nahrungskette war und nichts ihm etwas anhaben konnte. Trotzdem war er auf der Hut, denn er wollte nicht entdeckt werden.

Nach kurzer Suche fand der Mann die Jugendherberge, bezahlte zehntausend Kronen in bar für ein Zimmer und gab dem jungen Nachtportier den klaren Bescheid, dass er ein eigenes Bad wünschte und eine Woche lang nicht gestört werden wollte. Der Nachtportier entgegnete, dass das Zimmer nur zweitausend Kronen pro Woche koste und er erst bei der Abreise bezahlen müsse.

»Behalt den Rest«, sagte der große Mann. »Kauf dir was Schönes. Etwas, das hält.«

Der Mann mit der Inkamütze und den Müllsäcken schloss sich in dem Zimmer ein. Er machte kein Licht, warf die Säcke auf das Bett und entledigte sich seiner Kleider. Aus der Mülltüte zog er ein altes Handy und ein Ladegerät, das er sogleich einstöpselte. Er schaltete das Telefon ein, scrollte zu Leonard Vangens Nummer und schrieb eine SMS: *Unbeschriebene Blätter. Gruß, Rino.*

Zum ersten Mal seit drei Jahren betrat Rino Gulliksen ein echtes Badezimmer. Er zog den verblichenen Duschvorhang zur Seite und trat ehrfürchtig in die Kabine. Zuerst drehte er das Kaltwasser auf, dann mischte er warmes Wasser hinzu. Als die Temperatur stimmte, legte er sich in Fötusstellung unter die heiße Dusche, schob die Hände unter den Kopf und schlief wie ein kleines Kind ein.

Verborgen hinter Lügen, liegt eine Wahrheit, die nie ans Licht kommen sollte …

544 Seiten. ISBN 978-3-8090-2705-8

Lund, Schweden: Adam, Ulrika und Stella sind eine ganz normale Familie. Adam ist Pfarrer, Ulrika Anwältin und Stella ihre rebellierende Tochter. Kurz nach ihrem 19. Geburtstag wird ein Mann erstochen aufgefunden und Stella als Mordverdächtige verhaftet. Doch woher hätte sie den undurchsichtigen und wesentlich älteren Geschäftsmann kennen sollen und vor allem, welche Gründe könnte sie gehabt haben, ihn zu töten? Jetzt müssen Adam und Ulrika sich fragen, wie gut sie ihr eigenes Kind wirklich kennen – und wie weit sie gehen würden, um es zu schützen …

Lesen Sie mehr unter: **www.limes-verlag.de**